扶手上绑着一枝红玫瑰，就因为是红的，所以太扎眼了，想不注意到都难。

花枝上裹着张纸，他用手指捏了一下，看到纸上写着字，立即把花取了下来，展开那张纸，上面龙飞凤舞地写了句：

勾引成功啊，老板。

落款：HACKED BY GOD。

不如藉

完结篇

幸闻 著

上海文化出版社

应行低着头，把手里的许愿笺翻一下，对着周围不太明亮的光线，看见上面写的几句话——

希望吴阿姨好起来。

希望我妈永远幸福。

希望我能远走高飞……

应行扯着嘴角，果然。他手指一捻，发现最底下还有一句——

跟应行一起上大学。

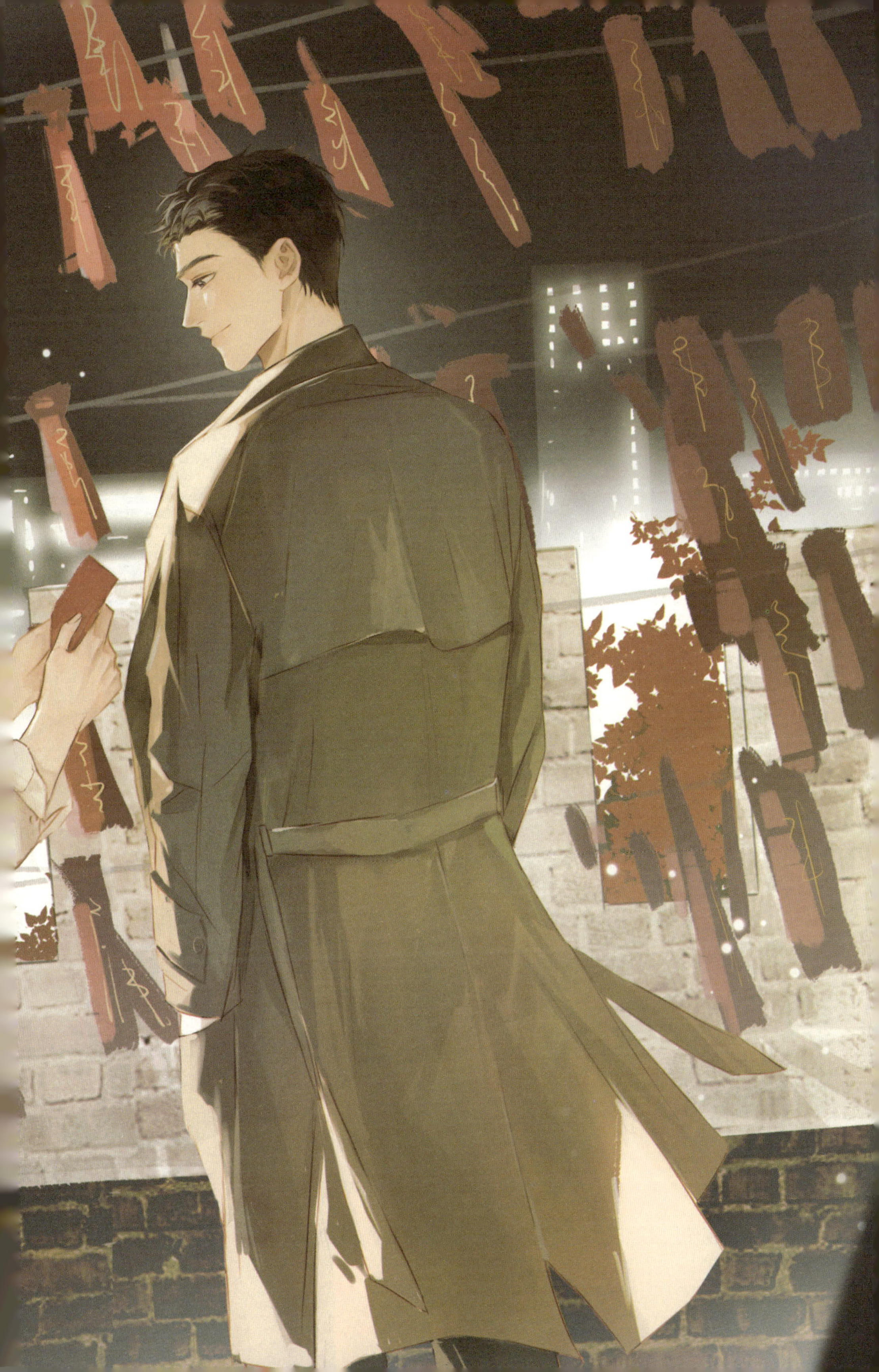

他有了自己的未来，有了方向，在过去迷失放弃的岁月里，有个人闯了进来，叫他别停，站起来，把过去收拾一下，然后跟他一起走。

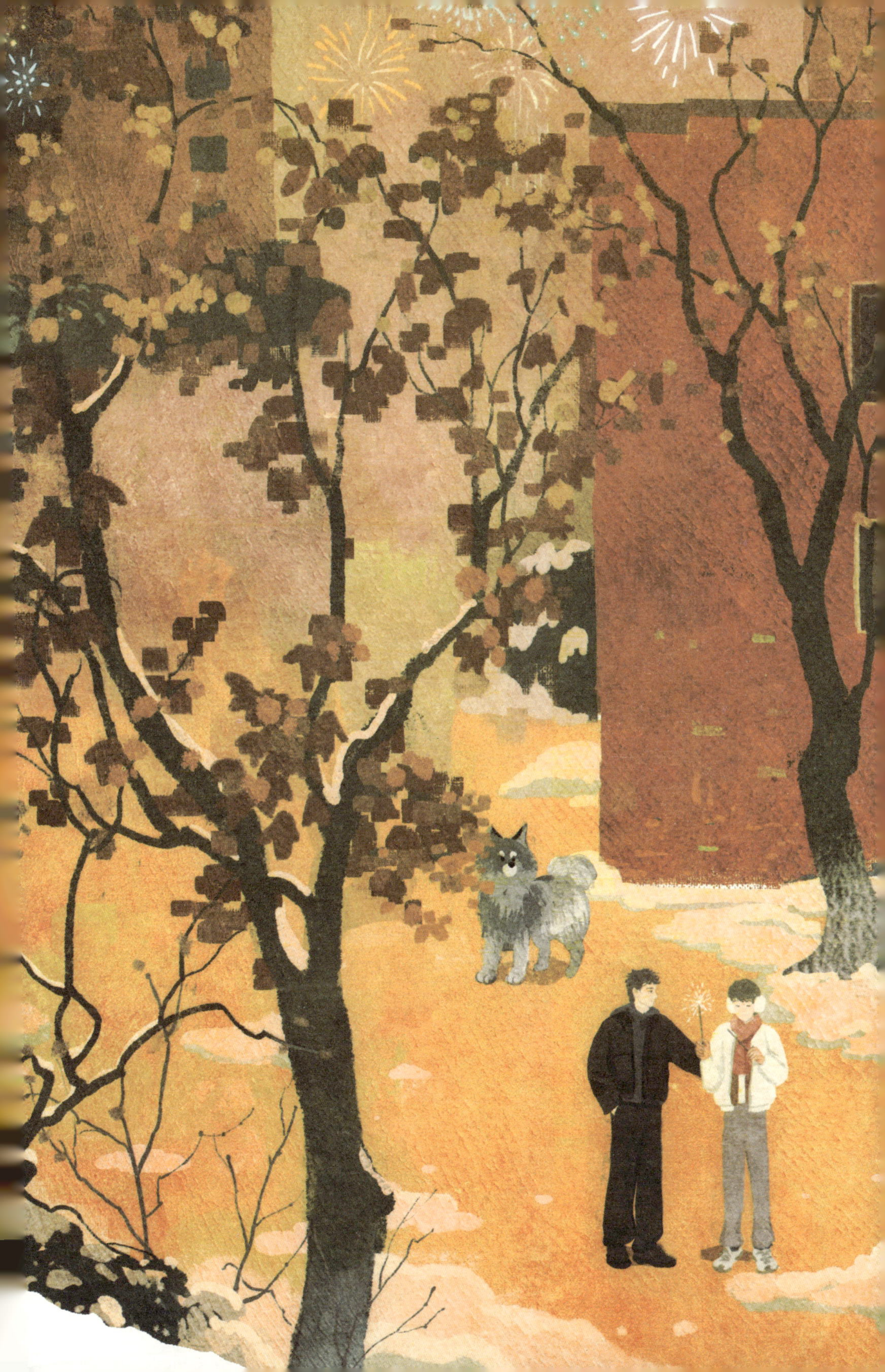

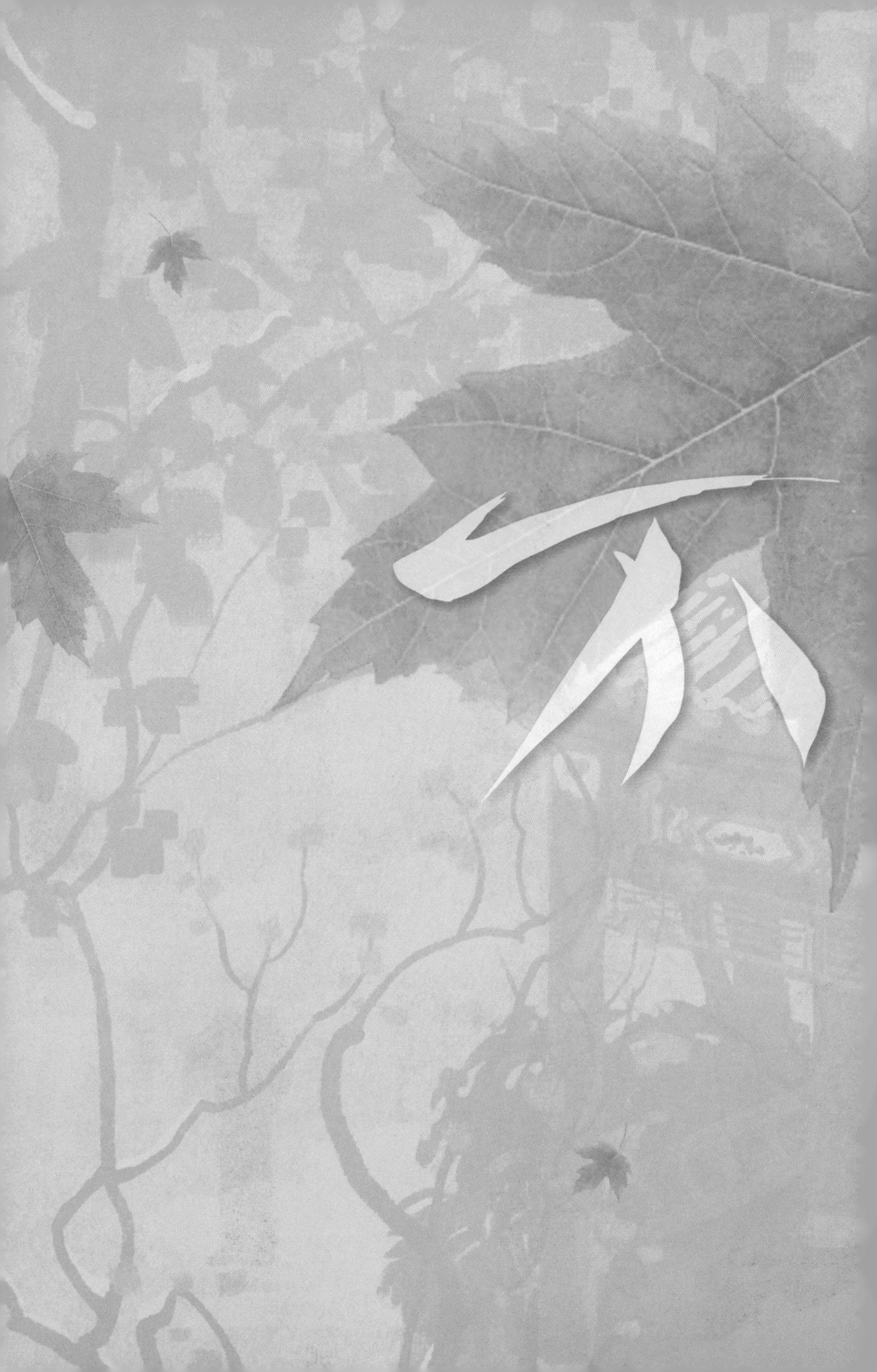

目录

卷六　替身 001

卷七　时间送你 057

卷八　上帝 111

卷九　暗号 165

卷十　方向 211

番外　绚烂 233

没想到根本不用特地去找，在努力争取到的台上一抬头，就看到许亦北也在，就在自己的视野范围里。

　　他没停下脚步，对方也没有，谁都在朝着更高处进发，最后总会相遇。

卷六
SIX

替身

许亦北上上下下地打量他:

"突然愿意写作业了?"

应行笑了一下:

"我更愿意让你高兴啊。"

第 53 章

许亦北回去后才总算收心做题。

一直到睡前，差不多把每门功课都复习了一下，他才躺到床上，拿着手机开始翻微信。手指滑到那个人民币头像的微信上，来来回回点了好几次，他突然反应过来。

等会儿，这是想给应行发微信吗？许亦北自己把自己给搞得不自在了，把手机往枕头底下一塞，谁说他想发微信了？大半夜的，还是赶紧睡觉吧！

像是回应似的，手机冷不丁振了一下，有微信进来了。

他把手机拿回眼前，刚才在看的人民币头像上有一个鲜红的"1"，应行居然先发过来了，他立即点开。

聊天框里有一份文件，名字标着《月考攻略，给你做好了》。

许亦北有点意外，看看手机上的时间，这都夜里十二点多了，他打字回过去。

——你这么快就做好了？

应行等着似的，秒回复。

——怕你急啊。

许亦北嘴角扬起来，脸上映着手机薄薄的蓝光，继续打字。

——真不要钱？

记得那回打球赛的时候还听杜辉说过他在攒钱，现在突然不要钱了，许亦北总觉得自己跟占了他的便宜似的。

还没几秒，应行又回复过来，这次是条语音。

许亦北点开，放到耳边，听到他没好气的一声笑："你到我面前来问。"

语音里他的声音很低沉。许亦北一下将手机拿离耳边，顿了顿。

怎么回事啊，高三关头忽然关系近了，还说要适应一下，结果怎么觉得自己好像已经很适应了？

真睡不着了，他干脆又拿起手机，点开那个攻略，现在就看。

看了一会儿，许亦北忽然从床上坐了起来，想了想，要不然也给应行做个攻略好了，数学是不行，但其他科目都容易得很，不过自己没干过这个，先做个语文和英语的试试吧。

说干就干。他下了床，到书桌边拖开椅子坐下来，翻开语文书。

手机又振了起来，这回是语音电话。

许亦北拿过来，人民币头像在浮动，他一手拿着笔，一手按了接听，放到耳边，挺淡定地问了句："干吗啊？"

"不说话了？"可能是太晚了，应行在电话里压着声音，听起来比之前那句语音还低沉。

"我不问了啊，所以就不回了。"许亦北若无其事地道。

应行说："你突然这么乖巧我都要不习惯了。"

"你说谁？"许亦北皱眉。

"行吧，这语气还是跟乖巧不搭边。"应行笑一声，"攻略给你了，你先看吧，考前就不补课了，让你专心准备。"

许亦北琢磨他打电话来就是为了说这个，便"嗯"了一声。

"这么拼，都夜里了还不睡？"应行忽然问。

许亦北手里的笔停了一下，没好意思说自己在干什么。"马上睡了。"

"那快睡，晚安。"应行把电话挂了。

许亦北一愣，看看手机屏幕，心想他故意的吧，冷不丁地逗人玩呢！

他放下手机，摸了摸脸颊，又醒醒神，低头继续翻书，总有一天得让应行没法再这么嚣张。

每次考试都选在周末，月考也一样。

本来也没几天了，像是跟天气赛跑似的，天开始明显转冷了，月考也来了。

才早上六点半，许亦北就把书包搭在肩上出了公寓，左手翻着手机里应行给他做的数学攻略，做着考前的最后巩固，右手拿了两张纸揣进外套口袋里。

出了公寓区的大门，他往路上看，没看到应行的电动车在等，不知道是不是今天自己起得太早了。

说好了考前不补课，这几天两人连交流都变少了，平常在学校也顾不上交流，也就上学放学还能一起走，今天居然没见到他。

许亦北撇撇嘴，转头去公交站。

公交车开过修表铺外面的时候，他特地从车上往外看了一眼，没看到应行的电动车，应行也不可能这么早就走了吧？

刚想完手机就振了，许亦北掏出来，是应行发来的微信。

——今天有事，别等我，下回去接你。

还知道说一声呢？许亦北不动声色地看看两边，一手抓着拉环，一手打字。

——谁等你，我都到校了，今天要考试不知道吗？

应行也没回，估计是真有事，也不知道在忙什么。

许亦北把手机收起来，摸了摸口袋里的那两张纸，其实就是他那天晚上开始做的英语和语文的要点归纳。

还是低估这种事了，没想到这么费时间，好几天下来也就归纳了这么两张纸，这都要考试了。肯定是赶不上这次的月考了，只能考完再拿出来了。

三班的教室里人还没到齐，但是像菜市场一样吵，一拨人要换教室，一拨人留守大本营，忙着确认考场安排，叽叽喳喳的。

许亦北进去的时候，应行的座位是空的，他果然还没来。

他放下书包，走去黑板那儿，看贴在上面的考场座位安排表。

按照安排，今天一天就要考完，理综归在一起算一门，连语数外一起，上午考两门，下午考两门，时间真够赶的，不过他也猜到了。

梁枫刚刚进来，在后面叫："许亦北，帮我看看我在哪儿考？"

许亦北自己留在本班考，眼睛正在找应行的名字，没回头。"等会儿！"

他一行一行顺着找了下来，在安排表的下面才看到应行的名字，他凑近去看。

旁边一暗，多了个身影，也凑过来看，没过两秒，有个声音低低地在他耳边说："看到了，我去高一教室考。"

许亦北扭头，不是应行是谁？他一下站直了，又看看应行，小声问："你干什么去了？"

应行身上的外套是敞着的，额上有汗，赶时间似的，笑了一下说："没干什么，就来晚了。"

梁枫又在那儿喊："许亦北，看到没，我去哪儿考啊？"

许亦北都把这茬忘了，看一眼应行，转身回座位。"你自己去看。"

"唉，那我刚才不是白说了！"

应行跟在他后面回了座位，刚坐下老樊就进来了，背着手在前门那儿催促：

"快点！一天考四门课，时间紧得很，赶紧确定好考场就过去！"

应行"啧"一声说："才刚来就要走了。"

许亦北还想追问他今天到底忙什么事去了，弄得这么赶，看老樊来了，只好先把话憋回去。

已经有人抱着书去考场了，有一个带头，一下子出去一大群，教室里眼看着就空了一半。

应行随手拿了支笔，忽然低声说："好了，人我看到了，先走了。"说完站起来，从他身后过去，敞开的外套在他背后擦了一下。

许亦北看着应行出了教室，一下没反应过来，人他看到了是什么意思？

老樊还在前面站着呢，许亦北拿出笔袋备考。

等梁枫回到座位，朱斌也走了，后排就剩他俩在本班考了。

"应总来了不到五分钟，就跟你一个人说了几句话。"梁枫一坐下来就说。

许亦北看他一眼："你关注这些干什么？"

梁枫打量他："怎么说呢，总觉得你俩最近关系变得更好了，老是说悄悄话。"

许亦北眼神动了一下，有个八卦分子在身边就是可怕，这点变化都能看出来。

老樊刚好走了，梁枫更来劲了，又回头说："咱俩关系也不差，今天的考试你罩着我点。"

许亦北顿时松了一口气："你说半天就为了说这个啊？"

"差不多，你现在连数学都进步了，让我抄抄还不行吗？"

许亦北转一下手里的笔："高三了还抄得下去？"

"嘿，应总高三了连抄都不抄呢。"

许亦北皱一下眉："你就不能说点好的吗？"

梁枫莫名其妙地看看他，说的是应总，他这么大反应干吗？

也没时间闲扯了，考试铃响了，比平常上课的点早了足足半小时。

上午考语文和数学，一门接一门的，马不停蹄，跟打仗似的。

后面的午休时间也被砍了一半，吃午饭也赶，不在一个考场根本碰不上。

下午四点，最后一门理综开考的时候，许亦北的手速已经完全提了上来，反正只要考完数学，他基本上就没什么负担了，正常发挥就行了。

最后写完他还检查了一遍，居然还多出了二十分钟。他转着笔，看着卷子上的题，忍不住想应行现在考得怎么样了，估计也就上午考数学的时候如鱼得水，后面的几门还不知道会考出多少分来。

许亦北用笔帽抵着鼻尖，想了好一会儿，又自顾自地皱了眉，居然已经在操心他的分数了……

终于，结束铃响了。

许亦北立马放下笔，交了卷子，飞快地收好书包就起身走人。

还好周末只有高三在上学，楼梯今天不拥堵，他很快就下了楼，出了校门，把书包搭上肩，站在路边往回看。

等了没两分钟，那辆黑色的电动车就开了过来，应行一下刹住车，停在他旁边，眼睛看着他，问他："等我呢？"

这不是明知故问吗？许亦北故意说："不是，等别人呢。"

"那我就叫'别人'。"应行笑，说着往后偏一下头，"上来，送你回去，今天刚考完就不急着补课了，我正好有点事。"

许亦北刚要上车，又停下了，看看他问："你这几天怎么这么忙啊？"忽然想起来，最近没补课，他到底在忙些什么？

应行说："没什么，就是有点事。"

许亦北想了想，扯了一下肩上的书包带子道："你要真忙就别特地送我了，我自己坐车回去也行。"

"今天都没接你，当然要送你，快点。"应行催促道。

许亦北还没来得及抬脚，就看到杜辉风风火火地骑着电动车追上来了。"应总，走啊，等我呢？"

应行回头看他一眼，皱了下眉："不是让你先去吗？"

"我以为你在等我呢，还是特地过来的！"杜辉看看许亦北，"你俩干吗呢？"

许亦北还能说什么，看一眼应行，抬脚往马路对面走，边走边说："你们有事就先走吧，我回去了。"

看他过了马路，应行又回头看一眼杜辉，眉眼都是压着的。

杜辉愣了一下，这眼神怎么跟嫌弃自己碍事似的？他问："怎么了啊？"

"别废话了，赶紧走！"应行车把一拧，先开出去了。

许亦北走到马路对面，转头往回看，应行已经走了，他想了想杜辉刚才的话，还是觉得不太对劲，应行到底忙什么呢，赶成这样？

"北！"江航的声音突然从后面冒出来。

许亦北回头，看到他蹬着自行车过来，便问道："从学校来的？"

"对啊，我顺道过来看看你，那天你被应总拽走后我就想来的，还不是不好意思耽误你学习嘛。"江航蹬着自行车到他身边,"你站在这儿看什么呢,刚才走的是应总和杜辉?"

许亦北看看他,想了想说:"你不是总说要跟杜辉搞好关系吗,要是让你问杜辉他现在去哪儿了,能问得出来吗?"

"那有什么,"江航立马掏手机,"我试试呗。"他说着就拨了号过去,还开了免提。

杜辉可能是在骑车,过了好一会儿才接,一接通就没好气,爹毛了似的开口:"你又给我打电话干吗?"

江航笑呵呵地道:"辉啊,我刚来你们学校就看到你走了,你去哪儿了?"

"去打球!等下,你别这么叫我!"

"去哪儿打球了?万一我想买东西都找不到你人。"

"城东游戏厅的后面不是有个球场吗?你别啰唆,要买东西可以来,别叫老子跟你一起吃饭,也别叫老子跟你出去玩,都不去!"

"啪"的一声,电话挂了。江航拿着手机给许亦北看了看道:"喏,这算问出来了吧?你听到了啊。"

许亦北上下打量江航:"你叫他一起吃饭,还叫他一起出去玩?"

江航讪笑:"那不是看久了觉得他人还挺不错的嘛,关键是要跟他搞好关系,好让你们和谐相处。"

许亦北又打量他两眼,"哦"一声,转身说:"我刚考完试,先回去了,下次约。"

江航推着车从旁边过去,说:"你们十三中太可怕了,天天考试,那我下回来的时候提前跟你说一声。"

许亦北看他骑车走了,才招手在路上拦了辆车,坐进去的时候回忆了一下杜辉说的地址,想了起来。

城东的那个游戏厅他去过好几回了,对后面那个球场有点印象,中秋节的时候他跟应行一起躲江航,从员工通道走的时候,从后面那条路上过,就经过了那个球场,还碰到了在那儿打球的卷毛。

所以应行又忙又赶时间,就是要去打球?

应行停好车,脱下身上的外套,进了球场,大华已经在里面站着了,正抱着个篮球看着他。

007

"现在知道想起我了，听杜辉说你们上回篮球赛还拿奖金了，怎么想不到我啊？"

应行看他一眼，一边往手臂上套护肘，一边说："那是高中生的球赛，你都不是高中生了，怎么带？"

"那你倒是带上许亦北那小子了。"大华"嘭"地拍一下篮球。

杜辉路上接电话给耽误了，紧赶慢赶地追了过来，刚好听到这句话，挠挠头说："唉，别说了，大华，他打球真的很牛。"

大华瞪他："你小子也倒戈了？"

应行算了一下时间，许亦北应该已经回到公寓了，想想这一天都没怎么说上话，他有点烦，皱着眉打断他们："人还没到吗？什么时候能打？"

"马上来了。"大华回头说，"你这几天怎么又开始埋头赚钱了？从早到晚的不消停。"

应行皱着的眉头没松："还能因为什么？"

"你舅妈还是没好转？"

"更健忘了。"

大华和杜辉一起扭头看着他。

杜辉忽然想起来，问道："哎，不对啊，我记得你不是有大钱赚了吗？"

应行笑了一声，接过大华手里的球，说："那可不是交易了。"

"那是什么啊？"

应行看杜辉一眼，不耐烦地说："是秘密，行了吗？打不打啊？"

刚好有三四个人进来了，看着都是大学生，老远就在跟大华打招呼。

杜辉闭嘴不问了。

大华也跟他们打了声招呼，回头跟应行小声说："他们都是我学校里的，听说你混野球场挺有名气的，早就想找你比画比画了。"

应行说："给钱就行了。"

这地方也有很多高中生在打球，一有人比球，马上就有人过来围观。

余涛不知道从哪儿冒出来了，看到应行在球场里就挤了过去，刚开打就喊了句："应总牛！"

许亦北到的时候就看到球场里面有两队人在篮筐下面打得难分难解，周围还站了一圈人在看，卷毛在那儿喊："应总，要候补队员就叫我啊！"

许亦北站在围栏外面，把手揣在口袋里，看着几个人里那又高又显眼的身影，抿住唇，应行居然真是来打球的。

"啪"的一声，应行当场进了一球。

杜辉在场中跑着喊："嘿，这一球贵啊！"

许亦北猜到了，果然又是给钱的球，他揣在口袋里的右手摸了摸那两张纸，皱着眉，踢了一脚地上的石子，心想原来应行紧赶慢赶的就是来赚钱啊，那这几天忙的也都是这个事了。

他也不打算进去，转头去了路边，倚着树干，远远地看着球场里面的人影，连"哪哪"的运球声音都离远了。

打了好几场，前后差不多过了一个小时，球才打完。

那几个大学生给完了钱，还约应行下回再打。"打得不错啊，哥们儿，以后考到咱们学校来，跟咱们组球队。"

大华说："快拉倒吧，咱们那破学校还叫人家考呢？"

"难道他还是学霸？"几个人笑着走了。

大华走到应行跟前，擦着头上的汗，问："他们提醒我了，你这样也不行，只顾着赚钱，真不考大学了啊？"

应行收了钱，扯下护肘塞到兜里，抹着颈边的汗往外走。"我去旱冰场了，你们回去吧。"

"每回都这样，一说到这个就走了。"大华看着他，转头小声问杜辉："孟刚最近找他没有？"

杜辉摇头说："反正我没看到。"

许亦北一直看到现在，老远听到应行说要去旱冰场，便也转头朝游戏厅那儿走。

快到大门口的时候，他听见余涛的声音由远及近地传过来："应总，再回去打一场啊，来这儿干什么？"

"赚钱。"应行回。

许亦北往后看一眼，远远地看到应行一边套着外套，一边朝右拐了过去，应该是走之前他们走过的那个员工通道，从后门进游戏厅里去了。

他在门口站了几秒，从大门进去，在前台付了钱，进了里面的旱冰场。

只有几个小孩子在旱冰场里，他们身上穿着厚厚的护具，有的抓着栏杆在慢吞吞地挪。

009

许亦北在场边的凳子上坐下来，看着亮着灯的工作间。

余涛可能是没能进员工通道，居然又从大门走了进来，一进来就看到许亦北坐在这儿，他愣了一下，问："你小子怎么在这儿？"

许亦北面无表情地看他一眼，说："我还想问你呢。"

"我当然是跟着应总来的。"余涛从旁边拿了双轮滑鞋过来，"你不会也是跟着应总来的吧？"

许亦北冷淡地说："怎么样，打篮球就算了，难道这个你还要跟我比一下？"

余涛一下被刺激到了："那来啊，还怕你吗？"

许亦北放下书包，转头拿了双轮滑鞋过来，很快就穿上了，站起来进了旱冰场。

余涛鞋带都还没解开呢，看着他问："你来真的？"

余涛还没能站起来呢，应行就从工作间里走了出来，他也没穿轮滑鞋，走到场中，一眼看到许亦北，脚步顿时一停。

余涛看到他过来，立马说："应总，为了让你多赚钱，我决定报名跟你学滑冰，你也教教我。"

许亦北冷着脸扫余涛一眼。

应行看一眼许亦北，又看他一眼，说："不教，你超龄了。"

余涛说："还有这限制？"

"嗯，"应行递个眼色，"赶紧走。"

"走去哪儿啊？"

"随便你，去其他地方浪。"

余涛泄气地放下那双轮滑鞋，瞅了瞅许亦北，扭头走了。

应行掏出几颗糖，分给了在旁边等他的小孩子，手插着兜走过来，看着许亦北问："来找我的？"

许亦北倚着栏杆看着他，冷冷地道："你忙的事情就是这个？"

应行看看他的脸，不解地道："怎么，生气了？"

"我给你钱为什么不要？"

"不是说过了吗，你跟我又不是交易。"

"那我还算什么买断？买断了你还到处赚钱。"

"买断是买断，我也不能完全不干别的啊。"

"滚蛋。"许亦北恼火地看他一眼。

应行不笑了。"真生气了？"

许亦北又想起自己口袋里揣着的那两张纸，也不知道有什么意义，自作多情一样，他忙的都是赚钱，时间都耗在这些上面了，于是别过脸说："没有，随你。"

后面的小孩子在闹，应行看他一眼，回头先去教他们滑了起来，转头再看一眼场边，许亦北两手搭在栏杆那儿，也不作声，那张脸又白得扎人的眼。

应行看了两眼，一只手插着兜，走出了旱冰场。

许亦北余光瞥见他走了，眼神追了过去，皱紧眉头。

但是还没两分钟，应行又回来了，大步走过来，一把抓着他的胳膊就拽了过去。

许亦北忽然被拽到他跟前，看着他问："干什么？"

应行说："我刚去前台给你报了个试听课，教你滑旱冰。"

"我还用你教？"

"反正课报了，不教也得教。"

许亦北挣一下胳膊，挣不开，人往他跟前一撞，被他一把抓紧了。

应行的手臂箍得他紧紧的，故意高声说："小心点，别摔了，其他小朋友都比你滑得好。"

小朋友们嚼着糖都看过来了。

许亦北被看得猝不及防，心跳一下快了，像是大庭广众之下被他制住了一样，差点抬腿踹他，低声说："快松手。"

应行一把抓紧他的胳膊，低声说："别犟，老板。"

许亦北动不了了，又急又喘，胸口一下一下地起伏着。"谁还是你老板？"

"你，你就是我老板。"应行盯着他，"你不生气我就松手。"

许亦北喘着气说："我没生气，真的，你松手。"

应行眼一沉，看着他的脸，外面已经有人进来了，只好松了手。

许亦北一把抓住栏杆，稳一下，看他两眼，扭头滑了出去，坐回场边的凳子上。

应行回头帮一个小孩子绑好护具，蹲在那儿，吐了口气，再转头时，许亦北已经把鞋换掉了，然后拎着书包站了起来，转身先走了。

他皱了下眉，大概猜到了，本来不想让许亦北知道自己这些糟心事，但是肯定打球那会儿就被看到了。

第 54 章

满地都是扔着的碎纸。

许亦北坐在床边,往桌上看,闹钟上的时间已经是早上六点了。

他一晚上没睡好,天刚亮就爬起来坐在这儿,把昨天收在口袋里一天都没拿出来的那两张纸给扯了。

其实他自己都没留意,扯了好一会儿,手里还剩了半张,他把那半张纸在手心里用力揉了揉,扔在地上,拧着眉自言自语:"干吗啊这是,随便他呗,谁让你自作多情要给他做资料的啊,他又没请你做……"

许亦北深吸一口气,一下站起来,收拾后出门。

今天走得比平常都早,他没等公交车,塞着耳机,直接打车去了学校。

耳朵里在放英语听力,他一边听,一边在心里跟着念,不多想别的,自己还得专心学习。

直到进了教室,他才摘了耳机,看看旁边的空桌,抿着唇坐下来。

朱斌学习积极,来得早,但是也没他早,拿着早饭进来的时候惊讶地说:"差点以为你住校了,今天来得这么早。"

许亦北随口胡扯道:"我关心成绩。"

"那也太关心了,看着像是觉都没睡好。"朱斌吸着牛奶嘀嘀咕咕,忽然回头问,"今天你家里面来人吗?"

许亦北没什么心情胡扯,拿了英语书刚要翻,听到这句,莫名其妙地抬起头问:"来什么人?"

"今天要开家长会啊。"

许亦北根本不知道。"有这事?"

"有……哦,对,你昨天一考完就走了,肯定没听到广播里的通知。"朱斌说,"老樊说月考之后要开家长会,班级群跟男生群里都发了,估计通知电话都打到你家里去了吧。"

许亦北掏出手机,在桌底下翻了翻,"三班猛男群"里还真有,特地提醒了全员,但是他到现在都没看过微信。

"怪不得,群里就你没回应。"朱斌说着想起来,"哦,应行也没有。"

许亦北收起手机，心想那是因为他当时正在赚钱吧。

"许亦北。"高霏刚好从外面进来，叫了他一声，手里拿着张 A4 纸走过来，"你个子高一点，麻烦帮我把这个贴一下行吗？"

许亦北接过来问："这是什么？"

"月考排名表。"高霏说，"老樊说要赶在家长会前统计出来，昨晚就出成绩了。"

真是说什么来什么。许亦北站起来，一边拿着那张纸往黑板那儿走，一边展开看，自己的名次已经升到了第六名，数学那栏的分数写着"101"，生平第一回考得这么好。

但他也就看了一眼，紧接着就往下看，一直看到四十几名才看到应行的名字，数学 147 分，又是第一，其他门全是两位数，没一门到及格线的，要不是有数学的分，估计早就垫底了。

"怎么了？快贴吧。"高霏在旁边擦黑板，看他一直站着觉得奇怪。

许亦北不看了，皱着眉"嗯"了一声。

贴完了，他回到座位，朱斌已经急不可耐地跑过去看了。

梁枫也到了，凑热闹地跑去那儿看，看完回来说："牛啊，许亦北，你这名次跟坐火箭似的，下回得冲前三名了吧？"

朱斌跟着回来说："好难得，应行这回居然全考了，数学还考那么高，都快满分了，就是总分太低了，你俩坐一起，像是两个世界的。"

梁枫"嘿"地笑一声："应总又不在乎，我早说了，他连抄都不抄，根本就不想上大学吧。"

许亦北听得心烦，抬头看了他一眼。

梁枫被他的眼神看得一愣，问道："干吗，你这么看着我？"

"闭嘴吧。"许亦北站起来，踢开凳子，出去了。

梁枫摸不着头脑，看看朱斌："我惹他了？"

朱斌说："没吧，你就说应行不想上大学啊。"

"对啊。"梁枫往外看，已经看不见许亦北的人了，"他怎么那么在乎应总的事啊……"

应行到学校的时候已经不早了，锁好了车，先拿手机给贺振国发了条微信，叫他一定要提醒舅妈按时吃药，才进了校门。

本来早该来了，他去公寓楼外面等了一会儿，过了平常许亦北出门的点，没接到人，就猜许亦北今天肯定是提早来了。

果然，刚上走廊，他就看到许亦北从另一头的楼梯口走了上来，手里还拎着瓶矿泉水，可能是刚去学校超市买来的，离自己老远，站在那儿，仰着白生生的脖子，猛灌了两大口。

应行刚要过去，身后冷不丁地冒出一个声音："你来得正好啊，跟我过来。"

一回头，老樊在后头站着呢。

应行皱了下眉，转头朝许亦北那儿看了一眼，没法子，只能先跟老樊走。

樊文德进了办公室，"哼"一声："今天要开家长会，就你舅舅的电话打不通，你肯定是拿你舅舅的手机把我的号码给拉黑了，就是不想让你家里来人是吧？"

"知道你还问。"应行插着兜，就站在门口。

老樊冒火，回头指了指他，斥责道："你说说你，我要去家访，你不让，我要开家长会，你家里又联系不上，高三一个学期都要到头了，你真是一点都不想上进了！你再看看你旁边的许亦北……"

应行猜他又要说自己跟许亦北不是一个层级的了，不想听，皱着眉打断他："我家里的情况你又不是不知道，来不了。"

老樊话一下停了，指着他的手也缩了回去，托了托鼻梁上的眼镜，没话反驳似的，干咳两声："那你就给我好好待着，你自己听你自己的情况！"

应行还想赶紧回教室，不耐烦地皱眉道："行，你说吧。"

许亦北已经回了教室，买回来的那瓶水早喝完了，早读课也快下课了，往旁边看一眼，座位还是空的。

"我开始羡慕杜辉了，"梁枫在前面说，"借口要去练球，连家长都不用请了。"

朱斌说："你怎么不羡慕应行？他从来都不请家长。"

"那我比不了，谁能管得住应总？"

许亦北转着笔，不知道为什么，现在听到这些话就烦。

下课铃响了，走廊上不知道什么时候多了几个家长，探头探脑地看教室门上的班级牌子，班上一下热闹起来，居然有人的家长都先到了。

老樊从前门进来了，开口就说："准备开家长会了啊！"

许亦北抬头，一眼就看到跟在后面进来的应行，他敞着黑色外套，一只手插着兜，正往后排走，眼睛就看着自己这儿。他已经来了？

"应总，你怎么跟家长似的，到现在才来？"梁枫咋呼。

应行没理，走到许亦北旁边，坐下来，眼睛就没从他身上离开过。

许亦北看他的眼神就知道他有话要说，目光动了一下，紧接着就听见一声熟悉的声音："许亦北？"

许亦北一愣，扭头看到他妈居然站在后门口，正在往他这儿看，他立马站了起来："你也来了？"

方令仪穿着得体的套裙，化着精致的妆，看到他在就笑了。"刚好有空，你们老师来电话了，我肯定要来的。"

许亦北都没想到，根本没抱希望她会有时间来，所以听到要开家长会的时候也没怎么当回事。

老樊正在请家长们进来。

方令仪走进来，看看他周围，小声问："我坐哪儿啊？"

旁边人高腿长的身影忽然站了起来，让了一下，说："坐这儿吧。"

许亦北看过去，应行看他一眼，坐到了杜辉的座位上。

方令仪坐下来，打量应行两眼，笑着说："谢谢，你跟许亦北坐一起，是同桌啊。"

应行说："嗯。"

方令仪看他挺客气，拉着许亦北的胳膊说："他跟着我去外地太久了，现在回来了朋友也不多，脾气也不太好，你们坐一起，就麻烦你多照顾他了。"

"妈……"许亦北拧眉，低声提醒她，哪有说自己儿子脾气不好的啊？

方令仪还以为他不好意思了，笑着看他："这有什么，不是你同学吗？"

应行抬眼看他："是有点。"

许亦北立即瞪他：你再说一遍？

应行盯着他，慢条斯理地说："没事，我肯定照顾他。"

许亦北跟应行视线撞上，下意识地抿了抿嘴，生怕被他妈多问，坐下来，小声跟方令仪说："别聊了，还是听老师开会吧。"

班上的家长能到的差不多都到了，老樊开始讲话。

以前这种时候应行根本不在，本来老樊跟他把能说的都说了，他也可以不留，但还一直坐着，眼睛往旁边看。

许亦北坐在他妈旁边，乖得很，眼睛看着前面。

应行只能耐心坐着，等家长会结束。

一个会开了快三个小时，光是把每个人的成绩说一遍都要好久，中间暂停上厕所休息都有好几次。

老樊翻来覆去也就那些话，现在已经到了高三的关键阶段，当然是学习第一位。

好不容易结束，后面也没课了，本来今天就是周日，考完月考，可以放半天假。

家长们都往外走，梁枫跟着他妈出去的时候，特地回头朝坐着的许亦北竖了个大拇指，指了指他妈，比画着嘴型：牛，你妈果然年轻又漂亮！

许亦北哪有心情搭理这些，隔着他妈，悄悄看一眼应行，一下就撞到了他的视线，才发现他一直看着自己，顿时又移开目光。

方令仪站起来，心情够好的。"你们老师还特地表扬你了，你数学居然进步了这么多啊，请老师了？"

许亦北跟着站起来。"嗯。"

"教得这么好，你下次包个红包给他。"

许亦北瞥一眼应行，说："他不要钱。"

应行又看过来。

许亦北已经搭上书包，跟着他妈一起往外走。"吃个饭再回去吧。"

方令仪说："好啊，妈妈给你庆祝一下。"

应行看着他们俩一起走了，舔了下牙齿，又没了说话的机会，他吐口气，站起来，跟了出去。

方令仪开口，肯定是要选好地方，上了车就叫司机去酒店。

许亦北其实也没什么兴致，就是难得见她过来，想跟她一起吃个饭，他挨着她坐进车里，说："就在附近的商场找个餐厅吧，不用那么麻烦。"

方令仪正高兴，都依他。"都行，你说去哪儿就去哪儿。"

车开了出去，许亦北往车窗外面看，没看到应行，不知道他是不是走了，不会又赶去哪儿赚钱了吧？

"怎么了，这个表情？"方令仪看着他。

"没事。"许亦北干脆把目光转到前排车座上。

车开到商场附近，停了下来。

方令仪下车的时候，忽然想起来，问道："坐你旁边的那个男同学叫什么？"

许亦北下意识地看她："你问他干什么？"

"看他人挺不错的,他不是还答应照顾你吗?"方令仪往商场里走,笑着说,"长得又高又帅的,你们学校里肯定有很多女孩子喜欢他吧。"

许亦北不知道该说什么,手指拽着肩上的书包带子,好一会儿才回:"应行,他叫应行。"

"这姓还挺少见的,好像也没见到他家里人。"

许亦北又不说话了,进了商场大门才问:"你挺喜欢他的?"

方令仪说:"谈不上喜不喜欢,你们班的同学,也就他给我留下了点印象。"

刚到电梯外面方令仪的手机就响了,她停下来,从手提包里掏出来接了。

许亦北站在她旁边等,就听见她回应了两句,挂了电话,再朝自己看过来的时候,脸上已经在讪笑了。

他瞬间就懂了:"叫你回去了吗?"

方令仪叹气:"公司突然有事,没办法。"

许亦北猜打电话的是李云山,点点头,也没说什么。"那你回去吧,下回吃也一样。"

"我叫司机送你回去?"方令仪问。

"不用,让司机送你吧,我在这儿买点东西再回去。"许亦北抢先进了电梯,为了证明没事,伸手就按了关门。

"那好吧。"方令仪看他这么干脆,只好答应先走了。

她刚走,许亦北又按了开门,从电梯里出来,低低地骂了一句:"烦!"骂完转头朝另一边的门走。

没一件让人舒坦的事,跟应行到现在一句话都没说,想跟妈妈吃个饭都不能如愿,越想越烦!

"嘭"地推开楼梯间的门,他停了一下,也不知道自己走到哪儿来了,前面是商场的卫生间,根本没路出去,更烦,他抬脚踢了一下旁边的垃圾桶。

身后的门一下被人推开,有人跟着走了进来。

他回头,眼神一顿。

应行合上门,正看着他。

"你跟来的?"

"不然呢?"

许亦北没说话。

应行说:"你不是答应我不生气了?"

许亦北眼神闪了两下，说："我说了，我没生气。"

许亦北昨天离开游戏厅的时候走得很快，其实回去就后悔了，弄得像是真生气了一样。其实要说生气也不是气他，还不如说是气自己，觉得自己给他忙这忙那纯粹是自作多情，他要是不想学，就想这么赚钱，自己还能逼着他学吗？

应行走过来，看着他白生生的脸，压低声音问："真没生气？"

许亦北垂眼看着他的胸口，也不知道是不是追过来太急了，他的胸口还在起伏。许亦北用鞋尖蹭了蹭地，随口道："没气。"

应行说："那我这么大个人在你跟前，你就不能看看我吗？"

许亦北抬头，一下对上他的脸。"你……"

应行提了下嘴角："我是不要你的钱，但奖励还是要的，你这回都考分过百了。"

许亦北看着他问："你要什么奖励？"

应行垂眼，盯着他，也不说话。

卫生间里有人出来，经过他们旁边，推开楼梯间的门出去了。

他皱眉看应行两眼，然后扭头就往卫生间里走。

卫生间里没人，水声"哗哗"的，许亦北在洗手池那儿洗了把脸，抬头就看到他跟了进来，于是一把关上水龙头。

应行看他似乎不愿意和好，皱了皱眉。

许亦北小声说："你故意的是吧……"

应行这才说话："和好吧，这一天真快憋死我了……"

第 55 章

许亦北没作声，直到脸上的水珠都滑到鼻尖了，才用肩撞应行一下，低声说："走啊！"

应行笑着，一只手抓着他的胳膊，开了门，拽着他出去。

一出卫生间的门，许亦北就推了他一下。

应行一下笑起来，拽着他就往外跑，两人脚底发出一连串的脚步声响，"嘭"的一声推开楼梯间的门出去了。

到了商场外面，被风一吹，呼吸才没那么急了，许亦北一边走，一边小声说："你就不能轻点吗？我肩膀都痛！"

应行走到停车的地方，回过头，掏出车钥匙开锁，看着他的脸说："那我得去研究一下。"

嗯？许亦北看他，他还要研究？

应行坐到电动车上，偏头示意他上来，忽然问："今天你妈见到了我，对我这个同桌印象怎么样？"

许亦北抬腿坐到后座，看着他的后脑勺说："自己猜去吧。"

"这脾气还是不好。"应行说。

许亦北手臂一把箍住他的脖子："你再说一遍？"

应行掰开他的手臂："我说先去吃个饭，再带你去别的地方，走了。"

车瞬间开了出去，许亦北一晃，抓好了。

两人在修表铺附近的街上吃了点东西，应行又骑着车，带他去了以前去过的那家网吧。

许亦北搭着书包走到门口，停下来看他，疑惑地问："什么意思？"

应行收着车钥匙，边往里走边说："我最近在攒钱，就不瞒你了，所以干脆带你过来。"

许亦北跟进去，看一圈，这里面还跟第一回来的时候一样，大厅里面一群人"噼里啪啦"地敲键盘，外面靠门这儿的收银台空着，摆着"暂时离开"的牌子，像等着换人一样。

应行把那牌子摘了，从侧门进了柜台后面，看着他，像在等他发话。

许亦北拽着肩上的书包带子，觉得他就是在解释最近忙来忙去的事，隔着柜台看他。"还有带个人出来赚钱的？"

"嗯，我啊。"应行扬了扬嘴角。

许亦北心里舒坦多了，嘴上故意跟他找碴："那我又没成年，不是进不了网吧吗，又得塞你旁边是吧？"

应行"啧"一声，这人就没有不嘴硬的时候，他把手伸进裤兜掏出身份证说："拿我的身份证给你开个机，随你去学习还是玩，反正就待在这儿。"

许亦北还没想好说什么呢，他都弄好了。应行又往里面偏了偏头，忽然压低了声音说："去找个包间，我等会儿来找你。"

怎么跟要秘密接头似的？许亦北眼神闪一下，转头进去，没走两步又退回来说："给我杯水。"

应行看着他："渴了？"

许亦北没好气："对。"

应行摸一下鼻尖，忍着笑转身去倒水。

许亦北看到他笑了，更没好气了。"算了，我是来消费的，你待会儿给我送进来！"说完就扭头进去了。

应行看着他进去了，双手撑着流理台笑出了声，深吸口气，可能自己逗起许亦北来太没轻没重了，但是没办法，收不住。

许亦北进了个有两排电脑桌的包间，没别人，就他一个。

这儿比外面的大厅要安静多了，也没什么烟味，他坐下来，把书包一放，开了电脑，先找了几个线上教育课程的网站，戴上耳机，点开一个英语听力，又从书包里拿出卷子，就在这儿做作业。

放在桌上的手机振了两下，来了微信，他拿起来看了一眼，是江航发来的，问他今天是不是放假了，在干什么。

许亦北回了句"写作业"，放下手机的时候才开始琢磨，自己真是太好说话了，应行几句话就让自己坐在这儿了。他拿着笔翻开卷子，自言自语地说："便宜他了……"

江航挺识趣，看他说写作业就没再发消息来。

许亦北坐着写了差不多半个小时，面前伸过来一只手，放了只玻璃杯在他面前，紧接着耳机被摘掉，应行一只手撑在他坐的沙发靠背上，偏着头在看他。

"水给你送来了，还要什么服务？"

许亦北看看他，又看看那杯水，端起来喝了一口，冰冰凉凉的，刚好润了一下唇，挺舒服，忍不住问："这里面加了什么？"

"去了冰，加了薄荷。"应行在他旁边坐了下来，一只手掏出手机。

许亦北又喝一口，腿已经动不了了，沙发就这么大，两个人坐在一起，只能挤着，他眼睛往旁边看。

应行一条胳膊搭在他背后的沙发靠背上，靠近他的那条腿裤管绷紧，显出结实的线条，两条胳膊的袖口也拉了上去，露着小臂，拿着手机的那只手骨节分明，整个人像浑身都带着种力道似的。

"看什么呢？"应行忽然抬眼看过来。

许亦北跟他目光一撞，拿开杯子，反问一句："你看什么呢？"

应行似笑非笑地看他一眼，低头继续看手机。

许亦北凑近，一眼就看到手机屏幕上一行醒目的"制人技巧"，眼都睁大了。"你还真……"

应行抬头问："还真研究了？"

许亦北的话被堵个正着，刚喝了两口水觉得舒服了点，视线转到他手机上，看到几张图片，干脆又端起杯子喝了两口，用胳膊肘撞他一下，说："研究这些挺来劲，怎么不去研究学习啊？"

应行按着胸口闷笑一声，看着他的脸，笑容又淡了。"怎么说？"

许亦北觉得自己好像又开始一头热了，扒一下面前的卷子，说："没什么，写作业就想起来了。"

"那你是希望我写作业？"应行问。

"随你。"许亦北抿一下唇。

外面忽然一声铃响，有人在叫收银，应行没说什么，站起来收了手机，开门出去了。

许亦北看着包间门关上，拿着笔，在卷面上戳了两下，暂时也不想写了。他扔下笔，站了起来，出去上厕所。

等他从厕所里出来，往收银台那儿看了一眼，看见应行还在忙，背对着他这儿，低着头在键盘上飞快地敲着。

许亦北觉得他这样根本也没心思写作业吧，刚要回包间，忽然感觉有人看着自己，一扭头，就看见有个人从网吧后面的那扇门外经过，身上穿着件白外套，眼睛就看着自己。

是那个孟刚。

"真是巧了，那天那么英勇，今天又碰到你。"孟刚走到后门口，"这儿也是应行的地盘？"

许亦北说："关你屁事。"

"不关我事，"孟刚冷笑，"我就看他那种人能好过多久，你现在跟他这么好，哪天知道他的为人不得哭？"

许亦北冷着脸说:"你想在这儿再动一回手?"

应行的声音忽然横插进来:"这里的事好像都是找我吧?"

许亦北看过去,他刚过来,站在过道那儿看着孟刚。

孟刚一脸皮笑肉不笑的表情,看一眼许亦北。"那肯定,什么事都找你,你们俩还真是形影不离啊。"

应行沉着脸,一言不发地看着他。

外面有人在叫孟刚,他嘲讽地看了眼应行,揉了一下胳膊,可能是那天被应行撞的那下不轻,然后阴沉着脸走了。

应行走到许亦北身边,拨一下他的肩说:"回去,不用管他。"

许亦北转头回包间,在沙发上坐下来,还是不爽,忍不住问道:"他到底跟你有什么仇,每次说话都这么阴阳怪气?"

"别搭理他就行了。"应行脱了外套,往沙发上一搭,挨着他坐下来。

许亦北愣了一下,就看到他对着自己扯了扯嘴角,忽然抽了一张自己卷子下面的草稿纸,又拿了自己的笔在上面一按,说:"你给我列一下,今天要写什么作业。"

许亦北不动了,看着他:"干什么,你要写?"

"嗯。"

许亦北上上下下地打量他:"突然愿意写作业了?"

应行笑了一下:"我更愿意让你高兴啊。"

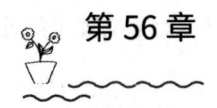

第 56 章

许亦北确实高兴,嘴上不说,但后来离开网吧回公寓的时候,嘴角都是带笑的。

第二天早上起了床,他进卫生间里洗漱,嘴里还不自觉地哼了几句歌。

"喀……"许亦北自顾自地清了清喉咙,马上要去学校了,还是赶紧收收心。

他抄着水拍拍脸，抬起头。

也不知道是不是最近起得太早了，黑眼圈有点明显，他对着镜子左右照了照，轻轻"啧"了一声，有点不满意，又用手指抓了抓头发，突然觉得不对，扭头就朝外面走。

什么玩意，居然开始在意外表了！

据说今年的冬天来得早，出了公寓小区的大门许亦北就感觉出来了，气温降了好几摄氏度，风刮在脸上让人直想缩脖子。

许亦北拉高外套领口，肩上搭着书包，一眼就看见停在路边的黑色电动车，还有坐在上面两条长腿撑着地的人。他扬着嘴角过去，抬腿一跨，坐到了后座。

应行知道是他，头都没回。

许亦北扭头往路上看了看，时间太早，现在路上都没什么人，他坐稳就问："我列给你的作业回去都写完了？"

应行低声说："一见面就问这个？"

许亦北说："你还没回答我呢。"

应行笑了声，故意不回答，把脚撑一打，直接把车开出去了。

许亦北也不知道他到底写没写，反正自己昨天一项一项给他列得挺详细，他不会就是嘴上说说吧？

胡思乱想了一通就到校门附近了。

刚下车就听见老远传来一声不轻不重的咳嗽声，一听就是老樊的声音，许亦北看一眼应行，话都来不及说，立马往校门口走。

"许亦北！"老樊今天负责检查，就在校门口看着他呢。

许亦北眼皮一跳，也不知道他有没有看到自己从应行的车上下来，做贼心虚似的，拨一下肩上的书包，走过去，眼睛往后瞟，应行不紧不慢地在后面跟着呢。

"今天最后两节是自习课，你课前去一下我办公室，喏，这个给你，准备一下，好了，先进去吧。"老樊递给他一张纸。

"哦，行。"许亦北松口气，接过来，随手往口袋里一揣，还真以为被抓个正着呢。他又往后瞥一眼，赶紧进去了。

老樊看他进去了，背着手，打量着应行。"你还能跟许亦北一起来呢？"

应行说："证明你开家长会有效果了啊，我能跟他一样早到还不好？"

老樊辩不过他这张嘴，托一下眼镜，摆摆手说："进去，快进去！"

应行跟着许亦北进去了。

三班教室里正好在收作业。

许亦北刚在座位上坐下来,高霏就从前面过来了,手里拿着几张卷子。"许亦北,交作业了,你的卷子都给我吧,我帮你一起交了。"

梁枫正好从前门进来,绕了一圈到座位上,看看她,又看看许亦北,真难得,居然没跟以前一样又乱开玩笑。

高霏看到他就烦,白了他一眼,也没作声。

许亦北看了看他俩,从书包里拿出卷子,刚要交,一扭头,就看到应行进来了。

一进来就看到高霏站在许亦北面前,应行扫了一眼,走到他旁边,一只手从裤兜里抽出来,拿出几张叠在一起的卷子,展开,顺手抽走了他手里的卷子,一起递了过去。"我跟他一起交。"

高霏蒙了,愣愣地问:"你主动交作业吗?"

梁枫在前面喝牛奶,差点被呛到了,回头就喊:"什么什么,应总你干吗了?!"

"交作业啊。"应行看一眼旁边。

许亦北和他对视一眼,眉毛一挑,转过头就扯了扯嘴角,原来他前面是在卖关子呢,还是写了啊。

"什么情况?"杜辉也到了,一来就听到这么劲爆的消息,"应总,是不是老樊逼你写的?"

应行嫌烦,交个作业都能被围观,脚勾一下凳子,坐下来。"干你自己的事去。"

杜辉没话说了。

高霏捧着卷子走了,只剩下梁枫和杜辉在后排感慨世事无常。

应行没管他们,头往许亦北那儿一偏,低声问了句:"怎么样?"

许亦北看他一眼:"又逗我?"

"你就不经逗。"

许亦北在桌底下踢他一脚。

应行笑出了声,收腿让了一下。

梁枫可能是听到声音了,往后看。

两人瞬间坐开了点,各干各的,什么事都没有发生似的。

开了个家长会还是有点作用的,班上的同学活跃度明显低了,一天的课上得那叫一个死气沉沉。

临近自习课，许亦北可算想起来了，掏出老樊早上给他的那张纸，看了一遍，原来是市里办的一个英语读写竞赛，通知他最后两节课去参加。

也没什么好准备的，这种比赛就跟考试一样，无所谓，参加就参加吧，反正也耽误不了什么。

"什么啊？"应行看了过来。

许亦北在底下把纸往他手里一塞，站起来说："一个小比赛，我去找老樊。"

应行拿着看了看，折一下，居然收起来了。"去吧。"

许亦北看了他一眼才走。

"应总，走，一起出去溜达一下。"杜辉在那儿叫他。

什么"溜达"，还不就是想找地方抽烟？应行说："不去，跟你一起没意思。"

"那你要跟谁一起啊？"杜辉瞪大眼睛。

应行不回答。

杜辉挠了挠头，刚要自己走，又想起来，小声问一嘴："你攒钱攒得怎么样了？"

"攒着呢。"

"那你还有心情写作业呢……"杜辉嘀咕着走了。

应行扯一下嘴角，熬夜写的，在许亦北跟前放了话，还能不干吗？

许亦北走到老樊办公室门口，刚好碰上老樊从里面出来，两人顶头撞上。

老樊立马招呼他："正好，我带你过去，顺便说个事。"

许亦北就觉得他特地叫自己过来应该是有事。"什么事？"

老樊边走边说："其实我也考虑很久了，你成绩一直在进步，不能被耽误，现在也到了关键时期，我还是给你调个座位吧。"

许亦北一愣："为什么？"

老樊叹口气："我以前让你跟应行坐一起，其实就是希望你们能互相提高，结果这么久了，就见你数学成绩提高，他到现在除了数学其他课还是老样子，我实在拿他没招了，从高二说到高三，嘴皮子都磨破了，有什么办法？不能让他在你旁边影响你了。"

许亦北皱眉说："没事，我没觉得受影响。"

也不远，拐了个弯，就到了教务楼的活动室外面，老樊停下来，摇摇头说：

"还是算了，就这么着吧。"

许亦北看他要走，脱口而出："我可以帮他提高。"

老樊脚步一停，回头看他，诧异地问："是吗？我记得那回跟你说，你不还看着挺难办的吗？"

许亦北想了想说："反正尽量，我尽量帮他。"

樊文德看看他，点点头说："真难得你能这么为同学着想，我感动了！那再看看吧，好了，你先去参加竞赛吧。"

许亦北心想：你可千万保持感动，别冲动。然后怕他反悔一样，立即进了活动室。

里面就是个小型的多媒体教室，有好几个人坐在座位上，最边上靠着门坐的是刘敏，她朝他挥了一下手。"刚才就看到你跟你们老师在说话了，我就知道这个比赛有你参加。"

许亦北走过去，跟她隔了个凳子，坐下来。"参加着玩吧。"

刘敏指了指前面的几个人，小声说："你太谦虚了吧，这里的人月考成绩我都看到了，就你英语考得最高，一百四十出头呢，我真的很少见英语能考这么高的，不然你们班怎么就选了你来？"

许亦北的心思还在老樊要调座位的事上，心不在焉地回："运气好吧，就考到了。"

刘敏笑起来："我要不是跟你认识，就要以为你在故意装了。不过你这回月考考得真不错，数学居然进步那么多。对了，应行的数学分数也越来越高了，都快满分了，他不会最近都在钻研数学吧？"

许亦北听到应行的名字才看她一眼："你还看他的分了？"

刘敏说："每回都看的，他就是太可惜了，要是其他门的分数也上来，绝对不会像现在这样。"

许亦北以前对应行的事没这么敏感，现在听到她说每回都看，心里认真回想了一下，好像还真是，印象里只要听她说起分数，要么是在夸自己进步了，要么就会提到应行的数学成绩。

"你还挺关注他的。"他想了想说。

刘敏突然看过来，眼神闪了闪："有这么明显吗？"

嗯？许亦北被她的反应弄愣了，什么意思？

刘敏像又反应过来了，讪笑道："没有，挺不好意思的，我是看了，说出来又怕你笑话我。"

许亦北看她这反应越看越奇怪，心里翻来覆去想了几遍，忽然想起以前她送自己的那些照片，里面还有好多张是带应行的合照，他狐疑地看着她，压低声音说："你不会……喜欢他吧？"

刘敏的脸瞬间红了，她转头看了看其他人，还好中间隔了几排，她声音又低又急地说："你怎么看出来的？我没跟人说过啊。"

许亦北错愕地看着她，就差脱口问一句：居然是真的？？？

梁枫那八卦分子还说她喜欢的是自己，还好他没那么自恋，但也没想到她喜欢的居然是应行啊！所以她之前给自己送照片是什么意思，当自己是跳板吗？

刘敏好像也想到这层了，马上又小声说："你别多想，我是看你成绩好才想跟你交朋友的，没打算请你帮我什么的，你是你，他是他，你千万别说出去啊。"她越说越急，脸更红了。

许亦北抿着唇，无话可说。早知道自己还不如少想点，宁愿不知道，现在居然还要帮她保守秘密了。

有个英语老师进来了。"在这儿的都是咱们学校的英语精英了啊，今天这个竞赛也不难，电子题，每个人半小时，上来答完就走。"

上面的电脑开了，需要戴耳机做题，一个一个上去，上去才能看到题，也不存在作弊问题，估计两节自习课的时间差不多刚好。

眼看着有人被叫了上去，刘敏沉默了好一会儿，才找话一样说："还不知道我能比成什么样，你有把握吗？"

许亦北说："本来没有，现在有了。"

"啊？"刘敏看他，"为什么？"

许亦北脸上没什么表情，还有点心烦。"我现在想赢了。"

"许亦北。"老师叫到他的名字了。

许亦北站了起来，走上去，戴了耳机，低着头开始答题。

就算随做随走，前面最快的一个同学也用了快二十分钟。

许亦北在上面最多站了十分钟出头，就摘下耳机说："好了。"

下面还坐着的人顿时全都看了过去，有人甚至小声说了句："我去？！"

连老师都打量了他两眼："这么快？"

许亦北走下来，刘敏还坐在那儿看他。

027

第57章

也没等刘敏有什么反应，许亦北就走了。

快放学了，对面教学楼的走廊上已经有零星几个走读生下楼的身影。

他揣着两只手在口袋里，闷头心烦地走出几米远，就看见迎面走来了一个肩宽腿长的身影，不是应行是谁？他脚步顿时一停。

"你怎么来了？"

应行人高腿长，大步走着，看到他才放慢了点速度，一只手拿着他之前给的那张纸，另一只手还拿着他的书包。"来看你比赛，这就结束了？"

许亦北忽然知道应行为什么收着这张纸了，原来是看好了准备过来啊。他心里挺受用，比刚才舒坦多了，扬了扬眉道："哦。"

应行打量他："这么快，比得怎么样？"

"管他呢，反正我要赢。"

"这么有斗志啊。"应行笑了，眼神往他后面的活动室里看，"我看看你的对手有哪些人。"

许亦北一把接过自己的书包，推了推他说："不用看了，走了。"

应行被他推着往回走了两步，偏过头看他，不解地问："怎么，我不能看？"

"看什么看，快走。"许亦北又用力推一下他的肩。

应行简直莫名其妙，反过来拽他一把。"行了行了，走吧。"

两人直接出了学校，坐到电动车上的时候，许亦北才问："去哪儿，你又要去赚钱？"

应行坐在车上，想了想，回头看他一眼，说："先去给你补课，其他的再说。"

车开了出去，许亦北不自觉地提了提嘴角。

好久没在公寓里补课了，他们今天哪儿都没去，直奔公寓。

许亦北进门按亮灯，搭着书包进了房间，拉开书桌抽屉找了找，找到了那几张刘敏当初送他的照片，他抽了张桌上的草稿纸就往上面裹。

应行跟进来，扫了一眼房间，看到书桌这儿的两把椅子到今天还好好地放着，笑了一下，又看看他手里，问："干什么？"

许亦北侧过身不让他看："收拾东西。"暂时不想看到这些照片了，闹心。

应行伸手一把抢了过来，挑了挑眉道："这不是那些照片吗？"

还说呢，越说越闹心，谁知道那会儿刘敏拍照的时候心里想的全是应行啊。算了，不能想，再这么想下去心底都要冒火了，感觉自己确实不是跳板，更像是冤大头。许亦北伸手道："给我，我要拿去扔了。"

"为什么？"

许亦北看他一眼，心想你个祸水招的，还问为什么，但嘴上只淡淡地说："不喜欢了啊，就想扔了。"

"那我收着了。"应行直接把照片揣到了裤兜里。

许亦北皱眉问："你要？"

应行笑道："废话，当然要。"

许亦北一下没话了，低声说："随便你。"

应行拖开那把椅子，胳膊搭着椅背，转头，眼睛直勾勾地看着他，问："干吗啊？"

许亦北拿了书包就往他身上一扔，说了一句："学习。"

应行一把接住，放到书桌上，眼睛还看着他，抿了下嘴，还是收敛了，怕真把他弄急了。"过来，先给你补课。"

许亦北清清喉咙，也收了心，想了想，往外走。"我不着急，你先写作业吧，我要去喝口水。"走到门口，他想起来，又回头问，"你今天不会没带作业吧？"

应行看看他，伸手在他书包侧袋里一抽，拿出几张卷在一起的卷子朝他扬一下，早放他书包里了。

许亦北满意了，扭头出了房间，嘴边带着笑，进了厨房，给自己倒了杯水，又笑不出来了。

他跟老樊放了话说要帮应行提高成绩，怎么帮啊？光写作业肯定不行。他忽然后悔了，早知道就不把那两张归纳好重点的纸扯掉了，说不定还能有用。

也不行，就算还留着，得怎么给他啊，直接给吗？那不就等于嫌弃他成绩不好吗？

许亦北靠在流理台上，拧着眉纠结，一只手揣在口袋里蹭着手机，突然发现这事比刘敏那事还让人心烦。

手机忽然在口袋里振了，他回了神，掏出来，屏幕上江航的名字在闪，他按了接听。

"怎么了？"

江航开口就说："北，我去你那儿找你吧。"

许亦北立即说："现在？不行。"

"别啊，我还没去过你住的地方呢。"江航说，"本来想去看看你那儿怎么样，能不能搞个活动啊？"

"你要搞什么活动？"

"唉，你对我太没兄弟爱了，还有两周就是我的生日了，你是心里有别的兄弟了吧？一点都不关心我。"

许亦北回想了一下："我忘了。"

"你看！"江航叹气，"算了，今天不去了，那我生日的时候去你那儿过总行吧，好哥们儿不得一起过吗？"

许亦北只要他今天不来就行，一口答应了："行吧，都可以。"

"干什么呢，还没好？"应行从房里走了出来。

许亦北一下就把厨房门关上了。

江航已经听见声音了。"等一下，我听错了吗？你不是一个人住吗，家里还有别人啊？"

许亦北说："胡扯，我放电影呢。"

"你一个天天学习的人还放电影？这演员的声音怎么听着像应总啊？"

许亦北按按门，关严实了。"你耳朵有问题，抽时间去看一下吧。"

"真的假的？"江航太好忽悠了。

许亦北刚要挂电话，想想又往角落里走了两步，捂着嘴，放低声音说："我问你，如果……我说如果，想要一个人照着自己的意思做，又不好直说，该怎么办？"

江航不知道在吃什么东西，发出"嘎吱嘎吱"的响声。"这还用问，当然是哄他啊！"

许亦北耷拉下眼皮："算了，再见。"

让他哄应行，开什么玩笑?!

他拿开手机就把电话挂了，拉开门出去，一拐，就看见应行靠着房门站着，等着他似的。

"江航的电话。"许亦北扬一下手机。

"我说呢。"应行回头进了房间，拖着椅子坐了回去。

许亦北跟过去，在他旁边坐下，一边往手机孔里插耳机线，一边看着他面前摊开的卷子。

应行感觉他在看自己，扭头看过去，耳朵里就被他塞了个耳机，紧接着就听见了里面播放的英语听力。应行看他一眼："你给我听这个？"

许亦北往自己的耳朵里塞上另一只。"我一个人听没劲，你就当陪老板听不行吗？"

应行看了看他的侧脸，点头说："行。"陪他听有什么不行的？

许亦北悄悄看他一眼，好像没见他不耐烦。许亦北拿了支笔在手里晃，想着接下来该怎么办，眼睛又往他卷子上瞄，也许得先补他不会的吧，于是问："你做得挺顺的？"

应行说："答应你的，不顺也得做。"

许亦北心想他不按常理出牌，接话都不好接，于是换句话问："听力呢，能懂吗？"

"我不是正陪你听着吗？"

许亦北憋口气，撇了撇嘴，这人油盐不进吧！

听了好一会儿，应行看了眼桌上的闹钟，转头说："给你补数学吧，补完我再走。"

许亦北这才反应过来，他是掐着点的吧，肯定还要去赚钱。许亦北手上转一下笔，有点泄气地说："没事，我数学有不会的可以发微信问你，你先写作业吧。"

应行想了想，发微信教也行，于是放下笔说："作业回去再写，那我就先走了？"

许亦北立即问："不能多留会儿吗？"

应行看他两眼，勾了勾嘴角说："行，还能多留一个小时。"

许亦北看看时间，低着头，拿着笔跟他一起写作业，写一会儿停一下，眼看着时间一分一秒地过去，也没想好怎么开口，耳朵里的一篇听力已经结束了。

应行又看了一眼时间，摘下耳机，站起来说："快到时间了，我走了。"一边说，一边拿出手机往外走，是给贺振国发消息，和平常一样提醒他要叫吴宝娟吃药。

许亦北看他的脸色挺认真，就知道是真没时间了，皱了皱眉，起身跟出去。

一直到门口，应行终于发完了，收起手机说："走了，明天见。"说完拉开门就要走。

许亦北下意识伸手，抓着他的外套扯了一下。

应行站住了，回头看着他。

许亦北反应过来，手又立马揣进兜里，转过身说："算了，下回再说吧。"

应行往门口看了一眼，回头盯着他，"嘭"的一声甩上门，走回来。

许亦北一愣，对上他的脸。

应行低声说："还让不让我走了？"

许亦北飞快地说："谁管你，快走！"

应行笑一声，深吸口气："我真要走了。"说完拉开门走了。

许亦北看着门在眼前关上，过了好几秒，他缓两口气，转头回了房间，一头躺到床上。

等等，刚才想说什么全忘了！

应行到了公寓楼下，坐上电动车，也没急着走。

想起许亦北刚才的样子，他扯了下嘴角，总觉得今天那英语听力是故意的。明明那人平常又冷又跩的，今天都能说得上温和了。

他踢起脚撑，掏出手机，要走之前，翻出许亦北的微信，发了句话过去。

许亦北缓了好一阵，手机振了，他掏出来看，是应行发来的。

——今天的听力太难了，下回选个简单点的。

他一下坐了起来，眼睛都亮了。

他刚泄气，应行那边居然主动开了道口子。

第58章

临近期末，天气越来越冷，连每天课间出早操都成了考验。

许亦北手机里的备忘录开着，上面密密麻麻的都是随手记下的英语听力要点。他悄悄把手机拿在手里，一边往操场走，一边低着头在备忘录里又打了几个字才收了起来，随着人群站到三班的队伍里。

梁枫看到他过来就嘀咕:"你最近怎么老是偷偷玩手机?不符合你爱学习的作风啊,小心被逮去上面做检讨。"

"准备期末考试。"许亦北说。

"你还要准备?"梁枫觉得他在开玩笑,"再准备不得考第一了?"

许亦北没接话,转头往后看,一回头,就看到后面站着的高高的人影,他嘴角一扬,头就转回去了。

应行到了,就在他后面站着呢,一来就揣着两只手看着他。

操场上的大广播里还没放音乐,先冒了两声"喂喂"出来,一个老师拿着话筒,在最前面的看台上说:"教导处发个通知啊,高三(3)班许亦北……"

梁枫抢话:"不是吧,你真被抓到了?"

许亦北无语。

老师的声音接着报:"荣获市里英语读写竞赛第一名的好成绩,特此表扬……"

敢情是上回英语竞赛的事,拖到今天才出成绩,许亦北自己都差点吓了一跳。

"这是什么时候的比赛,我怎么不知道?"杜辉在最后排嚷嚷,"挺牛啊。"

周围人的眼睛全看了过来,连别班的人都在往他身上看,一瞬间他就万众瞩目了。

许亦北刚想回头,就看到老樊在前面朝他招手:"许亦北!去,快去上面领奖!"他只好赶紧上去。

眼看着他走到前面的台上去了,梁枫直感慨:"哎哟,许亦北这不声不响就拿了个奖,帅啊!"

应行盯着台上那个又高又瘦的身影,他今天穿了件墨绿的连帽外套,衬得他整个人白净得不行,确实帅,难怪下面的人全都在看他。

梁枫还在前面跟人闲扯:"许亦北数学一进步,整个人各种发力啊,这以后不得考个名校?眼瞅着就跟咱们不是一个世界的了,唉,差距啊……"

应行本来只看着台上,听到这句话,扫了他一眼,嫌烦地抿住嘴。

许亦北下来了,手里拿了张奖状,卷了卷收在口袋里,过来站到位置上时,看着应行,轻轻挑了下眉毛。

应行扯了下嘴角,觉得他这会儿简直是意气风发。

早操结束,大家都往回走,许亦北还被众人注视着。

出操场的时候,许亦北老远就注意到有人瞅着自己,他转头看了一眼,是高二的一群人,最前面的是李辰宇,他懒得搭理,不咸不淡地扫了一眼就过去了。

等上了教学楼，又感觉有人看着自己，许亦北抬头往上看了一眼，看到刘敏走在前面的走廊上，正看着他。

打那天比赛之后，两人还没碰见过，现在一看到他，刘敏就尴尬地笑了笑。"恭喜你啊。"

许亦北又想起那天的事，淡淡地说："谢谢。"

刘敏还想说什么，忽然看了一眼他身后，脸腾地红了，什么都没往下说，转过身匆匆进了四班的教室。

许亦北回头一看，应行就在他后面，难怪了。

梁枫从应行后面挤过来，八卦地问："许亦北，干吗，她是不是又想来给你送点什么？这回不会是情书吧？"

许亦北白他一眼："少胡扯了。"

"那她脸那么红？"

"啰唆。"许亦北没好气地往前走。

应行忽然看一眼梁枫："你今天是挺啰唆。"

梁枫蒙了："怎么这个口气啊，我怎么了？"

应行皱了下眉，越过他，跟着许亦北，两人一前一后进了三班教室。

许亦北在座位上坐下，翻着书，看应行在旁边坐下来了，低声问了句："今天放学还要去赚钱？"

应行"嗯"一声，看着他问："怎么？"

许亦北低下头接着翻书，淡淡地说："没怎么，就问问。"

应行又看了看他，刚好梁枫和杜辉都回来了，只好先不说了。

到学期末的时候总是疯狂赶进度，一天的课上得又赶又急。

总算挨到放学的点，梁枫在前排趴倒哀号："受不了了，赶紧考试吧。"

朱斌说："我要有许亦北那种英语成绩才会期待考试。"

许亦北收拾好书包，看了眼应行，拎起来，先出教室走了。

应行碰上他的视线，跟着他走了出去。

出了校门，许亦北往后看了一眼，看他在后面不紧不慢地跟着，知道他差不多也该去忙了，于是扯一下书包肩带，往公交站走。"你去忙吧，我回去了。"

书包被一把抓住，他停下来，往后看。

应行松开手说："不忙了，你刚拿了奖，我怎么能忙别的呢？今天就忙你一个人的事了。"

许亦北左右看了看，周围没什么认识的人，他扯了下唇角，似笑非笑道："是吗？"

应行往停车的地方偏偏头说："过来啊。"

许亦北跟过去，扯出了耳机线。

应行坐上车，指一下自己的耳朵，知道又是英语听力。

许亦北往自己耳朵里塞了一只耳机，刚要往他耳朵里塞，就听到有人叫自己："北啊！"

他的手立即一收，转过头，江航兴冲冲地从马路对面小跑着过来了。

"干什么啊？"许亦北看着他。

"哎，应总也在啊。"江航先冲应行打个招呼，过来就搭住了许亦北的肩，"跟你说的话又忘了是吧？说好要跟我一起过生日的。"

许亦北想起来了："这就到了？"

"你说呢？还真把我给忘了。"江航郁闷，扭头看看应行，"应总，你也来吧，正好咱们一起聚聚。"

应行看了眼他搭在许亦北肩膀上的胳膊，问他："去哪儿啊？"

"我哥们儿住的地方，今天我生日，我替他请你了。"江航说，"正好你肯定没去过。"

应行笑一下："是吗？"

许亦北抿着唇，手指绕着耳机线，差点翻个白眼。

"怎么样啊，应总，来吗？"江航还真不是开玩笑，语气还挺真诚。

应行点一下头："行啊，我都没去过，肯定要去见识一下。"

许亦北看他一眼，心想：你还来劲了。

江航说："太好了，那我们俩先去买点东西，准备一下，你等会儿就来。"

应行冲许亦北偏偏头，说："地址发我啊，不然我待会儿找错地方怎么办？"

江航一愣，扒拉一下自己的胳膊，一想也是啊，便撞了撞许亦北，催促着："快给应总发地址啊。"

许亦北装模作样地拿出手机，看一眼应行："行，马上给你发。"一边说一边往前走了。

江航追上去，跟应行挥手："应总，等会儿就来啊。"

应行看着他俩走远了，一起上了公交车，忽然感觉裤兜里的手机振了，摸出来一看，许亦北居然真给他发了条微信。

一个备忘录文件，名字很醒目：《致富经》。

他点开，里面列得密密麻麻的都是英语听力的要点，哪儿要注意，甚至哪一类包含哪些关键词都有。

他大概看了一遍，抬头又去看公交车，车刚好在他眼前开走，他低头又看一眼手机，嘴角扯了扯，打了句话过去。

——致富经？

许亦北很快回过来。

——对啊，你天天忙着赚钱，致富的东西总得看吧。

应行又看一眼手机，仔细翻了翻，估计他从自己答应练习听力的那天起就开始做了，居然有这么多。

在电动车上坐着低头看了好一会儿，应行才收起手机，其实很多都云里雾里的，但还是都看了一遍，自顾自地又笑了笑，心口感觉有股热流，可真有他的，自己也算没有白教。

公交车在商场外面那站停了下来。

许亦北下车的时候又翻了翻手机，也不知道应行看了自己做的那个资料没有，他一边想，一边跟着江航进了商场。

江航也在摆弄手机，不知道在给谁发消息，嘴里嘀咕着："好歹我过生日，你得送我个礼物吧？"

许亦北说："你自己挑，挑中喜欢的我送给你就行了。"

"别说了，北，我就爱这么豪气的你。"江航肉麻兮兮。

"滚蛋。"两人说着话上了一层扶梯，许亦北转着头到处看，这一层刚好是卖衣服的地方，他老远看见一件风衣，双排扣的，立领，套在假人模特身上很有型，他多看了几眼。

江航顺着他的眼神看了两眼，问道："干吗啊，看什么呢？你还能看得上这儿的衣服啊？别看它卖起来大几千的，也配不上你的档次啊。"

"有什么看不上的。"许亦北嫌他话多，"你不是来挑礼物的吗？"

"那我去了，我要去挑个贵的！"江航扭头跑远了。

许亦北搭着书包走进那家店里，打量那件风衣。

不知道为什么，总觉得这件衣服要是穿在那个人身上，比这假人模特套着要有型，他想着想着居然笑了。

"北，我好了！"江航老远在叫。

许亦北皱皱眉，心想怎么那么快啊，只好不看了，扭头先过去。

江航的出息也就这么一丁点了，最后挑的生日礼物就是个游戏机。

许亦北带着他去公寓的时候，他手里已经抱了大包小包的一大堆吃的，都是在商场里买的。

门一打开，许亦北就想起来，立即抢先进门，先到处看了一遍。忽然看见房间门开着，他快步过去，把书包往床上一扔，出来就把房间门给带上了。

江航把吃的喝的都拿出来放在茶几上，看着他："干吗啊，回家怎么先关房门啊？"

许亦北关上门还顺手拽了一下，关牢了，不然光是那两把椅子放在里面就挺怪的了。"我学习的地方，肯定不能让人乱窜啊。"

"你什么时候这么多规矩了？"江航嘀嘀咕咕。

门被敲响了。

江航说："肯定是应总来了，我去开。"

许亦北已经过去了。"我去吧。"

一拉开门，外面居然站着杜辉，他正一脸不耐烦地皱着个眉。

"还真是你住的地方啊。"看到许亦北他就叫了起来。

许亦北说："你怎么来了？"

江航在屋里嚷嚷："我叫的我叫的，让他进来。"

许亦北服了，江航当时在电话里说要搞活动，现在真成活动了，居然又叫了一个。

应行从杜辉后面过来："他不进让我进。"

许亦北看到他，把门拉开。

应行走进来，看他一眼，真跟第一回上门似的，还笑了笑。

杜辉跟进来，在屋子里左看右看，打量了一圈，看看许亦北问："你一个人住一套房？"

许亦北关上门应着："嗯。"

"我的妈呀，羡慕！"

江航接话："别羡慕，有钱人的生活羡慕不来，这儿对他来说算住得差的了。"

许亦北走回来，在沙发上坐下，拿出手机，问江航："是不是没买蛋糕啊？我给你订一个吧，让他们送上门。"

应行站在他旁边，忽然不轻不重地笑了一声。

许亦北一下想起他过生日时的那个蛋糕，还有挤在一起洗奶油的狼狈，瞥他一眼，收起手机说："还是算了吧。"

江航说："我有那么傻吗？特地没买蛋糕，就是防止你们摁着我抹！"

他边说边要往许亦北身边坐，还没挪过去就看见应行已经在那儿坐了下来，只好换另一边，在旁边的凳子上坐下了。

杜辉左右看看，就在江航旁边坐了下来，又看一眼对面，应行坐在许亦北旁边，一只手撑在他身后的沙发坐垫上，乍一看两人像是关系有多好似的。

杜辉看了好几眼，想想可能是自己想多了，那怎么可能嘛。

江航给每人开了一罐饮料，先放一罐在应行跟前。"应总，看在我今天过生日的分上，能给我几张优惠券吗？"

杜辉抢先说："你快省省吧，过八十大寿也不送你。"

许亦北还记得应行以前说过的话呢，跟着说："算了吧，毕竟他的优惠券一般人都不给。"

应行看他一眼，忽然说："行啊。"

许亦北扭头看着他。

应行跟他视线一碰，笑着说："你哥们儿也不算一般人吧。"

许亦北总觉得他特别强调了一下"你哥们儿"，手指摸了下鼻子，及时忍住没说什么。

"应总够意思！"江航用力扯着一袋零食，想要给应行表表诚意，结果死活扯不开，就差用牙咬了，他转着头找工具。"北啊，你这屋里没小刀吗？"说着看到许亦北的房间，站起来，"你写作业的地方肯定有吧，我去找找。"

许亦北生怕他进房间，立即说："没有！"

应行站了起来，走到客厅的柜子那儿，拿了把美工刀过来，抛在桌上说："用吧。"

江航拿起来，诧异地看着他："应总牛啊，才来就知道东西在哪儿。"

应行说："我眼神好。"

杜辉左右看看："我怎么没注意到？"

"吃你的吧。"应行直接把他的话堵了回去。

许亦北差点要坐不住了，得亏江航心大。他打岔似的站起来，往厨房走。"我去拿几个杯子过来。"

应行看他进了厨房，回头坐下，看一眼江航，问："他什么时候生日？"

"啊？"江航奇怪，"你说谁啊，北吗？怎么问起这个啊？"

杜辉也看着他。

应行理所当然地说："你的生日我都知道了，就不能问一下他的？"

江航一想在理，这关系不就越来越好了吗？于是点点头说："也对啊，他生日……"刚要说，看到杜辉，他又故作神秘了，掏出手机，在上面打了个日期，翻过来给应行看，"喏"。

"嗯，知道了。"应行掏出手机，打开日历。

杜辉"啧"一声："搞得这么神秘，谁在乎啊？"

江航"嘿嘿"直笑："什么神秘啊，我把我的生日告诉你了，这还不够啊，我的生日就是今天。"

"去你的，谁要知道你的生日。"

许亦北回来了，放下几个玻璃杯，给他们倒喝的，他坐下说："光这么吃吃喝喝，就叫过生日了啊？"

江航提议说："那不然玩会儿牌吧，谁让北他热心学习呢，我也不好一直打扰他，我主要是心疼他一个人住着寂寞，想趁过生日来陪他放松会儿，放松完就撤了。"

许亦北说："你这么懂事我都要不习惯了。"

应行听说他要走，才总算来了点兴致："那来吧。"最好是早点结束早点走。

江航买东西的时候就顺带买了一副牌，四个人刚好可以玩二对二。他本来想跟许亦北一组，但是开场应行就把许亦北拉到自己那组去了。

"我不太会玩。"一开始，许亦北就说。

应行手指捻着牌："没事，你随便出。"不还有他吗？

杜辉的两只眼睛又忍不住往他俩身上瞧。

应行看杜辉一眼："出啊。"

杜辉只好埋头打牌。

天快黑了，打了几局，江航跟杜辉就没一把赢的。

"我不是寿星吗？"江航哭丧着脸，"应总你让让我。"

"我就这水平，让不了，要不然你们俩玩？"应行放下牌，其实早就不想玩了。

江航把目标转到杜辉身上："来，让我试一把手气，我就不信我连你也打

039

不过。"

杜辉不给他面子："刚才输成那样就是你的问题，还有脸说。"

许亦北正好也不想玩了，丢下纸牌，往旁边看一眼，就看到应行盯着自己。

应行看着他，忽然手指一拨啤酒罐，一下打翻了，立马站起来，明知故问道："卫生间在哪儿？"

许亦北起身带他过去。

应行站起来，捏着湿了的衣角，进卫生间去了，门一下被关上。

江航还抬头关心了一句："应总，没事吧？"

过了一会儿，江航输了个底掉，彻底放弃了，站起来说："算了算了，不打了。"

他话说完一扭头，看到许亦北走了过来。

江航问："你去哪儿了？"

许亦北没回答，直接问："要走了？"

"走了，那不是怕你嫌烦了吗？"江航往卫生间里看，"应总还没好呢？我看不也没洒多少吗？"

杜辉伸头喊："应总？走啊，一起走了。"

里面的水声停了，应行开门出来，脸上和脖子上都挂着层水珠，揣着手说："走啊。"

"你就弄湿了点衣服，洗这么半天。"杜辉打量着他，一边往外走。

应行看一眼许亦北，转头出门。"明天见。"

许亦北送他到门口，若无其事地回道："嗯，明天见。"

眼见着他出了门，许亦北立即把门"嘭"一声关上，心想：这场庆祝到底庆祝了什么？谁知道啊，管不上了。

第59章

"哗哗"的水声响了半天，终于停了，应行拉开卫生间的门，走了出来。

贺振国晚饭都吃过了，正在厨房里洗碗，听见动静就伸出头来数落他："你说说，这是第几回了？这可是冬天了，天色暗得早，都不知道干什么去了，回来饭都不吃，进门就冲澡！真是大小伙子火气旺！"

应行擦着头发，咧咧嘴，没接话，从许亦北那儿回来就一直被他念叨。

贺振国又在里面说："精力这么旺给我看店去，难得你今天没到处跑着去赚钱。"

应行把时间腾出来本来是准备给许亦北补课的，结果江航那个生日一搞，也没在公寓里待成，现在让去看店就去看店吧。他随手拿了外套，往身上穿，转着眼珠，看见主卧里灯亮着，低声问："舅妈睡了？"

贺振国叹了口气，小声说："没有，早上说做了个噩梦，到现在都没什么精神。"

应行拉上外套拉链，扭头走到主卧门口，门开着，他抬手敲了敲门框。

吴宝娟坐在床边叠衣服，听见声音抬头，眼神有点茫然，看到是他目光才清楚了，开口就快快地说："我做梦了。"

应行走进去问："做什么梦了？"

吴宝娟挤着眉，额上都挤出了皱纹。"梦到家里少了个人，你不见了，我去找啊找，没找到。"

应行看她确实没什么精神，也不知道是不是病情又严重了，皱一下眉说："我不是在吗？"

吴宝娟看他："那少了谁啊？"

应行想了想，没事似的冲她笑一下："是不是北北啊？"

"北北……"吴宝娟回忆了一下，像是才回忆起北北是谁，点点头，"对，那肯定就是北北，他去哪儿了？"

应行把她的注意力岔开了，掏出手机说："给他打个电话吧，你就能放心了。"

吴宝娟像小孩子一样，立马放下手里的衣服，眼巴巴地看着他拨了微信的语音通话。

应行顺手点了个免提，没几秒，电话通了。

许亦北的声音低低的："你又干吗啊？"

应行说："我舅妈想跟你说说话，我开着免提呢。"

吴宝娟跟着就叫了一声："北北？"

许亦北愣了愣，回了一句："啊？吴阿姨，嗯……是我。"

吴宝娟说话没什么头尾，东一句西一句，零零碎碎说了几句，又问："你怎么不来了？"

许亦北说："要期末考试了，我复习呢，回头去看你吧。"

吴宝娟这才满意了："好。"

许亦北挺耐心地说："那先这样。"

吴宝娟聊踏实了，把电话推给应行。

应行看她脸上有了笑，才拿着手机转身出去。

贺振国过来了，进来就问："好多了？"

"嗯。"应行走到客厅门口，开门出去，一边把手机放到耳边："喂？"

"免提关了？"许亦北在那头问。

"关了。"应行带上门，踩着黑黢黢的楼梯下去。

"没事了吧，我挂了！"许亦北把电话挂了。

应行停一下，低头看一眼手机，真挂了，忍不住又扯了下嘴角，往修表铺走。

他想想吴宝娟，低着头用手机算了算大概还差多少钱，算好了，又翻出日历，看着许亦北的生日日期，特地在上面画了一个提醒标记，然后一手拉开拉门，进了修表铺子。

一进去，他就进了柜台后面，低着头找了找，在柜台里找了根表带出来，坐下来，又拿了一堆工具放在面前，打算捣鼓个手表出来。

许亦北起了个大早，昨天屋里被江航他们弄得太乱了，起床后才稍微收拾了一下，其他的不管了，丢给家政了。

才早上六点他就出了门，打车去了趟商场。

这么早，商场都还没营业，他摸了个空，又拐去街边的一家零食店里，买了一包大白兔奶糖，塞在书包里，去了修表铺。

天真是越来越冷，风呼呼的。

许亦北走到修表铺门口，看拉门没锁，应该是已经开门了，他拉开往里看，又没见有人。

是昨晚答应来看吴宝娟他才这么早过来的，但是估计吴宝娟这时候也没起床。他走进去，把书包里的那包大白兔奶糖拿出来，放在玻璃柜台上，又转身出去。

许亦北刚要关门就看见应行过来了，他身上穿着深灰的外套，一手拿着车钥匙,一手揣在裤兜里,过来的时候就看着门口这儿,脸上似笑非笑的。"差点以为来不及去接你了,你居然自己来了。"

许亦北往肩上搭书包,白他一眼:"我还不是为你舅妈来的吗?"

应行看了眼店里柜台上放着的糖,顺手把拉门带上,看看他的脸说:"那要不要我替我舅妈谢谢你?"

许亦北赶紧推他一下:"快走吧,你!"

应行笑了声,抓着他的胳膊一拽,把他推去电动车那儿。"行了,上车吧。"

坐到车上,许亦北顶着冷飕飕的北风,往他耳朵里塞上耳机,自己耳朵里塞上另一只。

应行把车开出去。

车开得飞快,风声在耳边呼呼作响,听了一路的英语听力,到了校门附近,应行一下停住,两人的耳朵都快被冻僵了。

许亦北从车上下来,摘下耳机,问:"'致富经'看了?"

应行锁上车,打趣说:"看了,老板还有什么吩咐?"

许亦北撇了下嘴,低声说:"那也不够啊,都要考试了。"

应行不禁看他一眼。

许亦北是觉得这种进度还远远不够,还没说什么,转眼就看见前面走到校门口的人,脸上冷了一半。

是李辰宇,今天来得够早的,一边走一边盯着他这儿,直到看见他后面的应行,才没再多看,什么话都没说,进校门去了。

许亦北往路上看一眼,没看见平常送他的那辆黑色商务车,倒是看见一辆白色小轿车远远开走了,好像是李辰悦的车。许亦北拧了一下眉,李辰悦送他来的?

应行跟在后面说:"你还在乎被他看?"

许亦北回神,一边往前走,一边说:"谁在乎他啊?"是不想被李辰悦看见,不然她可能又会叫自己离应行远点。

三班的教室里已经有期末考试的气氛了。

丁广目居然一大早就在前门站着,大佛一样戳在那儿发话:"来的人都找人搭个伴,互相检查检查自己的古诗词背得怎么样了,马上考试了,要是考得一塌糊涂,下学期我都要找你们!"

043

他这撂狠话的架势估计是被老樊传染了，连撂完就走的架势都很像老樊。

许亦北拿了语文书出来，往应行面前一推。"你帮我提示一下，我还有很多都没记住。"

应行坐下来，看他一眼："你还需要提示？"

许亦北点头："需要。"

应行看看他的脸，扯了扯嘴角，翻开语文书。"行，我帮你提示。"

这点心思也太好猜了，这哪是需要他提示，是顺带让他跟着一起看吧。

梁枫还没来，朱斌拿着书回头。"许亦北，咱俩一起背……"话音戛然而止，他诧异地看着应行，"你俩一起背吗？"

许亦北睁着眼睛说瞎话："我没背牢，让他给我提示一下。"

朱斌怀疑地看看应行，还能让他提示？总觉得他不像是会干这种事的人啊。

应行看他："你要加入？"

朱斌托一下眼镜，扭头坐回去了。"我还是自己背吧。"

杜辉从后门进来的时候就看到后面的两人胳膊抵着胳膊地坐着，一个在背书，一个在翻书。他看了两人好几眼，到位子上坐下来都还在看。

许亦北抬头就看到他的眼神。"看什么？"

杜辉想说你俩不对劲啊，他从昨天去许亦北的公寓里就这么觉得了，又说不上来哪儿不对劲，他们什么时候关系这么好了？他挠挠头说："看还不能看啊？"说着踢了踢应行的凳子："应总，期末考试完了有安排没有？"

应行翻着书说："有，安排满了，别找我。"

"唉，还要赚钱啊！"

应行没接话茬。

杜辉以为他默认了，不问了。

许亦北听到了，背着书，看他一眼。

应行抬眼，对上他的视线，忽然低声说："期末考试完等我找你。"

嗯？他说得太快了，许亦北差点以为自己听错了，不自觉地往左右看了看，又看看他，有这么说话的吗？

到底是要考试了，这一天的课上得实在太痛苦了，枯燥得能让班上的人倒下一大片。

快要放学时，手机忽然在桌肚子里突兀地振了一下。

许亦北过了好一会儿才发现是自己的，他掏出来看，是李辰悦发来的微信，问他放学没有，她刚好顺路，已经来学校外面了，可以载他一程。

太突然了，许亦北都不好拒绝，把手机一收就开始收拾东西。

应行转头看了过来："准备走了？"

许亦北小声说："嗯，我先走，有人找我。"

刚说完铃声就响了，他拎着书包就站了起来，想了想又回头说一句："期末考试你还是准备一下。"说完就走了。

应行看他走得挺急，连是谁找他都没来得及问，跟着站了起来，走到外面就不见他人了，居然还跑得挺快。

杜辉跟过来问："他要你准备考试？他怎么回事，还关心你的学习？"

应行回头说："你练球练得怎么样了？"

杜辉被问得莫名其妙："问这个干吗？"

"你看，我也关心你练球，快去练球吧。"应行转身走了。

许亦北匆匆走出校门，果然看到了李辰悦，没看见她的车，就看见她人站在路边。

"悦姐。"

李辰悦冲他笑了笑："是不是快考试了？我听见有路过的学生说了。"

许亦北"嗯"一声："你车呢？"

李辰悦转身往前走。"我停在前面的小路上了，不想碰见辰宇，等会儿他又要啰唆。"

许亦北跟着她一起往停车的地方走，想问她早上是不是送了李辰宇过来，想了想又没开口。

车停在学校西门旁边的岔路上，刚走到那儿，他就听见一阵鬼吼鬼叫的声音。

"你小子嘴巴放干净点啊！"

本来放学了，吵吵闹闹的也很正常，许亦北听那声音有点耳熟，才朝那儿看了一眼。

隔了两三米远竖着个垃圾桶，一群人高马大的体育生站在那儿，为首的就是卷毛余涛，难怪口音听着耳熟了。

"跟着他的狗腿还挺多啊。"这一句是余涛对面的人说的，语气阴沉沉的。

许亦北停下，看过去，一群体育生挡得太严实了，这会儿他才看见对面站着三个人，最前面的居然是孟刚。

路上忽然多出两个人，一群人也扭头看了过来。

孟刚最先看到他，打量他一眼，又看一眼他身边的李辰悦，嘲讽说："巧啊，又遇上了，这是你姐还是你亲戚？反正看你成天跟那货耗在一起，也不可能是女朋友。"

许亦北冷脸看着他："轮得到你管？"

李辰悦看他们像是要动手了，扯扯许亦北的书包，小声说："走吧，别理他们。"

余涛看见许亦北，哪能让他走，开口就说："你来得正好，这人在这儿张口闭口地说应总坏话，被我逮到了，我刚要修理他！"

许亦北看他一眼，差不多猜到了，除了应行，他们还能有什么矛盾？

孟刚说："就凭你们几个？"

余涛哪经得起激啊，立马就动手推了上去。"看我不抽你！"

一群人瞬间就在眼前动了手，一个体育生被推出来，差点撞到李辰悦身上。

许亦北拧着眉，挡一下李辰悦："你先去车上。"

连附近开店的都出来张望了。

李辰悦还没见过打架，脸都白了，这群人说动手就动手，也不长眼，横冲直撞的。她急急忙忙往车那儿走。

许亦北心里冒火，这是在十三中门口，打架都不分场合，卷毛还打着应行的旗号，这要是随便来个老师都说不清楚，真是随时要给应行扣锅。他把书包随手一扔，大步过去，一把拽住余涛的后领，急切地说："你不会换个地方揍人？"

"我揍你大爷！"跟孟刚一起的两个人都是社会青年的架势，哪受得了被一群高中生挑衅，逮着谁就要"招呼"谁，抬手就想给许亦北一拳。

许亦北手疾眼快地让了一下，忽然有人大步过来，揽住他往后一拖，严严实实地挡在了他前面，沉着声说："找我的？"

是应行。他一出声，一群人就都停下来了。

许亦北一下松开了余涛。

孟刚推开一个体育生，扯一下身上的外套，喘着气"呸"地吐了口唾沫，看着应行说："你的狗腿爱挑事，怪谁？"

"你有种再说一句？"余涛不服气，又想冲上去，被应行一把摁着肩，推了一把，才没动。

应行盯着孟刚:"要我说几次?有事找我,少扯到别人。"

另外两个社会青年似乎挺忌惮他,推了推孟刚道:"先走吧。"

孟刚脸上就没有什么表情,看应行两眼,又看一眼他身后站着的许亦北,阴狠地笑了一下,撂下一句:"你给我等着。"

西门那儿果然有老师过来了:"干什么呢?!"

余涛赶紧要溜:"完了!我对不起你,应总,我们先溜了。"

应行回头,冲许亦北偏一下头,说:"走吧,别管他们,有事我处理。"

许亦北立即去捡了书包,又反过来催他:"你快走啊,还站着,想被拎去教导处啊?"

应行笑一下,转头去了路边,坐上了停在那儿的电动车,又扭头看一眼那头李辰悦的车,现在算是知道是谁找他了。

许亦北迅速坐进李辰悦的车里,又往外看一眼,看到应行已经骑着车走了,总算放心了。

李辰悦早就把车发动起来了,就等他了,她把车开出去,一直到上了大路才没那么紧张了,转头看看他,忽然说:"你跟应行真有这么亲近吗?"

许亦北刚才净顾着打架那事,都快把她这层给忘了,听到她话里还带了个"真"字,像是刚确定似的,问一句:"什么意思?"

李辰悦手指捋一下耳边的头发,边开车边说:"其实早上我送辰宇来的时候看到你们一起来的,还以为看错了,刚才看他把你挡在后面,才知道没看错。"

许亦北抿了抿唇,果然早上是她,干脆也不瞒了,直接说:"对,我跟他是同桌……关系还行。"

李辰悦又看他一眼,觉得不止是还行吧。她在车里看着应行过来的,当时他下了电动车,什么都没管就直奔许亦北去了。

她车开得很慢,好一会儿才说:"我之前还叫你离他远点。"

许亦北就知道她会说起这个,拧眉说:"嗯,我还记得。"

李辰悦说:"我没开玩笑,真的,你看今天这事就知道了,冲他来的。"

许亦北压着耐心:"打个架而已,没那么严重,这事又不怪他。"

李辰悦干脆踩了刹车,停下看着他:"那你知道他表哥的事吗?"

许亦北一愣,差点就笑了:"什么表哥?我从没听说过他有什么表哥。"

"那如果是他家里人刻意不提的呢?"李辰悦说,"你看吧,你对他也不是很了解,我之前没说,是觉得那是他家里的事,不好说,外面都说他家里成了现在

047

这样就是他造成的。"

许亦北抿住唇，觉得太莫名其妙了，简直像是又多了一个孟刚出来指责他，什么表哥，什么家里这样是他造成的，听着就不舒服，尤其是那句自己对他不了解。许亦北冷着脸，语气也淡淡的："外面说的就是真的？他是什么样的人别人随便说两句就是真的了吗？"外面还说他妈妈再婚后一家很和睦呢，和睦了吗？

李辰悦诧异地看看许亦北："你这么维护他吗？"

许亦北打开车门，下了车，深吸口气，又回头对她说："没事，悦姐，刚才的话不是针对你，我的事我有数，你回去吧。"

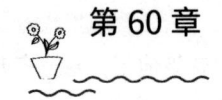

第60章

没等李辰悦再说话，许亦北就自己先走了。

到了前面的路上，他打了个车，直奔公寓，回去后一把关上门，思来想去，心里还是不舒服，又"嘭"地一脚踹了一下门，低声骂了句："什么啊！"

谁知道碰上余涛跟孟刚打架，还能扯出这些破事来。

手机忽然振了，他缓口气，掏出来，点开，是李辰悦发来的微信语音。

"许亦北，你没生气吧？其实我就是把为什么叫你离他远点的理由告诉你，没别的意思。"

许亦北听完，也不想说什么，这事怎么也怪不到她头上，他就是觉得恼火，凭什么外面几句风言风语就把一个人给定义了？这些事他到今天都没听说过，反而是从她嘴里听到的，谁知道有几分真几分假。

缓了好一会儿，他吐出口气，只打了几个字回过去。

——知道了。

就这样吧，没什么好说的了。许亦北翻出手机上那个人民币头像的微信，手指悬在对话框上好几秒，还是什么都没发，把手机一收，拎着书包进了房间。

他只相信自己的眼睛。

许亦北备考了一整晚，晚饭没吃，没胃口，连觉都没睡好。

他躺在床上，睁着眼睛，翻来覆去地拿着数学做错的题在眼前看，马上就要考试了，也就只有学习才能让他集中精神不想别的了。

他前前后后看了不知道多久，闹钟响了。

他一下坐起来，从早上醒了就放空脑子在看题，都快忘记时间了，赶紧起床。

出门的时候都是匆匆跑出去的，一口气下了楼，他才把书包甩到肩上。

其实也就是比平常晚，总不至于迟到。他没坐车，也没在路边等，一路走去了修表铺那条街上，老远就看到修表铺门口停着那辆黑色电动车，铺子的拉门也开着。他两手揣进外套口袋里，默默走了过去。

刚到门口，身后就有只手伸过来，在他背后一按，把他给推进去了。

许亦北一转头，看到应行从他后面进来，穿着黑色的夹克，眼睛打量着他。

"我还以为你今天早上又有人接了，刚准备发微信问你，不然早就去接你了。"应行说。

应行当然是指李辰悦，知道他不想让那位继姐看见自己，昨天忍了一晚上没发微信给他。

许亦北站在门口，"嗯"了一声："我这不是自己来了吗？"

应行走去柜台那儿拿了车钥匙，往里面那间小屋里看了一眼，走到他跟前，打量他的脸，压着声音，不经意似的问："昨晚去干吗了，跟她一起吃饭去了？"

许亦北撇了下嘴："没有，我回去备考了。"

应行笑了："是吗？她特地来找你，我还以为有什么事呢。"

许亦北抿住唇，不说话了。

应行看着他："怎么了，这是？"

许亦北不知道该怎么说，一只手扯着肩上的书包带子，在心里措辞。

应行拨一下他的肩："别站着了，先走吧。"

许亦北往他跟前挡了一下，想想还是直接问了："你有个表哥吗？"

应行脸上的表情忽然变了，一把捂住他的嘴。

许亦北的背一下抵到门框，拉门都被撞得"哐"一声响，他惊了一下，睁大眼睛看着应行。

应行重重地捂住他的嘴，好一会儿手才拿开，整张脸都是沉着的，低声说：

"别说。"

许亦北呼吸都急了，不自觉地跟着放低声音："不能说？"

应行看一眼里面那间小屋，声音更低了："别在这儿说。"

许亦北没说话了。

"你弄什么呢？"贺振国在里面那间小屋里，不知道在忙活什么，咳嗽了两声，可能是听到动静了。

许亦北这才知道里面有人。

应行低声说："有什么事找时间再说，别让我舅舅舅妈听到。"说完捂他嘴的那只手抓着他的胳膊，拽一下，拉着他出去。

许亦北心里快乱成一团麻了，被他拉到停车的地方才停下来，所以他到底有没有表哥？自己至今没听说过这事，是因为不能光明正大地说？

应行转头看着他，声音又低又沉："你是不是在外面听说了什么？"

"应总！"老远飘来杜辉的大嗓门。

许亦北话都没来得及回，便拧了拧眉，立马往旁边站开一步。

应行也松开了抓着他胳膊的手。

杜辉骑着小电动车飞快地冲过来，一下冲到两人跟前，张嘴就说："我听卷毛说孟刚跑去学校西门闹事了，大华叫我来问问你的情况，你也不早说！"他边说边打量站在一边的许亦北："你怎么一大早就在这儿啊？"

许亦北知道没法接着往下说了，缓口气，往路上走，边走边说："我先去学校了。"

应行看着他去路上招手拦了辆车，车很快在眼前开走了，不禁舔一下牙关，皱了皱眉。

杜辉莫名其妙地看着路上，回头问："他来干吗的？"

应行插了钥匙，拧开车锁，转头看他："你跟他说过我家里的事？"

杜辉呆了一下，忽然反应过来，往修表铺里看一眼，又低又快地吼："怎么可能?! 别人不知道轻重，我跟大华还能不知道吗，哪会把你家里的事到处说啊？除非是不想你家里好了！"

应行坐到车上，踢起脚撑，二话不说就开走了。

杜辉看着路面，彻底蒙了，这都是怎么了？

三班的教室里正在挪桌子、腾板凳，准备马上开始的期末考试。

今年过年比往年早，期末考试当然也来得早，仿佛上场月考还没过去多久，这回期末考试就到眼前了。

许亦北到了座位上，抬头看见梁枫刚从高霁的座位那儿过来，从她那儿拿了几张座位表，两人破天荒地居然没再互掐，他也没心情多看，听着教室里桌子、椅子拖来拖去的声音，烦躁得没边。

梁枫把一张座位表拍他桌上："看你这脸色就知道准备得够充分的，一脸没睡好的样，昨晚肯定又疯狂备考了。"

许亦北没接茬，拿了笔袋放在桌上，随时准备考试的样子。

梁枫看看他，嘀咕着坐下："今天这么严肃啊……"

许亦北一句话都没顾上跟他说，看看时间，又翻出卷子看错题。

过了十几分钟，打了一遍预备铃，这是提醒考生可以提前去考场准备了。

身后带过一阵凉风，紧接着旁边一暗，肩宽腿长的身影坐了下来。

许亦北转头，应行刚到，离得近，都能感觉出他身上凉飕飕的，明显是被风吹的，像是来得很急，眼睛就看着自己。忽然他往旁边侧了下头，侧脸对着许亦北，鼻梁又直又挺，嘴唇启开又抿住，许亦北总觉得他像是想要说什么。

但是他的视线扫了一圈班上，到底还是什么都没说。

"应总，来，也给你张座位表。"梁枫回头放了一张表在他桌上，又颠颠地跑去高霁那儿要新的。

应行随手拿了，看了一眼许亦北，从口袋里掏出一只油纸袋，塞进他桌肚子里，低声说："吃了早饭再考试。"

还从没见过他这样，许亦北拧着眉，低声说："你也好好考试，有事考完再说。"

应行盯着他："现在还能跟我说这个？"

许亦北胸口里憋着一股气，也不知道是冲谁的，冷着脸，脚蹬一下地，低声说："我就信自己的眼睛，还有你，你的事我就想听你亲口说，其他人随便，不重要。"

应行眉眼一下松了："我心都提起来了。"

许亦北扭头看前面，还好大家都在吵吵闹闹地往外走，没人注意后排。

应行已经站起来了。"行，考完见。"说完拿了支笔，往外走了。

许亦北看他一眼，他走得很快，出了门一拐就不见了。许亦北回过头，低头拿出那只油纸袋，打开看了一眼，里面还真是他买来的早饭，居然还是热的。

梁枫又拿了两张座位表回来，看到应行已经不在了，问他："应总已经走了？怎么今天瞧他神情这么严肃啊？"

许亦北拿了个包子出来，发泄情绪似的狠狠咬了一口，边嚼边说："考试当然严肃了。"

一天的考试结束，他们也没能碰面。

下午五点半，铃声响了，终于考完了今天的最后一场。

樊文德背着手到教室里来检查了一遍，刚出门，所有人就立即往外跑。

等大部队都走得差不多了，许亦北才拎着书包出去，刚到走廊上就转头往两边看。

没过几分钟，他就看见应行在人群里又高又挺拔的身影正在往这儿走，眼睛已经看到自己了。

许亦北也朝他那儿走，两个人说好了考完见，就像这一刻要在这儿会师似的。

应行刚到楼梯口，杜辉就咋咋呼呼地从人群后面挤过来，一把拽住他："应总，快，大华给我来了电话，你快点回去！要出事了！"

许亦北刚到跟前就听见这几句，看见应行停了下来，一只手从裤兜里掏出手机，迅速查看消息，然后看他一眼，说了句："我先回去。"话音刚落就大步下了楼梯。

杜辉看一眼许亦北，可能是奇怪为什么应行要跟他专门交代一句，但也来不及说什么，火急火燎地就往楼下跑。

许亦北在楼梯口站了几秒，直觉是有事，没多想就跟了过去。

出了校门已经看不到那两人了，他想拦车，但这放学的高峰时段居然没看见路上有车，只能小跑过去坐公交车。

等他赶到修表铺外面的那条街上，一下车就看到对面的铺子门口挤了好几个人，吵吵闹闹的，像是起了争执。

应行的电动车和杜辉的电动车都随便停在了路边，人肯定已经进去了，他立即快步往那儿走。

到了门口终于看清，挤在铺子外面的是几个社会青年，有两个大冬天的穿着厚厚的外套都挡不住脖子后面的文身，但是他们也只是堵着门，什么都没干。

靠门站着的人穿着白外套,不是孟刚还能是谁。

许亦北忽然想起他打完架临走给应行留的那句"你给我等着",没想到现在居然找上家门来了。

应行就在门口拦着,沉着脸看着这几个人。"我说过不止一回了,你有事找我,还敢带人上门?"

孟刚跟他面对面站着,往铺子里面看。"我来看你舅妈啊,你怕什么呢?怕我在她跟前说实话?"

大华站在应行后面,皱着眉说:"孟刚,你消停点吧,别闹事了!"

"你别管!"孟刚恶狠狠地吼了一声。

应行忽然看了过来,看见了站在旁边的许亦北,脸还是沉着,冲孟刚说:"滚。"

孟刚不屑地笑了一声,忽然抬高声音往里头喊:"宝娟姨!你还记得我吗?"

吴宝娟在里面那间屋子的门口站着,小声问:"谁啊?"

贺振国在她旁边,想把她往里推。"没谁,别管,咱们到屋里头去吧。"推了几下,也没能把她推回去,他又回头看门口,哀求似的说,"你走吧,别在这儿刺激她了。"

杜辉站在另一边,抓着吴宝娟的胳膊,也想把她送进里面那屋里去。

"我怎么刺激她了?"孟刚皮笑肉不笑地看着应行,"你们连这个好外甥都不怪,反而怪我了?果然一家人都把亲儿子给忘了。"

许亦北站在路边,看见应行倏然变了脸,忽然一脚就踹开了孟刚。

孟刚一下摔出来,"嘭"的一声,重重地砸在了路边的垃圾桶旁边,腿蜷缩了一下,爬都没爬起来。

旁边几个堵门的社会青年都看呆了,一时也没人上去拉他。

许亦北也看愣了,不是没见过应行打架,但是这一下真的太狠了,比当初踹扈二星的时候还狠,他都忍不住跟着心惊了一下,生怕应行把人踹出什么事来。

周围的几家店里陆续有人伸头出来看了两眼,又赶紧缩回去了。

大华从门里跑出来,一把拽住孟刚,大声道:"行了,孟刚,你听我的,快走吧!"

孟刚一口气缓过来,甩开他的胳膊爬起来,又冲到门口,狠狠瞪着眼,高声往里面喊:"真是忘了自己的儿子了!你们就留着这么个狼心狗肺的东西在这儿当亲儿子养!"

应行沉着脸走了出来,一把揪住他的衣领往外拖。

大华都被这场面吓住了,慌张地拦了一把:"应行!"

屋里忽然传出吴宝娟的两声呢喃:"儿子?"

贺振国叫她:"宝娟,你别听了,走走,咱们进去……"

杜辉在里面冷不丁骂了一声:"完蛋!"紧接着就喊:"应总!我没抓住她……"

屋子里忽然传出一阵歇斯底里的尖叫声。

许亦北扭头,诧异地往铺子里看,就看见吴宝娟在那儿扯着头发尖叫,又叫又哭,瞬间就呆了,她这是怎么了?

"宝娟!"贺振国慌了手脚,想要去拉她。

吴宝娟突然从屋子里跑了出来,一边哭叫一边往路上跑。

所有人都呆了,门口的人全都闪开了,没一个人敢拦。

旁边有道身影飞快地跑了过去,是应行,他朝着她追了过去。

这一下太猝不及防了,眼看着吴宝娟跑出去老远,许亦北也反应过来,拿下肩上的书包就地一扔,赶紧也朝她那儿跑了过去。

贺振国急急忙忙追出来,声音里都带了哭腔:"宝娟,你别乱跑……"

吴宝娟疯了一样跑出去老远,尖叫着冲到路上,差点被一辆车给撞到,才仓皇地停下来了,茫然地转着头到处喊:"原原!原原!"

应行冲了过去,一把抓住她的胳膊往路边带:"在这儿!我在这儿!"

吴宝娟还在尖叫,挣扎着想甩开他的胳膊,嘴里一个劲地乱喊:"原原!原原!"

许亦北也到了跟前,一把抱住她的腰,帮忙把她往路边拖。"吴阿姨!"

应行终于腾出手,抓住她的两条胳膊死死摁着,大声喊:"在这儿!我在这儿!"

吴宝娟一下不叫了,定定地看着他:"原原?"

"是我,"应行喘着气说,"是我,在这儿呢。"

吴宝娟摸摸他的脸,眼眶里还是湿的。"你在啊。"

"在,我在。"应行一口一口地喘气,终于伸手拽了一下许亦北的手,"带她回去。"

许亦北才回过神来,觉得应行的手很凉,他扶住吴宝娟的胳膊,帮忙把她往边上带。"走了,吴阿姨。"

贺振国跑了过来，哆嗦着手接过吴宝娟的胳膊，一边安慰地说："没事了啊，宝娟，回去了，回去了……"

周围已经没声音了，除了来来往往的车，全都静止了一样。

许亦北都不知道自己是怎么跟着他们进的小区，上了那个又老又旧的楼梯，又是怎么看着贺振国跟应行一起把吴宝娟送进家里去的。他茫然地看着门关上了，转身下了楼，一下靠在墙上，还在喘气。

这到底是怎么回事……

"姓孟的，你现在满意了！"大华在外面吼。

杜辉跟着在骂："看什么，都滚！"

不知道过了多久，应行从楼上下来了，下了楼梯，隔了两步，看着他，胸口还在一下一下地起伏。

许亦北总算彻底回神了。"你舅妈没事了？"

应行的喉结滚了一下："算是吧，我舅舅在。"

许亦北抿一下唇："她到底怎么了？"那真的只是健忘？

应行站在那儿一动不动，过了好几秒才说："她不能受刺激。"

许亦北看着他，又问："谁是原原？"

应行看过来："我表哥，贺原。"

许亦北的眼神动了一下，所以他真有表哥？"他人呢？"

"没了。"

许亦北一愣："什么没了？"

应行说："就是不在了。"

许亦北嘴唇张了张，没说出话来，忽然明白了。"你舅妈不能受刺激，所以你才一直没说这事？"

"嗯。"应行的声音低低的，"本来想找个机会告诉你，没想到居然这样被你看见了。"

许亦北又说不出话来了，消化了很久，搓了一下手指，才算理出点头绪。"那她是把你表哥忘了吗？"

应行的声音在楼道里听着更低沉，居然挺平静，不动声色地说："她没忘，至少还记得有他这个人。以前她就问过我为什么要叫她舅妈，甚至有一次还问我，为什么突然改名叫应行了。"

许亦北拧眉："那她刚才怎么对着你叫……"

"还没明白吗?"应行的脸偏过去,用侧脸对着他,在楼道的光里,揣着手站在那儿,整个人都像是被描了一道晦暗的边,下巴紧紧绷着,连嘴也紧紧抿着,过了好一会儿,忽然笑了一声,转头看了过来,"在她眼里我就是贺原。她真正忘了的人,其实是我。"

卷七

SEVEN

时间送你

应行低笑着说:"提前说声生日快乐,老板。

把时间送你了,

你十八岁以后的时间,

都有我跟你一起前进。"

第 61 章

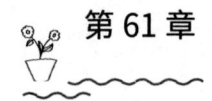

许亦北震惊得说不出话来，倚着墙半天没动，脑子里纷纷乱乱的思绪却没停，一瞬间记起了很多之前没在意的事情——

好像从没听吴宝娟叫过他的名字，说话时都是叫"他"；

吴宝娟说他爱吃糖，可他说自己根本不吃甜的；

那天他过生日，吴宝娟非说日子不对……

原来她记得的全是另一个人的事，在她眼里，根本没有应行，只有别人的影子。

许亦北忽然又想起来："那个当时坏了的怀表，上面有个'原'字的那个……"

应行知道他要说什么，"嗯"一声："是贺原的东西，为了不刺激我舅妈，那算是他留在家里的唯一的东西了。"

许亦北抿住唇，彻底没话说了。

许亦北突然后悔了，没想到他表哥已经不在了，早知道是这样自己还不如什么都不问。其他的事也不想细问了，光是听着就够不是滋味的了。

他脚尖无意识地蹭着地，又看一眼应行，忽然明白他为什么一直在攒钱了，是为了他舅妈吧。

应行没听见他的声音，抬眼看他，自嘲似的笑了一下，突然问："现在后悔知道了吗？毕竟我有个这么复杂的家。"

许亦北看过去，不知道他是不是在故意开玩笑，拧起眉。

老远瞥见有人过来了，许亦北嘴唇动一下，没说话。

"应总！"杜辉进了小区，离得老远就在叫唤。

大华走在他前面，脚步很急，一过来就看了两眼许亦北，然后直接去了应行跟前。"你舅妈没事了吧？孟刚也吓到了，他非不相信你舅妈不能受刺激，现在弄成这样才哑巴了，我已经叫他滚了……"

许亦北恼火地看了大华一眼:"一句不知道就算了?"

大华诧异地看他,没明白他为什么会冒火。

应行看一眼许亦北,说:"你先回去,这儿没事了。"说完出了楼道,大步往小区外面走。

大华愣了一下,赶紧追过去。"他真走了!"

许亦北看着应行出了小区一拐,直接朝修表铺那儿去了,他一下站直了,刚想过去,杜辉就迎面走了过来,一把塞过他的书包。

"喏,给你拿过来了。"

许亦北接了,随手搭在肩上,走出楼道。

杜辉过来拦他一下:"应总不是让你回去了吗?好了,北哥,今天你够英勇了,也帮了应总很多,不过今天这事你还是当没看到吧,也别往外说,反正外面的风言风语都是假的,你别信,尤其是别再提他表哥的事了,就当是为应总好吧。"

许亦北看他一眼,抢白道:"你觉得我会信?还担心我往外说,我替他想的还能比你少?"

杜辉一下被呛了回来,人都蒙了,讷讷地说:"你什么意思?"

许亦北已经越过他往外走了。

他出了小区,没看见应行,也没看见大华,修表铺门口堵着的人也都散了,就这么一会儿工夫,就像是什么都没发生过似的。

杜辉跟到小区门口,叫住他说:"回去吧,这儿有我跟大华呢,应总要是办事没数,这家里还能好好的到今天吗?他明摆着就是不想让你见到这些,谁家里这么糟心的事乐意让别人瞧见啊?"

所以就我是别人是吧?许亦北听得心烦,没好气地扫他一眼,扭头就往路上走了。

杜辉又被他的眼神给扫蒙了,站在小区外面自言自语:"我干吗了,这是?他到底怎么回事啊……"

许亦北是一路走回去的,吹了一路的风,心里还是不平静。

进了公寓,去卫生间里洗了把脸,他扶着洗手池,听着哗哗的水声,一只手揉了揉心口,那儿还堵着难受。他低头掏出手机,翻出应行的微信,想问他是不是真又找孟刚去了,想想杜辉说他办事有数,又什么都没发。

而且他都把自己支回来了，居然还问自己后不后悔什么的，简直来火，想着想着，那只手又按一下心口。

也不是难受，应该是心疼，又心疼，又来气！

许亦北一把按下水龙头，出了卫生间。

明天还要继续期末考试，但是这一晚注定是睡不好了。

床上摊着复习用的卷子和书，两把并排放着的椅子上也都是书和草稿纸，手机扔在书桌上，到现在也没动静。

许亦北睡得不好，早上起得也不够早，拿起手机看了一眼，没看到一条消息，他抿紧唇，把手机往口袋里一揣，收拾了几本书就出了门。

他赶时间，路上都没能好好看一眼修表铺的情况，连进教室的时候都走得很快。

班上已经有一半的同学去其他考场了，梁枫看到他进来，打量着他说："又备考到不知道几点吧？连应总今天都比你来得早。"

许亦北立即看了眼旁边的空桌："他来了？"

"来了啊，去考场了。"梁枫觉得奇怪，"你这么大反应干吗啊？"

许亦北坐下来，没回答他，心里乱糟糟的，他今天还能好好来学校，那吴宝娟肯定没事了吧，他昨天说不定还真去把姓孟的给修理了一顿……

许亦北一边想，一边伸手进桌肚子里找笔，忽然摸到一只纸袋子，他低头看了眼，是跟昨天一样的油纸袋，里面还是早饭。

"哪儿来的？"梁枫伸头看着呢。

许亦北一把塞了回去："我自己买的。"

"刚才也没见你带早饭来啊。"

"不信拉倒。"许亦北拿出个包子咬了一口，豆沙馅的，他一边嚼一边冷着脸呼口气，昨天叫自己回去的时候不是挺干脆的吗？还知道买早饭来呢。

梁枫看看他的脸色："应总今天来的时候脸色也不好，你俩真是越看越怪。"

上午考完最后一门主课，下午再考一场理综就结束了。

应行走出考场，绕过走廊拐角，进了男厕所，在门口停下来，往嘴里塞了支烟。

杜辉跟进来，看到他要抽烟，过来挺贴心地替他挡着门。"应总，你昨晚把孟刚怎么着了？"

应行说:"有大华在,你还担心我把他废了吗?"

杜辉听他口气不好,挠了挠小平头,不问了。

"昨天他走的时候说什么了没有?"应行忽然问。

杜辉愣一下:"谁啊?"

"许亦北。"

"别提了,"杜辉说,"反正不高兴,还给我脸色看了。"

应行皱了下眉,摘了嘴里没点的烟,随手丢进垃圾桶,往外走。

杜辉扭头看他出去,问道:"去哪儿?"

"回去了。"应行拐个弯,往楼梯口走了。

杜辉知道他肯定是不放心家里,也没拦,随他去了。

应行沿着走廊走出去老远,转头往三班教室那儿看了两眼,许亦北应该还在专心准备下午的考试。

还没下楼,身后传来两声咳嗽,特别重、特别用力,像是巴不得被人听见似的。

应行停了下来,回头看,果不其然是老樊,他把手揣进兜里,问一句:"又怎么了?"

"你又怎么了?"老樊背着手过来,镜片后面的一双眼睛跟刀子似的,"还有一门呢,这是要溜了是吧?都到期末了还这样!信不信我把你送去教导处考试?"

应行说:"我真有事,就这样吧。"说完就要走。

老樊真要气死了,教导处都压不住他了。"别走!亏得许亦北还在我跟前说要帮着你提高成绩,不然我早就把你的座位调开了,结果帮到现在你就这样?"

应行在楼梯上停住了,回头问:"他跟你说的?"

"你说呢!"老樊瞪他,"我还犯得着拿这个骗你?"

应行站了几秒,想起了之前的那些英语听力,那篇密密麻麻的"致富经",想起他一次又一次希望自己写作业的神情,又转身上了楼,往回走。"行。"

老樊看他又回去了,托了一下眼镜,挺意外,怎么着,许亦北居然比教导处还管用?

杜辉从厕所慢吞吞地走回考试的教室,就看见应行又回来了。

"你不是回去了吗?"

应行进了教室门。"改主意了,考完再回去。"

又是下午五点半结束。

学校里仿佛炸锅了，大家迎来了暂时的解放。

许亦北一路出了校门，没看见应行，在路边站了一会儿，也没看见他骑着电动车出现。

许亦北想想算了，他肯定是考试一结束就回去看他舅妈了，难道还要在这儿等自己吗，干脆去路上招手拦了辆车，自己走了。

车开过修表铺，他朝车窗外面看了一眼，才发现拉门关着，今天好像没开门。也不知道吴宝娟怎么样了。

一会儿工夫，车都开到商场附近了，他赶紧叫停，付钱下了车，在路边吹了好一会儿的风，思来想去，还是决定去看一眼。

刚要往回走去修表铺，他停下看一眼商场，又转头先去了趟商场。

半个小时后，许亦北到了修表铺外面的街上，手里拎了一只购物袋，还有一个果篮。

也不知道吴宝娟这种情况能吃什么，营养品很多，他都不敢随便买，最后也只能买了点水果。

修表铺的门还是关着，他心一横，拎着东西进了小区，一步一步上了楼梯，抬手敲了敲那扇门。

门开了，贺振国伸出头来，一脸的疲惫。"啊，是你啊，快进来，昨天的事我还没谢你。"

许亦北进了门，把果篮放桌上，往屋里看。"吴阿姨怎么样了？"

贺振国指了指房门，小声说："睡着呢，只要不受刺激就好了，应行能安抚住她，不要紧了。"

许亦北点点头，放心了。他本来还想亲眼看一下吴宝娟，结果她在休息，也不好打扰，站在客厅也有点不自在，转头在屋子里看了一圈，才问："他还没回来？"

贺振国刚要去厨房给他倒水，听到他问，回头说："应行啊？还没呢，要不然你去他房间等会儿，应该快回来了。"

许亦北还以为他早回来了，居然还没回，看一眼手里的购物袋，拎着进了他的房间，看了看他的床，他的桌子，把那只购物袋往床上一放，空着手又走了出来。

贺振国端着水出来，就看他开门要走了。"哎，这就走了？"

许亦北拉开门，停一下，闷声说："嗯，我就是来看一下吴阿姨，她没事就行了。"

贺振国还想挽留，可他已经带上门走了。

前后还没十分钟，门锁一声响，应行开门回来了，手里拎着刚去医院给吴宝娟开来的药。

一进门他就先去了主卧门口，推开一道门缝往里看了一眼，吴宝娟身上盖着被子，背朝外侧躺着，睡得很安稳。

他把门带上，回头正好看到贺振国从厨房里出来。

"今天没事？"他问。

"没事了，放心吧。"贺振国过来接了他手里的药，看看他，"你们俩说好的是吧？一个走，一个回。"

应行正好看到桌上放着的果篮，包装得挺高级，一看就贵得要命，转头问："谁来了？"

"还能有谁？"贺振国昨天担惊受怕一天，这会儿难得还有心情开玩笑，"你不是把人当一起学习的好伙伴吗？人家昨天帮了忙，也没谢谢他。"说着又叹气，"估计他看到我们家里这些事也挺犯怵的，我都怕他不上门了，没想到还能过来探望。"

应行立即往阳台上走，拉开纱窗往外看。

贺振国看他："看什么，这会儿肯定走远了，我让他去你房里等你一会儿，他说走就走了。"

应行又走回来，掏着手机，一边按开，一边推门进了房间。

贺振国看他拿手机，压低嗓门在外面说："你别找孟刚了，让这事过去吧，只要他别再来刺激你舅妈就行了……"

应行没接话，刚翻到许亦北的微信就看到床上放着个购物袋，走过去打开，拎出来，是件双排扣的风衣。

他的目光凝在那儿，看了好几眼，扯了下嘴角，又抿住嘴，舌尖抵着牙关，重重地舒了口气，忽然把东西一收，拎着往外走。

贺振国听见门响，抬头一看，就见他出门了。

"我出去一下，有事就叫我。"

许亦北已经回到公寓了，走进厨房，先灌了一大杯水。

上回去商场时太早了，摸了个空，到今天这件衣服还是买了，连吊牌他都拆了。等到真送出去了，又觉得挺气闷的，到现在人都没见着，给他送什么啊。

正靠在流理台那儿胡思乱想，手机振了，一下一下的，是来了电话，他掏出来，看到屏幕上那个闪动的人民币头像，眼神动了动，接了。

"出来。"应行说。

许亦北故意问："有事？"

应行的声音低低的："不是说了期末考试后等我找你吗？"

许亦北想起来了，紧接着又想起昨天那些事，摸着杯子说："你还是先照顾家里吧。"

"快点，不然我就上门去找你了。"应行像是在走路了。

许亦北还以为他已经到了，放下杯子，匆匆走到客厅，对着门又停了下来，心想也太心急了，至于吗，手指扯了一下外套，才没事似的说："行，等着，马上来了。"

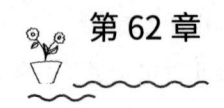

第 62 章

晚上七点半，天就差不多全黑了。

出租车开到城东的商业街，停了下来。许亦北从车里下来，被风一吹，拉上外套领口，快步走到街上，前后左右看了看，周围全是人，就是没看到应行。

还没到？那还说得那么急。他把手揣在外套口袋里，缓一口气，亏他接了电话就急匆匆地出来了，结果居然还要等。

正吹着冷风干站着，眼睛瞟到远处有人过来了，许亦北不耐烦地扫了一眼，目光刚转开，又一下转了回去。

应行从马路对面朝他这儿走了过来，迈着两条长腿，穿过路上的人流，身上就穿着那件他买的风衣，卡其色，双排扣，衬着显眼的身高，一头又短又黑的头发，扎眼得过分。

许亦北看了一眼，又看一眼，直到他到了跟前。

应行看着他，挑下眉："怎么样？特地换上才过来的。"

许亦北的目光在他身上定了定才晃开眼，撇了撇嘴说："我看你老是喜欢穿深色衣服才给你买的，难得看你穿这种浅色的，还行吧。"

应行提了下嘴角："就还行？"

"嗯。"

许亦北两手插兜，转头往街上走，转眼看见旁边有两个女孩子经过，说说笑笑地在往身后的应行身上看，他又回头瞥了一眼。

应行已经跟上来了，手在他背后一推，说："我就看你什么时候能不嘴硬。"

许亦北被他推进了路边常去的那家游戏厅。

可能是开始放寒假了，游戏厅里全是人，往里走，旱冰场里也全是人，大人小孩一锅粥似的，吵吵闹闹的像个菜市场。

许亦北换上旱冰鞋进场的时候，转头问："你叫我出来，就是要来这儿溜冰？"

他一回头，应行都不在后面了，到处都是人，一会儿一个人从旁边滑过去，都不知道什么时候走散的。

人呢？许亦北立即滑开给两个小孩子让道，眼睛在旱冰场里扫来扫去地找。

一只手从后面伸过来，在自己肩上带了一把，许亦北转过头就看到了应行的脸，他从后面过来，说："今天人多。"

许亦北又看看周围，确实人多，旱冰场里在放音乐，混着人声更吵，光线也很暗，根本没人注意他们，他抬手就把外套领口一拉，挡着脸。

应行一边手上用力，带着他穿过人群，往角落里溜，一边压低声音问："你刚才问我什么？"

居然听见了。许亦北低声说："我问你早就计划好了要叫我出来，就为了这个？"

周围实在太吵，应行只能偏过头，靠近他耳边说："是不是傻啊，老板，叫你出来是为了让你宽心。"

出了游戏厅，两人去了附近的小吃街。

果然是刚放假，这儿也全是人。

应行在卖烧烤的摊子那儿买了两串烤串，递给许亦北一串，旁边又有经过的女生目光往应行身上看。

许亦北站在路边，咬了一口烤串，看了他两眼，脸上淡淡的，心想早知道不送衣服了，把他弄得这么扎眼，不是硌硬人吗？

应行就没留意旁边有什么女生，只看了他一眼，手伸过来，拽着他往前走。

"这个你吃不吃？"

忽然好像听见一个熟人的声音。许亦北扭头一看，隔了两三米的一个小吃摊边站着一男一女，这会儿说话的人也扭头朝他这儿看了过来，顿时瞪大眼睛喊了句："妈呀！"

那是梁枫，他牵着旁边女生的手，正在买烤年糕，扭头看到他俩，瞪着眼上下直打量："你俩怎么在这儿？哟，应总今天这么帅！"

许亦北还没想好怎么说，看了一眼他牵着的女生，对方忽然扭头看了过来，居然是高霏，顿时说了句："嗯？"

应行也说："嗯？"

高霏忽然脸上爆红，甩开梁枫的手，头一低就赶紧扭头走远了。

梁枫后知后觉地缩一下手，朝他俩讪笑道："哎，没注意，居然被你们发现了。"

许亦北诧异地问："你们俩？"

梁枫走过来，神秘兮兮地说："唉，我早跟你说了，上了高三都想谈恋爱，越压抑越躁动，跟魔咒一样！而且那话怎么说的？越是开始不对付的，越容易成一对啊！"

应行忽然笑了一声："挺有道理。"

许亦北看他一眼。

"你俩在这儿干吗呢？"梁枫可算问出正题。

应行朝路上抬了抬下巴道："你还不去找人？"

梁枫一听，顾不上问了，赶紧伸着脖子往前看了看，边看边说："那肯定要去找，你们别走，我们准备去老城墙那儿看梅花，今天免费开放，听说好多高三的学生去那儿许愿，特灵，咱们干脆一起去。"说完就匆匆跑去叫高霏了。

还没等他走远，应行就赶紧推了下许亦北，说："还站着干什么？快走。"

许亦北立即跟着他走出去，越走越快，到后来简直是一路小跑。

出了小吃街，又穿过天桥，绕了一大圈，许亦北直喘气，手里的烤串都丢了。"差点以为要被他叽叽歪歪个没完，结果他俩居然自曝了。"

应行笑说："很好。"

"好什么啊？"许亦北问。

以后就不会有高霏看上他的事了，那不就清静了吗？应行扯了下嘴角，朝前面耸立着的老城墙偏一下头，说："我们从这头上去，离他们远点。"

许亦北直接就被他推着过去了。

爬城楼的时候风太大了，还要回避上上下下的人。许亦北在时明时暗的光线里看了一眼应行的侧脸。

城墙上面人就少多了。大晚上的，哪看得清梅花？倒是有好几个卖东西的地方。

许亦北转着头到处看了看，问："许愿的地方呢？"

"你想许愿吗？"应行揣着手，推着他往前走，到了城墙中间，停在卖许愿笺的玻璃窗口那儿，"这儿。"

许亦北挨着他站着，往窗口里看了看，又抬头看了看后面的城墙，边上竖着几根挂中国结的雕花木杆，上面牵着几条红绳，绳子上面层层叠叠挂的都是许愿笺，风一吹，许愿笺被掀起来，飘飘荡荡的，这幅景象简直梦幻。

应行看看他的脸，估计他是想许愿，便让开说："你自己许愿吧，我去旁边等你，不偷看。"

许亦北扭头看他往角落里走了，回头朝窗口说："我要一个，要最灵的。"

"最灵的最贵。"售货的姑娘笑着冲他说。

废话，那肯定是，封建迷信的玩意能不贵吗？许亦北掏出手机说："随便，就要最灵的。"

姑娘给他递了个红底描边精致到不行的许愿笺出来，又递根烟火棒给他，说："许完愿放个烟花，就更灵啦。"

许亦北又多付了烟火棒和打火机的钱，算了，谁让他这会儿特别封建迷信，就是想要灵验呢？

在窗口边拿了笔，他打开许愿笺，回头又看一眼角落，应行不知道干什么去了，没看到人。

他低下头，想了想，在纸上飞快地写了内容，叠了起来，走去城墙边的木杆那儿，往红绳上面挂。想想最好别被熟人看到，又踮脚挂到了最顶上的那根红绳上。

应行从远处回来的时候，老远就看到许亦北刚把东西挂好，捏着根烟火棒往城楼下面走了。他刚要跟过去，抬头看了眼许亦北挂上去的那个许愿笺，在风里飘着，没两下工夫就松松垮垮地快要掉了，就好笑地走了过去，心想真是少爷做派，干活都不仔细。

旁边也有几个人在挂许愿笺，但都挂得比较低，就许亦北挂得最高。

应行伸手拿了下来，抽开绳，想要挂上去重新系好。停了一下，还是拿回来，打开看了一眼。

他又不是没看过许亦北许愿，差不多也能猜到内容，不然就不会走开让他自己写了。

应行低着头，把手里的许愿笺翻一下，对着周围不太明亮的光线，看见上面写的几句话——

希望吴阿姨好起来。

希望我妈永远幸福。

希望我能远走高飞……

应行扯着嘴角，果然。他手指一捻，发现最底下还有一句——

跟应行一起上大学。

他的目光顿在那儿，好几秒，才重新把笺纸叠起来，抬手挂了上去，系牢了，然后站在那儿吹着冷风，吐出口气，像是要把整个胸腔都吐空了。

好一会儿，他转过头，沿着许亦北刚走的方向下去，到了城楼下面，往嘴里塞了支烟，点上，又吐了一口气。他一转头，看见许亦北站在前面的路边上，手里在拨打火机，要点烟火棒。

风太大了，许亦北拨了几次也没点着。

"什么玩意……"许亦北有点不耐烦了，抬头才看到他下来了，"你去哪儿了啊？"

应行叼着烟走过去，在他身边一站，挡了风，咬着烟嘴，偏头凑近，把烟火棒点着了。

火星冒出来，许亦北捏着那根烟火棒，突然又觉得自己挺幼稚的，早知道还不如不这么迷信了。许亦北抬眼看应行，正好撞上他看着自己的眼神，不禁声音就低了："干什么啊？"

应行把嘴里的烟拿开，踩灭，走过来，抓着他拉了一把。

"啪嗒"一声，许亦北手里的烟火棒掉了，人被带去城墙根下。

"应总他们是不是走了？"老远听见了梁枫的声音，原来是他和高霏也来了。

"烦死了，别说了，真够丢人的。"高霏跟着骂他。

许亦北背靠着城墙，就当没听见他们俩的话。

等他们过去了，应行低声说："我昨天问的话不算，你就是后悔也没用了。"

许亦北喉结滚了滚："说谁后悔呢？"

应行低笑："随便，反正老板的话我记住了。"

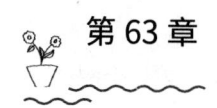

第 63 章

许亦北都没想到最后是这么结束的。

天冷，也没赏到梅花，那晚的成果就是留了一个等着实现的愿望。

也不知道当时是怎么想的，他在那个城楼上拿着笔写愿望的时候，几乎是想到什么就写了什么，写完里面已经有应行的名字了。大概在知道吴宝娟的事后他就有这个念头了。

大中午的，许亦北站在公寓的卫生间里，想了想，找了件高领衫出来，套到身上。

床上的手机振了一下，他还以为是应行发来的，赶紧走过去拿起一看，原来是"三班猛男群"里发了个群通知，特地提醒了全员。

——拿成绩单了，一点钟大家都到校啊。

朱斌发的。

许亦北看完就退了出去，点开应行的微信，昨天他发了一条消息过来，特地说了声他舅妈好多了，就没别的了。

怎么这两天反而话变少了，不会又忙着赚钱去了吧？

许亦北腹诽，看看手机上的时间，这都快到点了才通知。他立即拿上外套，一边往身上穿，一边出门。

天冷得像是要下雪似的。

他怕来不及，于是打车去学校，路上经过修表铺，隔着车窗一路看了过去，

069

铺子门又关着，可能还是因为要照顾吴宝娟，贺振国这几天都没怎么开门营业，门口也没看见应行那辆黑色电动车，不会真去赚钱了吧？

许亦北低着头给他发了个微信。

——在哪儿？

还没等到应行回消息，就到学校门口了。

他下了车，揣着手机进了校门，走到教室门口，刚好迎面遇见梁枫。

两个人四只眼，在后门口一碰上，都有那么一点尴尬。

"许亦北！"梁枫一下扑上来，搭住他的肩，小声说，"就冲咱俩的友谊，答应我，那天晚上的事你就当没看见，绝对别给我捅出去，你不知道我差点都要被高霏给拍死了！"

许亦北掀掉他的胳膊，正好也给他提个醒："什么晚上？我不知道，你就没见过我……没见过我们。"

"对，对，没错，我们没见过你，也没见过应总。"梁枫很上道，瞬间会意，紧接着又问，"可是你俩为什么大晚上的会一起去那儿啊？"

"还说？"许亦北压低声音，扫他一眼，进门去了。

梁枫莫名其妙地闭了嘴，跟在后面进了教室，眼睛在许亦北身上来回看了好几圈。

许亦北到了座位上，最后一排全空着，就他一个人来了。

高霏正在班上发放假须知表，发到他这儿，脸红得跟什么似的，扭头就瞪了眼梁枫，匆匆回前排去了。

梁枫被这一眼瞪得讪讪的，回了座位，转头又凑到许亦北跟前来。"既然你够意思帮我保密，那我告诉你个新鲜事吧。"

许亦北低着头翻手机，发现应行还没回消息，眼睛都没抬一下。"什么啊？"

"跟应总有关系。"

许亦北顿时抬了头："他怎么了？"

梁枫拢着手在嘴边，一脸八卦："你别太失落啊，就那个暗恋你的刘敏……"

许亦北"呵呵"一声："快省省吧。"还胡说呢，暗恋他个毛线！

"哎，你别打断我，我还没说完。"梁枫往下说，"我看见她跟应总在一起呢，怀疑她可能已经不喜欢你了，你可别太失落。"

许亦北觉得他嘴里跑火车，耷拉下眼皮，随口问道："什么叫在一起？"

梁枫小声说："就是在一起啊，我来学校的路上亲眼看到的，在西三大街上，两人一起进了一家奶茶店,除非我眼花了,还能是假的吗?你看应总这不到现在都还没来吗?"

许亦北无语。

朱斌捧着成绩单进来了,正在前面发。

梁枫一看高霏跟他一起发去了,哪能坐得住,话也不说了,跑过去主动抢着帮忙。

许亦北很快就拿到了自己的成绩单,翻开看了一眼就合上了。

朱斌手里还剩了两张成绩单,走到许亦北旁边的座位上,一张桌子上放一份。"应行还没来啊?杜辉也不在。"

梁枫回来,拿了杜辉桌上那张。"我给他俩带吧。"

还没等他来拿应行桌上的,许亦北就一伸手,抢先拿了过来,打开看了两眼,直接和自己的成绩单叠在一起,随手揣进了外套口袋里。

梁枫眼神古怪地看着他:"你收应总的成绩单干吗?"

许亦北面无表情地扫他一眼:"那天晚上……"

"啊,没事没事,我不说了。"梁枫连忙比个停的手势,挤眉弄眼的,生怕他把秘密给捅出来。

朱斌一头雾水地看看他俩。

许亦北问他:"后面还有事吗?"

朱斌推一下眼镜:"老樊说要开个班会,估计放假不会放太久,后面肯定要提前开学补课。"

梁枫吐槽:"寒假一共才几天啊?"

许亦北站起来:"那行,我知道了,替我跟老樊请个假,我有事先走了。"

"啊?"朱斌跟梁枫一起回头看着他。

许亦北手揣着口袋,真的说走就走了。

"他俩不对劲。"梁枫盯着空荡荡的后门嘀咕。

朱斌问:"哪个他俩?"

"许亦北跟应总。"

"怎么了?"

梁枫想了想刚跟许亦北约好了不能说那晚的事,跟他这种书呆子也没法分享,于是咂了一下嘴,说:"算了吧,不告诉你。"

许亦北出了校门,招手打了个车,去了梁枫说的西三大街。

从车上下来的时候,手机振了,他以为应行终于回消息了,立即掏出来,结果是江航。他随手接了放到耳边,一边脚步不停地往前走。

"出来玩啊,北,这不是放假了吗?"

许亦北边走边说:"没空,我有事。"

"你这什么语气,什么要紧事啊?"

许亦北哪关心自己是什么语气,眼睛看着路边一家一家的店,回道:"没事,回头再说吧。"

挂了电话,他走到书城附近,看到了一家奶茶店,把手机一收,走了过去。

他还没进门就看见靠窗的位置上面对面坐着两个人,左边的是应行,右边的是刘敏。

两个人还真是在一起。许亦北嘴唇一抿,打量应行,他身上穿着黑色的夹克,低着头在那儿看桌上的一张卷子。

刘敏往他面前倾身,嘴唇一张一张地在说话。

还以为他去赚钱了,消息也不回,结果居然在这儿。这是在干什么?他们在一起学习?许亦北看了他们两眼,扭头往旁边的书城走了。

等到了书城门口,他又转头瞥一眼那家奶茶店,就见门被推开,他们俩居然从里面出来了。

应行手里拿着几本书,刘敏跟在他后面,一路走一路还在悄悄看他。

真是一起学习吗?居然还帮她拿书,这是干什么?够体贴的啊。许亦北看看两人要去的方向,转身就先往那儿走。

应行走到马路边上,停下来掏出车钥匙,回头说:"谢了。"

刘敏跟在后面停下来,说:"别客气,刚好碰上,就顺手帮个忙。你怎么忽然转变态度了?"

应行提一下嘴角,轻描淡写地回道:"没什么。"

刘敏用手指捋一下耳边的头发,又看了看他,自言自语似的说:"我还以为是因为你女朋友呢。"

应行看她一眼:"什么女朋友?"

刘敏是想起许亦北那天说的话了,总感觉那话听着像是在说他已经有主了,她不好意思地笑了一下,说:"没事,就感觉你变化挺大的。"

应行跟她本来也不熟,犯不着追根究底地往下聊。他一只手掏出手机,翻了翻,看到许亦北发来了微信,都是两个小时前的事了,今天手机调了个静音,居然没看到。他立即往停车的地方走,一边低头打字一边说:"我先走了。"

刘敏说:"是得走了,今天要去学校拿成绩单,都迟到了。"

应行一听,不打字了,干脆拨电话吧,也不知道他是不是还在学校。

刚拨出语音电话,他抬头往路上看了一眼,马路对面有人侧着身在树底下站着,瘦瘦高高的,穿着厚厚的连帽外套,一只手从口袋里拿出手机,还转头往他这儿看了一眼。

视线一撞,应行挑了下眉,就看到他把手机一下按挂了,面无表情地看了自己一眼就走了。

应行看了他两秒,二话不说就跟了过去。

刘敏已经去等车了,上公交车的时候转头又去看应行,发现他大步朝马路对面走了,那儿有一个又瘦又高的身影正在往前走,好像是许亦北?

也不知道有没有看错,那瘦瘦高高的身影一拐就看不见了。

刘敏又看一眼应行,不知道的还以为是赶着去办什么急事……

许亦北拐了个弯,进了个小公园,就在一棵梧桐树边停了下来,揣着手等着。

还没半分钟,前面的花坛那儿跨过来两条长腿,应行直接从那儿绕道抄了近路过来。

"什么时候来的?"

许亦北直接问:"你干什么呢?"

应行走过来,看看他的脸色,一下明白了。"你早看到了?"

许亦北看见他手里还拿着那几本书,冷着脸说:"看到了,什么兴致,陪人学习呢?连人家的书都忘还了。"就连今天的成绩单也不去拿了。

应行看一眼手里的书,忽然笑了:"谁说这是她的书?"

许亦北说:"那不然呢?"

"我的书。"

许亦北一愣:"你的?"

"刚买的。"应行拿起来给他看一眼封面,都是新的,不是物理模拟题就是化学卷子。他就是来书城买这些资料才碰上刘敏的。

许亦北意外,没想到他会主动过来买书,不只是写写作业、练练听力,竟然积极起来了。"你买书就是要跟她一起学习?"

应行说:"她看见我买书,说可以帮我看看,就让她帮忙讲了点。"

许亦北别过脸,低声说:"真会找人。"一找就找个喜欢他的,真不怕后面越扯事越多。

应行看着他:"怎么?"

许亦北拧了拧眉,转头看他,想了想,还是不确定,问了一句:"你真是来买书的?"

应行扯了扯嘴角,都看到他写的许愿笺了,能不来买书吗?

不知道能补到什么程度,才暂时没告诉他,不然也不会让刘敏帮忙了。万一结果不好,还不是让他失望?

应行也没直说,故意问:"我不该买?"

许亦北抿着唇,手从口袋里抽出成绩单,展开拿了自己那张,往他手里一塞:"那学习好的就没别人了?"说完扭头就走。

应行接住,低头翻开,一眼就看到他的数学成绩,这次过了一百一十,他总分排名已经一跃到了全班第二了,第一是高霏,也就比他高了七八分。

抬头看他走出去了,应行舌尖抵着牙关,又扯一下嘴角,算了,管他结果会怎么样。他快步跟过去。

许亦北看看周围,问他:"怎么了?"

应行笑了,非让他眼睛正对着自己,说了一句:"以后都让你给我补课,来,老板,随便安排我吧。"

第 64 章

半小时后,电动车开到修表铺外面停了下来。

许亦北先从车上下来,走到拉门那儿,回过头说:"你自己说的啊,以后都听我安排。"

应行停好车过来,臂弯里夹着新买的那几本书,一只手掏了钥匙开门,笑一声:"我说的,说话算话。"

许亦北看他一眼,满意了,伸手从他臂弯里拿过那几本书,进了门,到柜台那儿一放,每一本都拿起来翻了翻,看到物理模拟题的目录上还有用笔圈过的标记,淡淡地问:"这些都是她提醒你标的?"

应行走过去,拖了个凳子坐下来,看了眼他手上的书,才知道他又是在说刘敏,又看一眼他的脸,说:"嗯,其实她补课还行,关键是温和有耐心。"

许亦北睨他一眼,总觉得这人又是在拿他当小孩逗着玩。他把手里的书往柜台上一压,撂挑子地说:"那行啊,她这么好,你还是去找她补课吧。"

应行腿一伸,伸手抓着他的胳膊一拽,就把他挡在柜台这儿拦住了。"不行,我觉得还是找个又踮又酷的来给我补课才有效。"

许亦北眼皮突地一跳,心想你果然是在逗人,胳膊一伸抓住他的肩,反身就把他往柜台上一按。"你说谁呢?"

应行身下的凳子跟着一挪,背撞到了柜台边,他"啧"了一声,趁势把许亦北摁住,长腿一抵,制得他死死的,蹙了一下眉,说:"看你这样也知道是说谁了,怎么回事,今天这么大意见?"

许亦北挣一下没挣开,看着他仰起的脸,目光来回晃一下,落在他黑漆漆的头发上。"没意见,反正以后别再找她补课就行。"不然也太尴尬了,前面自己刚在刘敏跟前说了他没这心思,可别再让她误会了。

应行"咻"地笑一声,手臂用了力。"就算她看上你了,也不能这么管吧,你还在意这个?"

许亦北别过脸,没好气地嘀咕:"她要看上的是我倒好了。"

"什么?"应行盯着他。

许亦北顿时和他对视一眼,一把抓住他夹克的后领,瞥一眼门,打岔说:"别闹了啊。"

"谁先闹的?"应行一只手在他后颈上一按,又笑一声,"这是不是哪里搞错了,我都要怀疑你跟她有矛盾了,这样还怎么学习?"

许亦北侧过脸,缓了口气,心想得亏你不知道。他心里一阵一阵翻江倒海似的,忍不住又看一眼应行的侧脸,看见他清晰的下颌线,耳边又短又粗硬的发根,拧拧眉,打定主意不往下说了。

颈边高领衫的领口忽然被两根手指扯了一下,许亦北回神,扭过头。

应行正看着他呢。

许亦北对上他的视线,立即说:"不是要学习吗?学习了!"

应行看他一眼,慢条斯理地松开腿,总算不再制着他了。

许亦北一站起来就拖了个凳子过来,坐下醒醒神,又清了清喉咙,从口袋里掏出他的成绩单,一本正经地说:"喏,你期末考试的成绩。"

应行拿过来:"你帮我拿了?"

"嗯。"

翻开看了两眼,应行就放下来了,数学148分,照他这么给许亦北一直补数学的态势,哪天考个满分都有可能。其他的就不行了,总分勉强比上次月考多了几分,也许是写了作业,做了听力,但也就这么几分。

许亦北在旁边翻着那几本书说:"重点补语文和英语,尤其是英语,然后是物理和化学。"

应行捏着笔,忽然问:"你想考去哪儿?"

许亦北看他一眼:"外地,越远越好。"

"嗯。"应行翻开面前的书。

什么"嗯",没了?许亦北还以为他问这个是有什么话要说,结果就像是随口确认一下似的,没下文了。

安安静静做了几十分钟的题,外面忽然响起两声咳嗽声,是贺振国的老习惯。

许亦北往门口看一眼,立马就想拖着凳子挪出点距离。

应行伸脚勾住他的凳子腿,低声说:"干什么?坐着。"

许亦北没挪成,还是原地挨着他坐着,回过头,贺振国已经到了门口,两只手扶着吴宝娟的胳膊,边扶她进门边叮嘱她走慢点。

"吴阿姨?"感觉好久没见了一样,许亦北看着她,有点怀疑她不认识自己了。

贺振国抬头才看到他在。"哎,我说怎么铺子门是开着的,你们俩一起回来的啊?"

应行放下笔,起身过去:"怎么下来了?"

贺振国小声说:"她忽然说要找你,我只好搀她下来了,还好你回来了,不然还得打电话给你。"

吴宝娟进门就看着柜台这儿,一开始脸上有点茫然,看了许亦北好几眼,终于才露了点笑:"是北北啊。"

许亦北居然松了口气,还好她又认出自己了,虽然花的时间久了点。

吴宝娟在凳子上坐下来，看着许亦北，忽然又不确定地问："是不是北北？"

许亦北才发现她这回受了刺激，似乎健忘得更厉害了，只能配合地点头："是，是我。"

"哦。"吴宝娟一只手扯了扯自己的头发，懊恼地皱着眉，"我怎么差点忘了啊？"

许亦北赶紧站起来要拦。

贺振国已经拉开她的手，哄小孩一样地说："没事没事，忘了就慢慢想。"

应行转头进了里面的小房间，很快又出来，手里拿了把梳子，朝贺振国歪一下头说："我来。"

贺振国立马让开，小声说："那我回去给她拿药去了，你跟她说会儿话吧，让她舒坦点。"

"嗯。"

贺振国出了铺子，应行才看了一眼许亦北，说："先停一下，暂时学不了了。"

许亦北还站着，这会儿才坐回去，"嗯"一声，眼看着他走到吴宝娟身后，拿着梳子在那儿给她梳头，居然还挺熟练的，可能不是第一回这么照顾人了。

"你在学习啊？"吴宝娟乖乖地坐着，问应行。

"嗯，你不是总说念书好吗？"应行说。

"好，念书是好的，那要中考了吧？不对，你上大学了，大几了呀？"

应行提着嘴角笑："随便吧，你说我大几就大几。"

许亦北坐在那儿，一只手拿了笔，在手指间转，眼睛往他们身上瞟，以前不觉得有什么，现在知道这些话都是对别人说的，就总觉得不是滋味，看了看应行脸上的笑，抿着唇，更不是滋味，心里就像挨了一下似的。

手机忽然振了，他才移开视线，掏出手机，拿到眼前看了看，是方女士发来的微信，放寒假了，眼看着就要过年，她是想叫他回去一趟。

应行往他这儿看了一眼，已经注意到了。

吴宝娟还在那儿有一句没一句地说着话，又从口袋里摸出几颗大白兔奶糖，在手里剥开糖纸，回头递给应行："吃吧，知道你最喜欢吃这个了。"

应行给她梳好头，顺手绾上去绑好，看了眼她递过来的糖，笑笑道："你自己吃吧。"

吴宝娟非要送到他眼前："吃啊。"

应行只好接了。

许亦北拿着手机站起来，看到他拿着那颗糖，挺无奈地朝自己看了一眼，然后咧了咧嘴，转头去了里面那屋的门口，就像是要去里面找地方解决一样。许亦北想了起来，他根本不吃甜的，于是几步走过去，拿走了那块糖，低声说："我吃甜的，给我吃吧。"

应行看着他。

许亦北眼神一动，才觉得自己刚才有点热血冲脑。他咬着那块糖，晃一下手里的手机说："先回去了，要给我妈回个电话。"

吴宝娟说："你要走了？"不知道是不是又一下想不起他来了。

许亦北看看她："嗯，我会再来看你。"

吴宝娟可能是没看到他刚才去拿应行手里的糖，又剥了一颗递给他："吃了糖再走啊。"

许亦北眼皮跳了一下，瞥一眼应行，真是搬起石头砸自己的脚。

应行已经过来接了那颗糖，往他跟前走一步，有意无意地挡住了吴宝娟的视线，抬手又把那颗糖塞进了他的嘴里。

许亦北含着两颗糖，睁大眼睛看着他，心想：你故意的吧！

应行扬着嘴角，低声说："快走，不然我怕你还得吃第三颗。"

许亦北含着那两颗糖，齁到嗓子眼，悄悄看一眼后面的吴宝娟，踢了应行的小腿一脚，转身就出门走了。

应行收腿，看着他出去了，回头看了眼吴宝娟，知道他刚才就是特地替自己吃的，偏偏还嘴硬，忍不住提起嘴角笑起来。

第 65 章

今年过年果然早，才放假不到两周，除夕就到了。

下午三点，许亦北双手插在外套口袋里，一路走到别墅的庭院大门外面，才抽出手来按响了门铃。

果然是过年了，天气又阴又冷，说不定马上就要下雪。

庭院大门开了，方令仪亲自从别墅里出来接他，朝他招手："快进来，早就叫你，怎么一直到今天才回来？"

许亦北看她身上只披了个披肩就出来了，加快了脚步，走到跟前替她挡住了风。"进去吧，最近都有事。"

他那天在应行那儿补课的时候就收到她催他回来的微信，但他根本不想回这栋别墅，就一直拖到了今天。

"又是学习？过年都要学习？"方令仪瞪他一眼。

许亦北笑一下："过年不就证明高考离得不远了吗？"

方令仪没辙："算了，说不过你，快进来。"

许亦北跟着她进了别墅，里面跟外面简直是两个世界，屋里暖和得很。

他在玄关脱了外套，交给等在那儿的刘姨，还没往里走就感觉口袋里的手机振了。他掏出来点开，是应行发来的微信，聊天框里全是一张一张的截图，拍的是他们最近一起补课时刷过的题，他马上点开来看。

都是英语题，这算是让应行最头疼的一门课了，让他做英语就差不多等于当初让自己做数学，光是看着这照片里写得密密麻麻的语法改错，许亦北的嘴角就忍不住上扬了一下。

看他写得还挺多啊，估计耗了挺久的吧。

"还真是就知道学习了。"

许亦北抬头，看见他妈已经凑近来看，拿着手机的手立即垂了下来。

方令仪是看他站在玄关这儿半天都没动一下才过来看的，故意板脸说："好了啊，回来了不能看了，休息会儿。"

许亦北若无其事地往客厅里走。"行，不看了。"他是把图片点开放大了看的，他妈大概还以为是他自己做的题。

李云山正坐在客厅里的沙发上喝茶，李辰悦也在，坐在一边看杂志，像是都在等他。

许亦北一过去就撞上李辰悦看过来的视线，顿时想起上次见面时跟她说起应行的那些话，他没说什么，就在她对面坐了下来。

"回来就好，你妈妈天天盼你回来。"李云山万年一张客气的笑脸，谁都挑不出毛病。

难得这会儿李辰宇不在，估计是根本就不想见到自己，许亦北刚好落个清静，淡淡地打了声招呼。

李云山放下手里的茶说："你妈妈那天跟你说的事定了吗？"

许亦北问："什么事？"

方令仪顿时埋怨："你看，还要我提醒你，那天我给你发微信叫你回来，后来你给我回了个电话，我不是在电话里问你过年度假想去哪儿吗？"

许亦北想了起来，那天他从应行那儿回去后就给她回了电话，好像是说到了这个，不过他的心思都在给应行补课的事上，也没想过要去度假。

"都最后一个寒假了，我没打算出去。"

方令仪说："我就知道你肯定是不愿意去。"

许亦北扫一眼李云山，确实不想去，跟李辰宇一起去度假，那还能叫度假吗？他有数得很，不想让自己硌硬，也不想让他妈夹在中间难受，最好别去。

"你们去吧。"他手里拿着手机，随时查看有没有消息进来，"寒假放不了几天，年后学校就会提前开学，犯不着到处跑了。"

方令仪知道他的脾气，这么久下来，也知道强凑在一起会让他不舒服，可毕竟是过年，怎么忍心让亲儿子一个人留在这儿，她紧跟着就说："那我也不去了，过年不能让你一个人待着，我留下来跟你一起。"

李云山皱眉："不都说好了吗？"

许亦北听他这口气就烦，也不想大过年的让他们因为自己闹什么不愉快，于是看着他妈说："你还是去吧，你们一起去，我反正也要刷题。"说完站起来，转身去了厨房。

到流理台边倒了杯水，他直接灌了一大口，才把那阵不爽压下去。

刘姨走进来说："怎么喝凉水呀，对胃不好，快出去，待会儿有大厨过来掌勺做年夜饭的，别待在这儿了。"

外面方令仪还在跟李云山说度假的事，声音压得低低的。

李辰悦劝了两句，他们的说话声才停了。

许亦北只好放下杯子又出去，回到沙发那儿，方令仪立即朝他看了过来："妈妈还是留下来陪你好不好？"

许亦北想起应行，还要跟他一起补课呢，眼神闪了一下，说："不用，我有朋友，不是一个人。"

"是吗？"方令仪问，"什么样的朋友，过年还能跟你一起啊？"

许亦北想了一下，说："江航，那么多年的发小了，过年还不能走动走动吗？"

方令仪皱着眉，还是不太乐意的样子。

李辰悦忽然合上杂志问:"不是说刘姨做了甜汤吗,还没好?"

方令仪被打了个岔,想起来了:"好了,一直热着呢,就等他回来喝的。"

"那先喝汤吧。"李辰悦站起来,带头去餐厅。

话题正好断了,许亦北没什么心思喝汤,出了别墅,绕到花园里,又掏出手机来看,应行已经发了消息过来,十几分钟前的了。

——在哪儿呢?

许亦北低着头,打字回复。

——在我妈跟前尽孝。

虽然隔了十几分钟,应行那边也回得及时,一直等着似的。

——回去过年了?

——那什么时候回来?

许亦北看了两眼,又打字回过去。

——回哪儿啊?

应行秒回。

——回我这儿。

这人怎么说得这么理所当然?许亦北抬起头,看看两边,还好没人。

还没回复,李辰悦居然从房子里出来了,朝他这儿走了过来。

他立即收起手机,抢先说:"喝汤是吗?我现在就去。"

李辰悦到了跟前,看一眼他的口袋,显然是看见他刚才在翻手机了。她笑了笑说:"你要是过年这几天都一个人的话,是真准备找那个发小一起过吗?"

许亦北莫名有种被抓包的感觉,神色倒是依然淡淡的。"再说吧,我妈不是还没答应吗?"

"我帮你劝劝她好了,你都这么大了,她能理解。"李辰悦说着又看看他的脸色,"也不知道为什么,我刚才听见那话,居然最先就想到了应行,总觉得现在你们俩才更亲近。"

许亦北抿住唇,好一会儿才说:"其实该知道的我都知道了,其他的风言风语我也不信,我自己在干什么我心里挺清楚的,放心吧,悦姐。"

还没等李辰悦再说什么,他就扭头回了别墅。

方女士到底没再提度假的事,请的大厨已经来了,她也在厨房里忙,可能也是没顾上。

许亦北喝了碗甜汤就回了楼上的房间，一关门就立即掏出了手机，靠着门背就又接着去看那些截图。

全部看完一遍，他坐到床上，拿了枕头在背后一靠，拨了个语音电话过去。

"嗯？"应行接电话的声音懒洋洋的，"大孝子还有空给我打电话？"

许亦北压着声音，对着手机说："那不是要给你讲错题吗？"

"你有时间讲？"

"有，回来只是看我妈，其他的都是充任务，能躲就躲。"

电话里安静了一两秒。

许亦北反应过来，干吗跟他说这些，自己跟家里人关系不好，自己难受就行了，像是跟他吐苦水似的，于是打岔说："我讲了啊，过年你也别想休息。"

应行低低地笑了声，说："不是让你随便安排我吗？不休息就不休息吧。"

许亦北清一下嗓子说："你别开口，听我说。"

应行还真不开口了，就听他讲。

许亦北挨个滑着图片讲，快讲到最后一张截图时，应行忽然在电话里应了一声。

他问："谁叫你？"

"我舅舅，叫我吃饭了。"应行说。

许亦北说："这就过年了？"

"就三个人还不快？吃完就等跨年了。"应行忽然问，"你要在那儿跨年？"

许亦北想了想说："谁知道呢？"

"不想待在那儿？"应行又问。

"嗯？"许亦北撇一下嘴，"算了，干吗说这个？"

"那行吧，不说了，我去吃饭，回头见。"应行把电话挂了。

许亦北看着手机，一头雾水，什么时候回头见？

房门被敲了几下，刘姨在外面叫他："准备一下就可以吃饭了。"

许亦北抬头看一眼房门，从床上爬起来，回了一句："来了。"

进了餐厅，所有人都已经坐着了。李辰宇不知道是什么时候冒出来的，坐在李云山旁边，过年难得没绷着个脸，但是也照旧不搭理人。

许亦北在他妈旁边坐下来，连个眼神都没给他，今天来这儿是为了陪他妈过年，图个相安无事，大家井水不犯河水就行。

一顿饭吃了好几个小时，其实吃得毫无滋味，也就只有李辰悦还能积极地说些好听的话，让人能感觉出一点过年的气氛。

吃完的时候，方令仪往许亦北口袋里塞了个厚厚的红包，笑着说："这是妈妈和叔叔一起给你的。"

李云山在主座上冲他笑笑："收着吧。"

许亦北拿出来递回去："我过完年就十八了，要成年了就不能收了。"

方令仪惊讶："什么意思，成年了就不准备收我们的钱了？"

李辰悦也看了过来，连李辰宇都往他这儿瞥了一眼。

许亦北就是这么打算的，毕竟他的存款已经足够供他后面的学习了，其他的开销以后上大学了可以自己去挣，他妈已经尽了抚养他的义务，他也没必要再问这个家里要太多，本来也是要脱离的人了。

李辰悦及时打了个圆场："这不是年还没过吗？还能收，拿着吧。"

方令仪趁机把红包又塞回去："对，收着。"

许亦北看看他妈的脸，把红包拿在手里，还是没推回去，不然被追根究底地刨出他的打算，她又得难受。

"就快成年了，你有什么想要的吗？"方令仪又问，也不知道是不是因为度假那事他不肯去，弄得像是要补偿他似的。

李云山也跟着说："没错，想要什么就直说，我跟你妈妈都给你准备好。"

"不用，没什么想要的。"许亦北站起来，"吃太饱了，我出去转一圈。"

方令仪抢先起身去厨房："我去叫刘姨弄壶红茶来。"

许亦北本来想跟过去再陪她一会儿，出了餐厅没多远，听见里面传出说话声，紧接着就听见一声低低的呵斥，那是李云山的声音。

他回头看了一眼，李辰宇在里面回了一句："跟我商量什么啊？你们带他去吧，我不去了！"

李云山压低声音说他："你又是什么毛病？"

许亦北站在那儿，扯了下嘴角，他早猜到了，就这"有我没他"的架势，还指望着一起度假呢？果然不答应是对的。他转头看一眼厨房，得亏他妈没听见。

李辰悦从餐厅里走了出来，匆匆走到他跟前，小声说："你别在意，我会说他的。"

"别忙了，悦姐，挺没劲的，你还是劝劝我妈吧，让她安心跟你们去度假。"许亦北轻轻"哧"了一声，走到厨房门口，抬高声音朝里面说了句："新年快乐，妈。"

"还没到点就祝我快乐了?"

"嗯,我这不是希望你快乐吗?"许亦北转头走去门口,拿了自己的外套,还没穿上就开门走了。

方女士反应过来,追出来问:"你去哪儿,今天还要回公寓去吗?"

李辰悦说:"我去看看吧。"

等她追出院子,已经来不及了,许亦北走得很快,那道瘦高的身影一转就从视野里消失了。

走了快半小时才总算离开了那片别墅区,一直到了大路上,许亦北才停了下来。

时间挺晚了,路上除了路灯就没别的光亮,他对着寒风刺骨的街道,不咸不淡地笑了一声,自言自语了一句:"有什么的啊,反正迟早都要走。"

所以过年也没什么意义,有这样一个家,注定自己一个人才会消停。

他穿上外套,把拉链一下拉到顶,想伸手拦车,结果这个点,连路边的店都好多歇业回家过年了,根本看不到有车经过。

等久了就很冒火,他抬腿就踢了一脚马路牙子:"烦人……"

前面"吱"的一声刹车响,他抬头,愣了一下。

应行坐在电动车上,两条长腿撑着地,身上穿着黑色羽绒服,正看着他。"我这是来晚了,还是来巧了?"

许亦北盯着他:"你怎么来了?"

应行好笑,城里就这么个顶级的富人别墅区,还不好找?"感觉告诉我该来,我就来了。"

许亦北反应过来:"难怪你说回头见。"

听他说来这儿就是充任务的,应行也懂了,他根本就不想待在这儿,来了果然看见他一脸不爽,早知道就该早点来。

应行上下打量他一遍,皱了下眉,往后偏一偏头,说:"上来啊,你不冷?"

许亦北不说话了,过去腿一跨,坐到车上说:"快点走,我怕有人过来追我。"

应行故意往后看:"谁啊?"

老远还真看见了李辰悦的身影,就快往这儿来了,应行一脚踢起脚撑,下一秒就把车飞快地开了出去。

路灯亮了起来,一路除了刀子似的冷风,就是"恭喜发财"的歌声。

应行把车开到了一片老公园外头，停下说："走了。"

许亦北下了车，看看周围，问："干吗来这儿？"

应行拽住他的衣袖，往前走，到了一大片空地上才说："跨年，不然我跑那么远去接你干什么？"

许亦北不明所以地被他拽到那片空地上，看到入口那儿有人在卖烟花爆竹，才知道这儿是个烟花燃放点。

已经陆陆续续有不少人过来了，都拥在那儿买烟花。

应行过去一趟，很快就拎了两个烟花过来，放在空地上说："我早就订好的，你看那儿。"他抬手指一下。

许亦北顺着他指的方向看，远处是小区，他看了好几眼才认出来，那是修表铺的方向。"那不就是你家小区吗？"

"嗯。"应行掏出手机，看了看时间，又掏出打火机，捏在手里，"再等五分钟。"

许亦北收着手呵出一口白气："玩什么啊？"

应行看他一眼："没耐心。"

旁边不知道是谁居然带宠物狗来了这儿，两条壮硕的大狗，雄赳赳气昂昂的，许亦北看了一眼，立即往后走。

胳膊被抓住了，应行一手把他拉到自己身边，一手转着打火机说："五分钟到了。"

说完他拿着打火机一拨，弯腰点燃了烟花。

"嘭"的一声，烟花上了天，在头顶炸开一个灿烂的花束。

紧接着应行的手机就响了，他掏出来接了，一边还替许亦北挡着不远处的两条大狗。"怎么样，能看到吗？"

许亦北和他站在一起，看着"嘭"的又一声，烟花上了天，也听见了他听筒里贺振国的声音："看见了，她高兴着呢。"

许亦北忽然明白了，难怪要在这儿放呢，是要带他舅妈一起看吧？许亦北抬头往小区方向看，估计这会儿贺振国带着吴宝娟正在阳台上看着这儿呢。

应行偏头看他一眼，对着电话说："那你能看见我这儿还有谁吗？"

"谁啊？"贺振国说，"那么远我哪看得到人啊？"

周围其他人也开始放烟花了，"嘭嘭嘭"的声音没完，应行抓着许亦北的胳膊一拉，又问："真看不见？"

许亦北看看周围被烟花照得脸都看不清的人，又往小区方向看了看，干脆拉着帽子往头上一扣，胳膊肘撞他一下，小声说："真会玩啊，你！"

连他舅舅都要逗是吧？

应行被撞得闷闷地笑了一声，终于把电话挂了。

烟花放完了，应行过去又买了两个烟花过来，挨个点着又放了。

最后一个烟花还没放完，他叫上许亦北说："走吧，可以回去了。"

等他们一起开着电动车回到小区那儿，抬头果然看到阳台上有两个挨在一起的身影，是贺振国和吴宝娟。

那头的半空里还在炸着烟花，可能他们的那个早就放完了，剩下的都是别人放的了。

许亦北被应行拽着进了黑黢黢的楼道，两人大步上楼，很快开门进屋。

屋子里的电视机开着，正在放春晚。

贺振国听见动静，扶着吴宝娟从阳台上回来，两人好像挺高兴的，脸上都是笑。

"北北？"吴宝娟今天精神挺好，居然一眼就认出了他。

许亦北说："是我。"

应行看他一眼，牵起嘴角，回头问："好看吗？"

吴宝娟笑着点头："好看的，烟花真大啊，过年真好。"

贺振国跟着笑："跟个孩子一样。"

难得见他们这么高兴，许亦北都跟着笑了一下。

外面还有烟花在放，吴宝娟按捺不住，又要出去看，贺振国只能陪着。

许亦北也跟出去看了一会儿，再回头，没看见应行，往屋里看了一圈，才发现卫生间的门关着，有"哗哗"的水声传出来，估计他是去洗澡了。

贺振国扶着吴宝娟的胳膊让她慢慢看，一边回过头来跟他闲聊："估计他是累了就先去洗澡了，这阵子老看他晚睡早起，还写卷子，我都怀疑他是遇上什么人让他开窍了，一下变化那么大，以前怎么叫他学都不听。"

许亦北又往卫生间看一眼，难怪那些截图里写得密密麻麻的，原来他还真花了不少时间啊。

时候确实不早了，电视机里的节目都快收尾了，天也冷得不行。

贺振国把意犹未尽的吴宝娟好说歹说地给劝回屋里，回头对许亦北说："这么冷就别回去了，不早了，你就住在这儿吧，刚好咱们一起守岁，好几年过年家里都没这么热闹了。"

许亦北扭头，卫生间的门开了，应行把外套搭在肩上走出来，身上就穿了件单薄的长袖衫，懒懒散散的，确实没休息好的样子。他的眼睛正看着自己，显然是听见了。

"站着干什么呢？"贺振国把吴宝娟扶去沙发那儿坐下，回头指使应行，"去给他找身衣服啊，放了烟花回来还不得一身味？让他也洗个澡再睡，你的衣服他肯定能穿。"

应行看一眼许亦北，嘴角跟着动了动，回了房间，很快就拿了两件衣服出来，塞他手里，说："去吧。"

许亦北捧着那两件衣服，转过身，不紧不慢地到了卫生间门口，伸手推门进去，等门一关上就先摸了下耳根，他有点不好意思，长这么大他还没在别人家里住过。

他扭头看看这里面，淋浴间那儿还是湿漉漉的，周围还有一股沐浴露的味道，是应行刚洗完澡留下的。

"怎么没声音，他是不是不会用啊？"贺振国在外面问。

应行说："我去看看。"

许亦北立即把水龙头掀开了，一听说他要来帮忙，马上动作就麻利了。

毛玻璃的门上模糊地映出应行高高的影子，他在外面似乎笑了一声，又走了。

贺振国在说他："赶紧换衣服去，感冒了麻烦！"

"急什么？换床单去了。"应行说。

许亦北赶紧脱了衣服，飞快地进去冲了个澡。

等他洗完，换了应行的那两件衣服，搭着外套开门出去，电视里已经在准备倒计时了。

贺振国给吴宝娟剥着花生，嘴里低声跟她说着话，也没注意到他。

许亦北走到应行房间门口，又往沙发那儿看了一眼，手指握着门把手转了一下，一声轻响。

门一下开了，他被一只胳膊直接拽了进去。

许亦北抬腿就要踹他。

应行的膝盖顶住他的腿，一下就把他抵到了门背上，"咚"的一声响。

贺振国在外面喊："你俩还闹呢？我们准备睡了，明天还得早起，你们也早点睡啊。"

许亦北背靠着门，没敢动了，对着他的脸，好几秒才找话似的问："明天早起要干什么啊?"

应行压低声音:"准备送我舅妈去医院了。"

许亦北才知道这事,想想吴宝娟,受了刺激之后也就今天才看着好点,大概是不能拖了。他忽然想起他妈给他的那个红包,厚得不行,绝对不是小数目,于是用肩撞应行一下,淡淡地问:"你……还缺钱?"

应行低下头,忽然笑了:"怎么,你又要给我钱?"

许亦北皱皱眉,知道他不会要,又用肩撞他一下,说:"看你硬气的,你别姓应了,姓硬得了。"真是油盐不进!

应行给气笑了:"那也没你嘴硬啊。"

外面"嘭"的一声烟花炸开的响声,许亦北耳边都嗡嗡的。

应行往窗外看了一眼,又偏头看他,声音压得更低,听起来沉沉的:"放心吧,老板,我要是连这点事都撑不起来,以后还怎么让你高看啊?"

许亦北的语气又急又快:"谁高看你!"

应行"啧"一声:"又嘴硬?"

外面的电视机里终于开始倒数,五、四、三、二、一,过了零点,到处在喊:"新年好!"

又过了一会儿,外面的电视机关了,贺振国和吴宝娟大概都回去睡了。

许亦北大气都不敢出,生怕吵到他们。

窗户外面不知道哪儿又升起烟花,"嘭"的一声炸开,微弱的光一闪而过,他看见应行看着自己,眼睛黑沉沉的,然后周围又陷入黑暗。

话题突然停了。直到耳边传来应行的笑声:"新年快乐,老板。"

第 66 章

外面隐隐约约有说话声,还有光照在眼皮上。

许亦北睁开眼睛,发现天已经亮了。

身上盖着被子，他翻个身，应行不在床上。仔细想想，他也不记得昨晚到底是什么时候睡的了。

外面是贺振国在说话："他还没起呢？要不要叫他啊？"

应行说："等会儿我去叫。"

许亦北马上掀开被子坐起来，往身上套衣服，刚下床，房门就被推开，应行走了进来，眼睛看着他，笑了一下。

"早啊。"

许亦北对上他的视线，目光飘了一下，往外看一眼，贺振国在客厅里忙着收拾东西。他又转头看应行，一本正经地说："早。"

应行走近，在地上捡起他的外套，抛给他。"新年第一天就这么一句？"

许亦北一把接住，准备出去洗漱，走到房门口，又退回来两步，凑近点说："新年快乐。"

应行偏头看他，挑了下眉。

许亦北转身就出去了。

贺振国跟他打招呼："起了啊，快去洗漱吧，牙膏和毛巾都给你准备好了。"

"嗯。"许亦北穿上外套，低头进了卫生间，关上门，抬头看镜子时才看见自己嘴边带着的笑。他一手扶着洗手池，一手掀开水龙头，先捧了把凉水拍了拍脸，吐出口气。

怎么突然觉得自己这年过得还挺开心的？

吴宝娟很快也起来了，贺振国收好了东西，又张罗着让她吃早饭，随时准备出门。

许亦北拉上外套拉链，走到门口，看见应行站在那儿拿着手机在翻备忘录，他扫了一眼，又是在算账。

应行看他出来就收了手机，转头看着他，似笑非笑的。

笑什么啊？不就祝他一声新年快乐，笑到现在了。许亦北故意问："还缺多少？"

"钱的事你就别问了。"应行收起手机，往门里看一眼，拽他一下说，"一起去。"

许亦北还在想怎么开口说要跟着去呢，他先说了，那正好，回头看，贺振国已经扶着吴宝娟出来了。

应行过去帮忙扶了吴宝娟，带她下楼。

许亦北跟着，到路上先拦了辆车，搭手把吴宝娟送进去才跟着上车，和应行一左一右陪她坐在后座。

"去医院了能好吗？"吴宝娟手里拿着颗大白兔奶糖捏来捏去，像是有点紧张。

应行说："你乖乖听医生的话就能好。"

吴宝娟的额上挤出皱纹："那我去了就看不到你了。"

"我去医院看你啊。"应行笑了笑，"手机带了吗？有事就给我打电话，按1就能打出来了。"

吴宝娟好像放心了，点头说："带着了。"又拉一下袖口给他看，"手表我也带了"。

"嗯，那就好。"

吴宝娟转头看许亦北："北北，你也来看我啊。"

许亦北立即点点头："我也来。"

贺振国在副驾驶座上安慰她："放心啊，我们都在呢，你好好看病。"

吴宝娟放心了，剥了糖递给应行。

应行接了，手臂从吴宝娟背后伸过去，捏着那块糖，在许亦北的侧脸上戳了一下。

许亦北扭头看见，眼皮一跳，又来？他悄悄看一眼前面的后视镜，转头把糖拿走了。

应行把手收回去，坐正了，像什么都没干过一样。

去的是城里最好的医院，下了车，贺振国扶吴宝娟去做检查，应行去办手续。

许亦北看应行对这儿特别熟悉，明显来过不止一回，就知道他肯定做过很久的准备了。

连贺振国都是收好了换洗衣服来的，这是连住院治疗的准备都做好了。

果然，收治医生说要住院。

忙忙碌碌几个小时，总算办完了全部手续，贺振国带着吴宝娟去了住院部。

许亦北把人送进去，居然没看见应行，转头出来，一直到了医院大门外面，才看到他站在路边。

许亦北走过去，踢了踢应行的脚，问："干吗呢？"

应行转头看他一眼，扯了下嘴角，说："我早就想把她送来治了，真到了这一天又有点担心。"

许亦北看看他的脸，声音低了点："担心她好不了？"

应行绷着下巴，好一会儿又笑了。"不管怎么样都得治，担心也没意义。"他伸手拉许亦北一把，"走吧。"

许亦北刚跟着他走出去，冷不丁看见前面咋咋呼呼地过来一辆电动车，马上往旁边退开两步。

应行已经停下来了。

"应总！"杜辉开着小电动车冲过来，后面坐着大华，两个人刚停下就在打量许亦北，看看他，又看看应行，就差把"你俩怎么又在一起"写脑门上了。

应行抢先问："你们来这儿干什么？"

杜辉说："今天早上我打电话给你舅舅，还想去你家拜个年呢，结果听说你舅妈要来治病了，这不得过来看看？大华正好还有事找你。"

"已经住院了，下回来看吧。"应行看大华，"什么事？"

大华正瞅着许亦北呢，看了好几眼才从车上下来，故意说："咱们聊点私事，他是不是得回避一下？"

应行不耐烦地说："回避什么？这儿又没外人，随便说。"

"什么？"大华又看一眼许亦北，这不是外人？

许亦北站在旁边，看他们一眼，也不参与，就在旁边听着。

大华又在两人身上来回看了两眼，才说："你这不是送你舅妈住院了吗，我估摸着钱肯定不够用，来给你提供赚钱机会的。"

应行说："说说看。"

大华从口袋里掏出张叠着的海报递给他，说："有个比赛，网络安全的，奖金挺多，我琢磨你刚好精通，不参加太可惜了。"

许亦北不禁看了过去。

应行打开那张海报看了两眼，又折回去。"这是大学的比赛，你叫我参加？"

"上回咱们一起打篮球赚钱的那几个大学生你还记得吧？就是跟我同校的那几个。"大华说，"我跟他们几个组队，刚好缺个人，你来了就领头。放心，谁技术牛听谁的，我们都没意见。得奖了大头也是你拿，稳赚不亏。"

应行好笑："说得跟已经得奖了似的。"

大华愣了愣："你还犹豫啊？钱真的很多啊！"

杜辉也说："我也看到了，五位数起步的！要是赚到了就够给你舅妈看病了，你都不用到处赚钱了。"

应行拿着那张海报，转头看了许亦北一眼，问："你说呢？"

大华和杜辉同时看过来，问他干吗？

许亦北被几双眼睛盯得眼珠动一下，当作不在意似的，淡淡地说："挺好的啊，你电脑既然玩得好，为什么不参加？"

应行想了想，把海报塞给大华："那就这么定了吧。"

大华眼神怪异地看看许亦北，这都什么情况？

"你们聊吧，我先回去了。"许亦北看这两人暂时也没走的打算，两手插兜，看一眼应行，先往路上走了。

大华立即问应行："他怎么老跟你待在一起？"

应行看着许亦北走远了，回头对他说："以后对他客气点，再说他也成不了你的情敌了。"

大华莫名其妙："你这么确定？"

应行提一下嘴角："确定，我还可以打包票。"

许亦北回了公寓，手机上收到一条消息，是方女士发过来的。

他们已经一起出去度假了，去了国外，今天刚走。方女士在微信里叮嘱了一大堆，还叫他过年多跟朋友聚聚，可能是怕他一个人寂寞无聊。

许亦北拿着手机皱了皱眉，多好的机会，本来刚好可以跟应行一起补课，结果又撞上那两个。

算了，他回头进了房间，拿了卷子出来，自己刷题。

还没两个小时，手机就在口袋里振了，他做着道数学题正烦，拿起来，看见那个人民币头像，立即点了接听。"聊完了？"

应行没回答，在电话里直接问："你在公寓里？"

"嗯，怎么？"

"开门。"应行说。

"嗯？"许亦北愣一下，忽然反应过来，站起来就出了房间，到了门口一把拉开门，应行就在门口站着，刚挂了电话。

他另一只胳膊里夹着几本书，还带了自己的笔记本电脑，踢了踢门说："让我进啊。"

许亦北让开，看着他问："你特地带东西过来的？"

应行拿了东西往茶几上一放，从沙发上拿了个坐垫朝地板上一扔，坐下说："把他们支走了，回去拿了东西就来了。"一个人学习哪有两个人有劲头？

许亦北嘴角一扬，回了房间，很快就把自己的卷子和笔也拿了过来，放个坐垫在他旁边，坐下来一起做题。

"这题给我讲讲。"刚好那道数学题不会，许亦北把卷子推过去。

应行拿了看一眼，顺手就把自己做的卷子推过来了。"这几题交给你。"

许亦北说："一道数学换一道英语，等价互换。"

应行看他："那还要我给你钱吗？你以前可是给钱的。"

许亦北"哧"一声："都要去比赛赚钱了，还有钱给我？"

"没钱，"应行转着笔，盯着他，"只有别的。"

许亦北对上他的视线，在底下踹他一脚。"快学！"

应行提着嘴角，逗够了，低头去看他的题。

许亦北看了看他带来的那些书和卷子，还有电脑，好像有点多，又看了看他，问："你这短时间也做不完吧？"

应行抬眼："我也没说短时间就走啊。"

第 67 章

茶几上放着两只水杯，旁边摊着一堆草稿纸，这过年期间，外面还有人在不知道哪个角落里偷偷放烟花爆竹呢，公寓里，两个人就这么坐在一起学习。

许亦北从数学卷子里抬头，看一眼旁边，到这会儿都还在琢磨他的话，他说的短时间不走是多久？

应行转着笔，察觉到他的眼神，跟着抬头，看到他的脸，一下猜中他的心思，嘴角动了一下，忍了笑说："干什么啊，我不是来学习的吗？"

许亦北眼神闪一下："你说干什么？"

应行把卷子推过去："那讲题吧，这玩意快折磨死我了。"

许亦北扫一眼他的英语卷子，心想你也有今天啊，舒坦了，靠过去给他讲语法。

应行偏头过来看。

等一题讲完,手机忽然响了,是微信通话的铃声。

许亦北扭头看过来:"你的?"

应行掏出来,看到大华的名字。"嗯,别出声。"说完接了,还按了个免提,"怎么了?"

"一起比赛的那几个哥们儿要跟你聊一下设计内容,我转视频啊。"

许亦北立马站起来要走。

应行一把按下他,自己站了起来,往阳台上走。"等会儿。"

许亦北看着他出去了,紧接着阳台拉门被他拉上,他走去了边上,挨着栏杆,估计是把镜头对去角落了。

"你这是在哪儿呢?"电话里大华在问他,"看着不是修表铺,也不是你家啊?"

应行隔着门说:"外面,别废话了,人呢?"

大华说:"来了,我把他们叫来。"

许亦北在茶几那儿坐着,端起水喝了一口,隐约听见他们在那儿聊着什么信息安全、程序设计,也听不太明白,但反正好像没什么异常,他也放心了。

这真是……好好的学习搞得像做贼。

他又转头看看外面的天,学到现在,时候不早了,天又阴又冷,感觉就要天黑了似的。忽然想起了医院里的吴宝娟,他掏出手机,翻着查了查。

网上跟健忘和受刺激有关联的资料密密麻麻一大堆,也不知道哪个才有用,哪个能帮到吴宝娟。不过要是网上查一查就能解决,那也不需要医生了。

他翻完了好几个网页也没什么收获,反而耗了不少时间。忽然拉门一响,应行回来了。

"走吧。"他说。

许亦北抬头,问:"去哪儿?"

"出去吃饭,好歹还过着年,不该一起吃个饭吗?"应行去门口拿了他的外套过来,往他身上一搭,拽他起来,"走了。"

许亦北被拽起来,收起手机,穿上外套,一边往外走一边说:"你们说什么了,说这么久?"

"比赛的内容,确定了一下要设计的东西。"应行知道这些东西枯燥,没细说,拉上羽绒服的拉链,带上门下楼,忽然又伸手抓住了他的手腕,手指在他腕上圈了一下。

许亦北看他一眼，问："干什么？"

"看看你的手腕有多细。"应行五指又比画着他的手腕握了一下，"挺细。"

"少胡扯，我的一点也不细。"许亦北伸手跟他的手腕比一下，强行说，"也就比你的细一点。"

应行笑一声："行，老板说的都对。"

许亦北不跟他扯这个，感觉他是故意的。"你量我手腕干什么？"

应行说："很快你就知道了。"

许亦北没再问，先下了楼，出了楼道被冷风一吹，冻得很，也顾不上再问下去了。

两人就在公寓附近的街上一起吃了顿饺子，因为吃年夜饭的时候谁都没吃饺子，今天算是补上了。

吃完出来天就黑了。

路上的一家店里在放着震耳欲聋的音乐，他们从外面经过，看到橱窗里居然还有碟片在卖，真够复古的，排了一整排，其中好多还是古典乐器的。

许亦北停下来看了看，看到一张琵琶曲的碟片，上下扫了两眼。

应行跟着看了一眼，转头问他："买下来？"

许亦北说："买下来干什么？这上面就没有我不会的。"

"是吗？"应行又看一眼，转头看他的脸，"那我听得太少了。"

许亦北直起腰，想了想，忽然说："要不然做个约定吧，你跟我一起拼到高考结束，到时候我给你弹个够。"

应行笑起来，说："不够，至少再加点奖励才行啊。"

许亦北一把抓着他羽绒服的帽子往他头上一扣："要点脸吧！"

应行刚要笑，手机又响了一声，掏出来一看，是贺振国发来的微信。

许亦北手插着口袋停下来，冷得呵了口白气，回头问："怎么了？他们还要聊比赛的事？"

应行收起手机，看他一眼，说："是我舅舅，你先回去吧，我去医院看一下我舅妈，她第一天去，有点不适应。"

许亦北看了看他："我跟你一起去？"

应行拉着他后领的帽子，往他头上一扣："回去，都过去她不就更不想待了？"

下次你再去。"

许亦北被他的大手扣得脑袋一沉，扶一下自己的帽檐，差点想说轻点，又忍住了。"那我走了。"

应行看他往公寓那儿走了，才转头去了路上，没有去骑电动车，一过了红绿灯，立即加快速度，大步走去路口，招手打了个车。

许亦北走到公寓大门口，扭头看了一眼，已经连他的人都看不见了，有点意外，怎么走得这么快？

回到公寓，他一连做了两张数学卷子，几个小时就过去了。

许亦北盘着腿坐在茶几那儿，拿起手机看了看时间，这么晚了，不会是医院有什么事吧？

他翻着手机，想问一下应行，又怕他这会儿没空接，还是没打，干脆又拿着笔写了会儿题。

等他再抬头去看手机，翻到微信，看到他特别关注的提醒，点开朋友圈，是他妈发的一条新动态，一张照片，拍的是她跟李云山在海边依偎的笑脸。

许亦北看了两眼，扯了扯嘴角，看着真挺幸福的，也没看到李辰宇和李辰悦，大概是他妈有意没发吧。

挺好的，离远了看这个家才是完美又和谐的。

他抛开手机，拿起杯子喝干了里面的水，舒一口气，站起来走到门口，拉开门往外看一眼，又关上，对着门背拧着眉，怎么还一门心思等上了……

手抓着门把，最后又没拧上锁，他醒醒神，收收心，还是回头接着做题去了。

晚上十点，应行从病房里出来，走到门口，往里看一眼，吴宝娟在1号病床上躺着，已经睡下了，他才转身出门。

贺振国跟出来，叹口气，小声说："总算熬过去了，前面跟个小孩似的害怕得要命，你要不来，她真待不下去。"

应行贴墙站着，低声说："没事就行了，第一天肯定怕生。"

贺振国点点头，又叹口气说："我有时候想她就这样也挺好，真治好了，就会想起以前，想起贺原……可要不治，你就一辈子都不是你了。"

应行忽然笑了："多大年纪了，还文艺起来了。我怎么样无所谓，反正她必须得治，再拖下去要是出事怎么办？"

贺振国想起孟刚出现那会儿的情形，不作声了。

应行转身走了。"我回去了。"

离开了医院，路上更冷了，寒风呼呼的，他在路边拢着手点了支烟，叼在嘴里，一路走出去好几条街，身上冷透了，掏出手机看了眼时间，才发现很晚了，转头就去拦车。

到公寓楼下的时候都快凌晨了，他揣着手，两步并一步地上了楼，停在门口，觉得身上的烟味有点重，其实要不是心烦，根本也不想抽。

他干脆站了几分钟，散了身上的味道，顺便把从医院里带回来的烦心事都压下去了，深吸口气，才去敲门。

手刚碰到门，一下开了，居然没上锁。

应行推门进去，把门锁上，回头看到许亦北居然还坐在客厅里，歪着头正在那儿看卷子，头耷得低低的。

他看了两眼，走过去，发现不对，低头又看了一眼，才发现不是看卷子，这人居然坐着睡着了。

这是做了多久的题，累成这样？应行又好气又好笑，竟然留着门就这么睡了。他也没叫许亦北，脱了羽绒服，先去卫生间里洗了把脸。

出来时许亦北还睡着。应行走过来坐下，拨着他的肩往旁边一按，拿了羽绒服往他身上一搭，又把屋里的暖气调高点，拿过笔记本电脑，掀开按了开机。

许亦北前一天晚上就没睡好，早就困了，撑着做题才撑到这会儿，迷迷糊糊听见敲键盘的声音，他睁开眼睛，被白花花的客厅灯刺得闭了闭眼，紧接着看到应行的脸。他一时没反应过来，自言自语地说："我在做梦？"

应行低头看他一眼，气得笑了一声。"是做梦，门都不关，我进来偷东西的。"

许亦北清醒了点，立马掀开他的羽绒服就要爬起来。

应行把他摁回去，手压在他的脑袋上。"睡你的吧，硬撑什么啊？"

许亦北一头躺回去，闷着呼吸，脸都热了，手抓到他身上，用力掐了一把。"放我起来，我要刷题。"

"就知道你是这德行，不然早叫你进去睡了。"应行一手按着他的脑袋，一手还在敲键盘，"接着睡吧，睡够了再刷。"

"那你在干什么呢？"

"我跟你能一样吗，学霸？"应行说，"我事这么多，还得在你后面追赶。"

他说什么，居然说要在自己后面赶？在城楼上许的愿显灵了？许亦北怀疑是自己幻听了，喘了几口气缓了缓，不确定地问："真的假的？"

应行被他的话弄得心烦意乱，手上一停，低头说："你看我是真的吗？"

许亦北躺着不动了，只有手在他胳膊上又掐了一把。"真的。"

"嘶。"应行吃痛皱眉，又在他脑袋上摁一下，"我得记着账，以后再跟你算。"

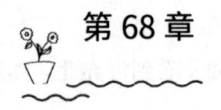

第68章

"嘀嘀嘀"，闹钟响了，许亦北一下从床上爬起来。

窗帘没拉，外面出了太阳，都要照到床尾了。

他坐在床上眯着眼回想了一下，昨晚自己在应行做题的时候睡了一觉，中间醒了两回，都看见他坐在那儿敲键盘，等自己坚持爬起来做题的时候，他又去卫生间里冲澡了，再后来自己又犯困了，才回房间睡了。

后半夜睡得太沉，导致许亦北现在都怀疑那些是幻觉。

他下了床，套着衣服开门出去，走到茶几那儿，看到放在那儿的书和电脑都被拿走了，台面上留了张字条，他拿起来看了一眼，上面龙飞凤舞地写了行字：去跟比赛小组的人碰面了。

翻过来一看，居然还是写在优惠券上面的。许亦北撇了撇嘴，他什么时候走的，这人到底睡没睡觉啊？！

他把优惠券一揪，扭头去洗漱，闻到厨房里有煮东西的味道，走进去看了一眼，流理台上的锅冒着热气，他过去揭开，里面居然蒸了碗蛋羹。

在他这儿能找出点吃的来就不错了，竟然还能做个早饭出来？许亦北愣了愣，嘴角慢慢扬了起来，他抬手摸摸嘴角，又皱起眉，这人不会真没怎么睡吧……

应行在大学城附近的台球厅里，开着电脑放球桌上，让旁边的几个人看。

"哥们儿牛啊，这么快就出框架了？"上次打球的三个人，外加大华，四个人凑在一起围着电脑。

说话的叫孔寒，大三的，其他两个人都是他舍友，他显然是领头的那个，直接叫那俩的外号，一个叫佟大，一个叫严二，给人把名字都省掉了。

三个人都是信息技术专业的，不过可能也不是什么学霸，这会儿除了惊呼就是感慨"现在的高中生可真不简单啊"。

应行坐在旁边的球桌那儿，侧着身，叠着腿，手里拿着支笔，没睡好，懒洋洋地说："你们看吧，细节还得完善。"

孔寒说："真牛，咱们不是分线上赛和线下赛两个阶段吗，我琢磨你这防御设计做出来，线上赛肯定能稳过选拔了，我都开始期待后面线下赛的攻防了。"

大华这个老油条已经快大四毕业了，在几个人里挺像老大，他得意地指一下应行，说："你们就说我找他是不是找对了？"

"还用说吗，又会打篮球，又会玩技术，比咱们年轻，还是个帅哥，我要是女的我就爱死他。"佟大手里拿着根台球杆，开玩笑说，"但我是男的，所以我要嫉妒死他！"

应行咬着烟嘴，动着手里的笔说："别爱我，没结果。"

孔寒接着话茬开玩笑："我是男的我也爱啊。"

"滚，老孔雀乱开屏，赶紧填充细节去，早点交有加分的！"大华骂一句，转头往应行这儿过来，边走边说，"你一来就坐在这儿写什么呢？"到了他跟前，话就停了。

应行的胳膊底下压着张卷子，侧坐在这儿半天一直在动笔，居然是在写卷子。

大华凑近看了看，是卷子没错，高三的英语卷子，又抬头看他的脸，问："发生什么事了？"

应行的眼睛还在看选择题。"什么事？做题啊。"

"你怎么忽然变了？"

应行眼皮垂着，是真困。"我想考大学了。"

大华疑惑，盯着他，反反复复看了好几眼，没看出是开玩笑。"你认真的？"

"废话。"应行收起卷子，"不想再这么下去了。"

大华发蒙似的看着他，实在太惊讶了。

应行站起来，过去拿了电脑，往外走。"回头再碰吧，我先走了。"

许亦北吃完那碗蛋羹就去了医院，手里拎着买来的吃的，大白兔奶糖、水果、七七八八的零嘴，装了一大包。

听应行说他舅妈在这儿不适应的时候，许亦北就想好要来了。

进了病房，吴宝娟在病床上坐着，贺振国拿着热毛巾在给她擦手，旁边还有个穿白大褂的中年医生在唰唰地写着什么，看起来应该是主治医生。

他走过去问："现在怎么说？"

贺振国说："哎，你来了，她正念叨你呢。"

吴宝娟看看他，眼神熟悉又迷茫。

许亦北放下东西，指指自己的鼻尖说："北北。"

"北北，哦，是北北。"吴宝娟点点头，"我在等你呢。"

医生停笔问："你们是一家的啊？"

贺振国看看许亦北，脸上笑出皱纹，答道："对，一家的。"

许亦北有点不自然，两只手都没处放，干脆揣进口袋里。

医生可能是有心活跃气氛，笑着往外走的时候说了句："你们家的两个孩子都这么帅，一家四口挺好。"

这下贺振国都笑得有点不好意思了，也没说是开玩笑。

许亦北在病床旁边扭头看白墙，当没听见。

等医生走了，贺振国才放下毛巾，过来跟他小声说："医生说了，她本来就身体不好，又受过严重刺激，这是身体和心理两方面的事。身体上的病正常治就好，心理这块就看能不能打开她的心理关口了，具体就是这么个情况。"

许亦北想了想，问："我能帮点什么吗？"

贺振国摇头，又笑笑："别忙了，你能来看她就很好了。"

许亦北看看吴宝娟，不自觉地拧眉，只能看着，等医生的结果，什么忙都帮不上也太挫败了。

还不能给钱，应行不让。

吴宝娟坐在那儿，也看着他，居然开始发呆了。"一家的？"

贺振国听见，回头走过去，拿了个苹果说："给你削个苹果好不好？"

吴宝娟像没听见似的，坐在那儿自言自语："一家的，一家四口，我们一家有四口人吗？好像有……不对，振国、原原、我，那还有一个是谁啊……"

贺振国拿着苹果呆在那儿，找不出话来说了。

许亦北看着她，张了下嘴，差点就想说出那个名字了，看到贺振国朝自己看过来的脸，他憋了一下，又忍了回去，喉咙里像是一下被什么哽住了，转头就走出了病房。

一直走到走廊尽头，"嘭"地一脚踢开楼梯间的门，他才停下来，对着黑乎乎的楼道呼出口气。缓了快半分钟，他又推门出去，沿着走廊回了病房。

贺振国正好找出来，在门口看见他。

许亦北停下来，抿了抿唇，低声说："对不起，贺叔叔，不是针对你，也不是怪吴阿姨，我就是……"

"心疼他是吧？"贺振国抢过话，点点头，"我知道的，我懂的。"

许亦北眼神晃一下，感觉喉咙那儿还是堵得慌，没说是，也没说不是。

贺振国冲他笑笑，就是笑得有点勉强。"别跟他说啊，他不让人心疼同情的，你就当没今天这事吧。"说完摆摆手，"要不然你就回去吧，我怕宝娟抓着这一家四口又跟自己拧巴，回去吧。"

许亦北看着贺振国回病房去了，背过身的时候手好像抹了一下眼睛，他心口一下又像是被什么压住了，转身就往外走。

他下了楼，刚到大门外面就撞见了迎面走过来的人，那人手里拎着笔记本电脑，腋下夹着几本书，一只手揣在裤兜里，懒懒散散地走着，到了他跟前就停了下来，眼睛正看着他，不是应行是谁？

"要回去了？"应行似笑非笑的，手在他肩上带一下，自然而然地就把他带到医院围墙后面去了，然后从几本书里抽出张卷子塞给他，"正好，帮我拿回去检查一下。"

许亦北看看他的脸，拿着那张卷子对折两下，塞进口袋里。

应行问："我舅妈怎么样？"

许亦北想起病房里的事，低头踢了下墙根，说："别问我，我不知道。"

应行盯着他："谁惹我老板了？"

许亦北一肚子情绪没处发泄，闷得心里难受。"你。"

"我？"应行莫名其妙，忍不住笑了，"我最近挺安分的，早上还给你做了蛋羹，我怎么了？"

许亦北没吭声。

应行换只手拿电脑，仔细看了看他的样子，低声说："怎么回事？我都糊涂了，要想想怎么安慰老板才行。"

许亦北看他眼睛下面都泛青了，眼皮半垂，遮着黑沉的眼珠，颓废得很，真不知道他睡了几个小时，偏偏什么时候都能像没事似的。许亦北深吸口气，站直说："我没事，真的，谁要安慰了？"

应行抬手在自己胸口摁了一下。

许亦北看着他："你干吗啊？"

应行吐出口气："下回别这样了，吓人一跳。"

第 69 章

许亦北看看离得不远的医院大门口，到底还是没把病房里吴宝娟的事说出来。

应行笑了，像是轻松了。"行了啊，真没事我就看我舅妈去了。"

"去吧。"许亦北转身往外走。

应行跟出来说："今天就不去你那儿补课了。"

许亦北回头看他。

应行说："我要回去准备比赛，还要做个东西。"

许亦北反应过来，难怪他把东西都带走了。"行。"

"嘴硬。"应行提一下嘴角，看着他走去路上了，才转身走了。

许亦北到了路上，又回头看一眼，看见应行的背影不紧不慢地进医院里去了。他回头踢开马路上的枯叶，揣着两只手，呼出一口白气，终于没那么难受了，至少没让应行知道。

这种遭遇，有口难言，太憋闷了。

当天回去，应行果然没再来。

短短的寒假，一过完年就过得跟翻书一样快，感觉上像是一瞬就过去了，紧接着开学的通知就来了。

许亦北晚上老是刷题，早上起得也不算早，拎着书包出公寓的时候走得很快，一边走一边低头看手机。

跟应行的微信聊天框里还有他俩昨天的聊天记录，昨天他去换他舅舅回家休息了，待在医院照顾他舅妈，今天肯定没法跟自己一起走了。

手指点着，又翻了翻里面发的那些错题讲解的记录，语音和视频的通话一大堆，许亦北也不知道他那个比赛现在进行到哪一步了，每天还能做这么多题，最近聊天的内容全是学习。

刚开学，三班的教室里就热闹得像个菜市场。

许亦北到的时候，一眼就看到黑板上写着"努力准备一模"几个大字，旁边的墙上还贴上了倒计时的牌子，就差往中间的横杠上贴数字了。那几个大红色的字可真够触目惊心的，又醒目又急迫。

"你来了啊。"梁枫回过头，有气无力地跟他说，"欢迎来到最后一个学期，从今以后除了考试还是考试。"

许亦北坐下来："考就考吧，反正也没几个月了，忍一忍就过去了。"

"看，这就是学霸的口气。"梁枫叹气，"你现在数学成绩提高了，看什么都自信了，我还是跟应总和杜辉交流去吧。"

什么意思，应行的存在是让他找回自信的？许亦北还没反驳回去呢，铃声就响了，他只好打住，拿了本书出来，一边往门口看，怎么人还没来？

他刚要转回头，眼睛又立即转过去，那道肩宽腿长的身影出现了，从后门走了进来，手里抱着一摞书，另一只手拿着车钥匙。

"应总，终于有人能听懂我的感受了……"梁枫立马回头，呆了，"等会儿，你手里拿的是什么？"

应行把书往桌上一放，看一眼许亦北，坐下说："早啊。"

许亦北跟他视线一触，跟着回了句："早。"

"别无视我！应总，你这到底拿的是谁的书啊？"梁枫动手翻了一下封皮，看到上面的名字写的是"应行"，又翻了翻里面，都做了那么多了，他的手一下缩回去，"幻觉！应总居然努力学习了，太可怕了！"

朱斌跟着回头，托一下眼镜，说："我是不是眼睛度数又增高了？"

就连前排的几个人都忍不住回头往这儿看，像是早读课上多了个重大新闻似的。

应行抬眼看他们："挺闲的？"

朱斌第一个把头转回去了。

梁枫也闭了嘴，一脸的不可思议，回头去跟前排的高霏挤眉弄眼。

应行扫了一圈前面，抽了张卷子，推到旁边，低声说："总算有机会当面听你讲题了。"

许亦北看一眼他的脸，不知道是不是错觉，总感觉他瘦了点，小声说："那不是你自己选的吗？我又没说不当面教。"

"那不行，最近事多，太忙了。"应行说，"再说万一把老板学习的时间给占了可怎么办？"

许亦北瞪他。

应行似笑非笑，他又不经逗了，手指点一下卷子，催促道："快说。"

杜辉上个学跟老大难一样，早读课下课了才慢吞吞地挪进教室，一来就看见后排的两个人偏头靠在一起，都在看一张卷子，许亦北在小声说，应行在听，面前的桌上还堆满了书。

他嘴里叼着吸管正在喝牛奶，差点一口喷出来："大华说的居然是真的？！"

应行看他一眼，垂眼接着看卷子："坐下，干你的事，少废话。"

杜辉听话地到座位上坐下来，看了他俩好几眼。

许亦北也没搭理他，就在那儿拿着笔圈题讲题，没一会儿不讲了，两人又一起翻书背书去了。

大华那天说应行变了，到了寒假忽然就浪子回头了，还要考大学。杜辉这会儿才算亲眼看见。这居然是真实存在的啊？！

到了这个时候，就是复习，考试，再复习，一整天有一大半的课都是讲卷子和自习。

最后一节自习课的时候，梁枫又悄悄回头，看见应行拿着笔在写卷子，他已经麻木了，忍不住嘀咕："过了个年到底发生了什么啊？"

许亦北嫌他烦，作势往前面看，口中叫着："高霏……"

梁枫火速乖巧，回头翻书，再不多嘴了。

应行看一眼许亦北，比画个口型：你很强啊。

许亦北淡淡地挑眉：让你专心写题还不好啊？

应行抛下笔，把手里刚写完的卷子推给他，又从书里拿了几份出来，一起给他，背对着杜辉，低声说："这都是我最近写的，上面做了标记，英语和语文每天抽背，理综晚上讲题。"

班上有人在小声背书,"嗡嗡嗡"的,遮掩着他的声音。

许亦北拿过来,看看他,问:"什么意思?"

"我做的学习安排,"应行说着笑起来,"当然了,你是老板,主要听你安排,后面这段时间我大概得这么学了。"他说着站起来,"我出去一下,先去找一下老樊。"

许亦北看着他出了教室后门,才又低头去看那些卷子,随便一翻都能看到标记,有几个标志符号,分别代表难度、重点程度和出现的次数;再翻翻英语卷子,还做了基础题归纳、语法题类型概括,龙飞凤舞的字迹都快把空白的地方写满了。

这还只是大概看了一遍。许亦北转头看看他刚走出去的后门,太惊讶了,这学习能力也太强悍了吧,这要是早点学……

"唉……"杜辉忽然叹了口气。

许亦北扭头看他:"干什么?"

杜辉忍到现在,看他俩钻一起学习快一天了,总觉得哪儿不对,他上下瞅瞅许亦北,问:"你跟应总有秘密吧?"

许亦北把应行的卷子都收好,塞进自己书包里,根本不回答,有秘密还能告诉他吗?

"你给我回来!我还没说完呢!"老远地,忽然听见老樊在怒吼。

许亦北扭头,看见应行从后门回来了,又伸头看看窗户外面,小声问他:"你干吗了?"

应行走过来,提着嘴角说:"跟老樊请了个假,他就快气炸了。"

"为什么请假?"

放学铃声正好响了。

应行拿了几本书和卷子在手里,踢了踢他的凳子,低声说:"先走,回头再说。"

许亦北拿上书包,看了看旁边,跟在他后面出去。

出了校门,刚到停车的地方,杜辉居然急匆匆地追上来了。"应总,我还想着让你帮我去练个球呢,现在看你这样,我都不好意思叫你了。"

许亦北回头看他:"你就非得现在练?"

杜辉无语,怎么着,这是打扰他了吗?他莫名其妙地说:"我也不想啊,可这不是就要体考了吗?"

许亦北都准备往应行的耳朵里塞上耳机了，结果被打断了，撇一下嘴，心想挑的真是时候。

应行看他一眼，想了想，跟杜辉说："陪你练一小时吧，我还有别的事。"

杜辉挠一下头："你还真是……变化也太大了。"

许亦北忽然说："我来，我陪你练。"

杜辉看他，不解地问："为什么？"

还能为什么，为了让应行有时间学习啊。许亦北不耐烦地说："来就来，不来拉倒。"

应行扯了扯嘴角，坐到车上，往后偏了偏头，说："行了，就这么定了，上来。"

许亦北上了他的车，瞥一眼杜辉，抓了他的衣服，没好气地催促他："走。"

应行笑一声，把车开出去了。

杜辉看看他俩，愣了一下，赶紧骑自己的小电动车去追。

三个人一起去了球场，没有风，不算太冷，这天气练球正好。

应行下了车，拿着书去了场边，在围栏那儿一坐，掏出笔说："你们练吧，我陪练。"

许亦北跟进来，脱了外套，扔在他旁边，跟杜辉说："拿球吧，我也只跟你练一个小时，多的没有。"

"你怎么那么大怨气呢？"杜辉从车那儿抱着球过来，忽然看见场外有人蹬着自行车过来，嚷了一句，"他怎么也来了？"

许亦北转头，老远看见人高马大的江航踩着自行车往这儿蹬，还朝他挥手："北！"

江航停好车进来，到了跟前才看到杜辉手里拿着球，于是说："你们要打球啊？哎，正好，我也要体考了，我也练练。"

许亦北问："你也考篮球？"

"不啊，我考田径。"

杜辉头痛，忍不住呲他："你一个考田径的练什么篮球，离我远点，谁要跟你一起练球！"

"我也不是专程来找你的，我是来找我家北的，这不是赶巧了吗？"江航冲他笑，"别客气，来一起练吧。"

杜辉被他推着去了篮球架下面。

许亦北看看他俩，觉得这场面有点混乱，跟过去两步，问："找我干什么啊？"

江航转头，撞一下他的肩："你说呢？你不是生日快到了嘛，当哥们儿的不得来关心一下你打算怎么过？"

"哐"的一声，球进了篮筐，杜辉转头催他们："打啊，说要打又站着了！"

"哎，来了来了！"江航撸一撸袖子，风风火火地过去了。

他不说许亦北都没想起来，下意识地转头看一眼场边，应行坐在那儿，屈着腿，一条胳膊搭在膝上，手里拿着笔和卷子，正看着他这儿。

"快来打啊，北……"江航拍着球转头催人，一下手里的球都给拍空了，"那是应总？"

杜辉吼："对，应总，你什么眼神啊！才看到？"

"我还以为是哪个帅哥坐这儿学习呢，怎么是应总啊？"江航蒙了。

"别废话了，赶紧打。"杜辉捡起球，往他怀里一砸。

应行朝这儿看了两眼，也没说什么，低头又去写题了。

许亦北走去篮球架下面，都没顾上做热身运动就开始接球传球，时不时又瞥一眼场边，仔细想想，自己的生日是快到了，得跟他说一声吧？

"看球啊。"杜辉传过来一个球，落了空，瞅了许亦北两眼，嘀咕着去捡球重来。

许亦北醒了醒神，又瞥一眼场边，收心打球。

怎么说啊？上去就说自己要过生日了，那也太直接了吧？

一个小时说快不快，说慢不慢，马路上的路灯开始亮起的时候，应行收了卷子和笔，手在地上一撑，站了起来，一手拎起许亦北的衣服说："可以了，到点了。"

许亦北立即把球抛了出去，不打了。

江航一把接住，看看应行："你们要一起走啊？"

许亦北强行说："顺路一起走。"

"哦，"江航又回头看杜辉，"那我再陪你练会儿？"

杜辉喘着气抹汗，泄气似的摆了摆手说："算了，那就你陪我练吧，总比没人练强。"

"嘿，你就别挑了，我不也打得不错嘛。"

107

许亦北走出去两步，看了看站在那儿的应行，又停住，回过头，叫了声江航，故意问："你还有别的话跟我说吗？"

江航咧着嘴捧着球刚要接着练，回头看他："啊，什么话？"

许亦北两手揣进兜里，眼睛往应行身上瞥，提醒似的说："你不是来找我有事吗？"

"是啊，我不是说过了吗？"江航马大哈似的笑，"你想好怎么过就告诉我呗。"说着又去跟杜辉打球了。

大爷的，就不能接一句他要过生日这个话题吗？许亦北憋闷，揣着手，走到应行跟前，张了张嘴。

"怎么？"应行看着他，"有话说？"

许亦北郁闷死了，怎么说，张嘴就说"我要过生日了"，那不就跟要礼物一样了？他一把拿过应行手里的衣服，转头往外走。"没有。"

应行看他出去了，提了一下嘴角，又立马忍了笑，追了过去，叫住他说："上车，去修表铺。"

许亦北随手套上外套，跟着他坐到车上，还是闷闷不乐的，转头看了看球场里，里面一个傻子，一个马大哈，他们全都看不见这儿了，才说："走。"

应行把车开出去，上了大路，又问一句："真没事跟我说？"

"没。"许亦北在想找个什么机会说比较婉转一点，自然一点。真是的，江航为什么说的时候不大声点，那不就不用他亲口说了吗？

胡思乱想了一通，他忽然想起来，问应行："你今天说找老樊请了假，为什么啊？"

风在耳朵两边吹，应行的声音在风里压得很低："那个比赛，初赛选拔我们过了，要去准备线下赛，就找他请了个假。"

"过了？"许亦北一愣，忽然明白他为什么这些天这么忙了，"你不早说？"

应行说："什么惊讶的语气，不该对我有点信心吗？"

许亦北嘴角牵一下，又忍住，装淡定地说："哦，难怪做那么详细的学习计划，就为了这个啊？"

应行笑了声："我做的可不止这个。"

许亦北看着他脑后短短的头发，问："还有什么？"

车停了下来，到了。

应行手在他腿上拍一下："下来，我可能马上就要走了，还有什么现在告诉你。"

许亦北莫名其妙地下了车。

应行掏出钥匙，开了修表铺的拉门。

最近都没开店营业，柜台后面的仪器上都盖上了防尘布。

许亦北跟进去，看到玻璃柜台上很乱，摊着很多东西，都是修表装表的工具，他看应行一眼："你舅舅不是在医院吗，最近还有空修表？"

"这是我用的。"应行过去，从柜台下面拎出只双肩包，把带回来的书和卷子都塞了进去，包里好像还塞了几件衣服。他拉上拉链，又把那些摊在上面的工具都收了起来，然后弯腰，拉开抽屉，不知道拿了什么在手里，直起身走过来，边走边说："我可是做了很久了，从知道日子的那天起就在做了"。

许亦北看着他："到底是什么啊？"

"人呢？"外面传来大华的声音，"应行！走了，我们都到了！"

应行走出柜台，到了门口，一只手拦着门说："等会儿！"

大华催促："快点，都等你到放学了。"

许亦北反应过来："你说马上要走就是要去线下赛？这么急？"

应行回过头："嗯，他们约好了今天就要过去。"

大华等不及，声音已经往这儿来了："好了没啊？"

应行看一眼门口，回头推一下许亦北，推着他进了里面的屋子。

门一关，他靠在门口的墙边，低声说："比赛的日子挺不巧的，刚好是在那几天。"

许亦北耳朵听着外面的动静，跟着放低声音，问："哪几天？"

应行看着他，忽然笑了："你真没事告诉我？"

许亦北想起来了，还没告诉他自己的生日要到了，他怎么就要走了？

"什么都嘴硬。"应行笑了，声音又低又沉。

门忽然被一推，没推动，大华在外面敲门，问："在不在啊，你？"

许亦北下意识地一动。

应行一下撮住他的肩，一只脚抵住门，低声说："让他们等会儿……"说完忽然伸手抓到他的左手，往他手腕上套了什么，一扣。

许亦北一愣。

外面还有大华在找人的脚步声。

应行把他的左手递到他眼前，许亦北终于看清自己的手腕上刚被扣上去的是只表。

"生日礼物。"应行轻声说。

许亦北睁大眼看着他,他知道?

应行低笑着说:"提前说声生日快乐,老板。把时间送你了,你十八岁以后的时间,都有我跟你一起前进。"

卷八
EIGHT

上帝

他是老板，是同伴，

是这一路遇上的漏洞，

也是一同前进时的防御。

所以就是"上帝"。

第70章

大华在外面等了快有十分钟，来来回回盯着那扇门，都急了，忍不住就要再去敲两下，终于看见门一下被人拉开了，刚想吐槽怎么这么慢，一看到里面出来的人，顿时目光上上下下地打量他。

许亦北走了出来，低着头，嘴角上扬，一只手揣在口袋里，抬头撞见他盯着自己，立马抿住唇，不笑了。

应行在后面跟了出来。

许亦北回头看他，淡淡地说："那我就先走了。"

应行嘴角一动，也装作没事一样："嗯。"

许亦北转头出去，在他的车座上拿了自己的书包，往路上走了。

大华伸出头去，看他真走了，回头问："你俩在里面干什么呢？"

"有事。"应行去柜台上拿了双肩包，"走啊，你刚才不是催得很急吗？"

"你现在知道我催得很急了？"大华又往外看，"他到底为什么会在这儿？"

应行拿了钥匙出去锁门，故意不回答。"快点，还要我反过来催你吗？"

大华只好赶紧出去。

应行关门落锁，扭头往路上看一眼，已经看不到许亦北的身影了，才搭上包跟大华一起出发。

孔寒让两个舍友先去了，自己就在马路对面等着呢，他叫了辆出租车，车门拉开了。

大华已经钻进车里去了，就等他了。

应行低头进去，坐到后排，随手放下包。

"哎，你一个高三的，这种时候比赛有影响吗？"孔寒在副驾驶座上问他。

应行说："有影响自己解决，赚钱要紧。"

"佩服啊，兄弟，十八岁的人活得像个顶梁柱。"

应行靠在椅背上，没接话。

孔寒转头跟司机挥挥手："走了走了。"

许亦北回了公寓，几乎是小跑进了房间，把书包一放，往床上一躺，立即拉开袖口，看着腕上的那只表。

是块石英表，表盘里面有一层深蓝底色，衬着白色数字，表带是皮质的，黑色且带着浅浅的暗纹。他摸了摸表带上的腕扣，大小太合适了，忽然想了起来，难怪那天应行要给自己量手腕呢，原来就是为了这个。

他说什么，从知道的那天起就在做了？许亦北光戴着看还嫌不够，干脆又解下来，拿在手里翻来覆去地细看，忽然一翻，看见表盘背面还刻了个字：北。

应该是手工刻上去的，但是带着笔锋，一点也不潦草，反而很特别，成了个专属的记号。

瞬间就想起他说的那句"把时间送你了"，许亦北压了一路的嘴角又开始上扬，一翻身，闷着声自言自语："姓应的，真有你的……"

这一晚手机上没有来过消息。

应行走之前在那间屋子里跟他说过，第一天去要熟悉比赛场地，组队开始训练，还要了解其他队伍的情况。

许亦北自己刷题到半夜，忽然被手机的振动给吵醒，一睁眼发现天早亮了，赶紧坐起来，一边摸到手机接了。"喂？"

不是应行，电话里是方女士的声音："许亦北？要到你的好日子了，你自己有想法吗？"

许亦北把手机放肩上拿耳朵夹着，飞快地穿衣服，下了床，又去收拾书桌上的卷子和书，一边问："什么好日子？"

"还能是什么，你的生日啊，打电话来是问问你，你打算怎么过啊？妈妈回国了，现在就叫人给你安排酒店吧，十八岁生日得好好办一下。"

许亦北从枕头边摸到手表，扣到腕上，看着表盘上的时间，想了想说："不用了吧，我那会儿……一模，对，顾不上。"

方女士顿时失望："怎么偏偏那时候模拟考试，连过个生日的时间都没有？"

"要复习，太赶了，还是算了吧，形式不重要。"许亦北说，"别忙了，真的，我先去上学了。"

方女士念叨了好几句才把电话给挂了。

许亦北赶紧去洗漱，拿上书包赶去学校。

杜辉今天居然来得挺早的，一大早就坐在后排吃早饭了，眼见着许亦北从后门进了教室，张嘴就冲他抱怨："昨天你哥们儿可真够烦的，我被迫练球四小时，今天胳膊差点抬不起来。"

许亦北坐下，拿出块面包叼在嘴里，咬了一口才说："那你去找其他人练啊，谁逼你了？我看你不也练得挺欢的？"真是，还好意思嫌弃江航了。

杜辉被噎了一下，梗着脖子狡辩："我被他烦得都没送应总和大华，能不气吗？等他们正式决赛了，我得想办法去现场看看。"

许亦北瞄瞄他，拿开嘴里的面包，忽然说："北哥大发慈悲，今天中午再陪你练一个小时吧。"

"真的？"杜辉看着他，"你突然这么好？"

"我的球技不配？"

"不是不配，我受宠若惊啊！"

许亦北咬着面包，翻一页书，淡淡地问："你说要去看决赛，他们的赛程安排有吗？"

杜辉得意地晃着小平头说："那还不简单，这种比赛虽然有圈子，但我去搞就行了呗，看在你帮我练球的分上，到时候搞到了也可以给你看一眼。"

许亦北又翻一页书，说道："可以啊。"算他上道，球没白练。

晚上，应行从训练室里出来，已经差不多跟大华他们演练了几十轮的攻防。

比赛的地方在市政机关下属的网络信息中心大厦，离学校有点远，有两个小时的车程，正式比赛之前各个队伍都要接受监督，没法随便离队，跟封闭式管理也差不多。

他走到大厦外面，站在花坛边的路灯下面，掏出手机，看这个点刚好，先给贺振国拨了个电话。

"喂？你舅妈没事，挺好的。"贺振国一接通就说。每天一遍电话报备，习惯了。

"今天医生怎么说？"应行倚着路灯杆，闭上眼，拇指揉着太阳穴，想缓解一下疲劳。

"医生说得坚持治，昨天请了精神科的专家来会诊，今天还说要给她做心理疏导……"贺振国说到这儿停了一下，"你在哪儿呢，声音听着这么累，没睡觉？"

"外面。"应行说得挺简单的，说比赛这些他也听不懂，以前总在家敲电脑他就觉得自己不干正事,"放心吧,这回是干正事。"

"哪个外面?跟许亦北在一起学习呢?"

应行扯一下嘴角,要是在一起就好了。"没有,舅妈没事就行,住院的钱要是不够了你跟我说,别自己折腾,我先挂了。"

他本来是想跟舅妈说几句话的,但是怕一开头就惹得她想见面,还是算了。

电话挂了,他靠着路灯杆闭起眼,又揉了揉太阳穴,振了振精神就马上睁开眼,拿起手机,翻到许亦北的微信。

刚点开,聊天框里就弹出条消息,许亦北居然先发过来了。

是一个文件,应行点开,开头写着今天的日期,下面分门列着一条一条的:语文复习的内容和范围;英语做了哪一套卷子;物理圈了哪几项重点……

居然是一整天的上课内容。

应行看了一遍,立即就要拨语音通话过去。

"你在这儿干吗呢?"大华从后面过来。

应行拿着手机往楼里走。"没事别找我,学习去了。"

大华停在台阶上,扭头看着他进了大楼。"这也太用功了吧。"

应行沿着走廊走到尽头,推开一扇休息室的门,拉开一把椅子坐下来,桌上放着他的包,还有摊开的卷子,手里已经拨出语音通话了。

几声忙音,电话通了。

"语音?"许亦北在那头问。

应行笑了声:"没办法,怕你看到我的脸觉得被比下去了,还是语音吧。"

"晕……"许亦北低声骂他一句。

应行都能想象出他现在的表情,声音跟着低了:"课都给我归纳好了,还不给我讲讲?我训练一天了,就指望着晚上这几小时跟你一起学习了。"

电话里安静了好几秒,只有许亦北的呼吸声,然后他才说:"你闭嘴,不然我不说了。"

应行摸一下嘴,忍了笑,翻出卷子。"行,老板说吧。"

许亦北忽然问:"那个线下赛到底怎么比?"

应行拿着笔,往耳朵里塞上耳机,方便写题的时候跟他说话。"十六支队伍进了线下赛,要用CTF[①]赛制里的攻防模式比,简单地说就是队伍之间要在

[①] CTF(Capture The Flag),中文一般译作夺旗赛,在网络安全领域中指的是网络安全技术人员之间进行竞技的一种比赛。

115

封闭的网络空间里进攻和防守,不断解题夺对方的旗,通过攻防得分排名,你往篮球赛上去理解也行,见招拆招,有来有回,也就是换了个工具,这么说明白吗?"

"嗯,明白了。"

外面有几声脚步响,孔寒的声音在说:"人呢?"

"别烦他,"大华在外面小声接话,"学习去了。"

"高三老弟真辛苦,他一天才睡几个小时啊?"

应行干脆过去把门锁上了,回来坐下,对着耳机说:"继续,我听着。"

许亦北没头没尾地说:"今天最多学到十一点就结束。"

应行不禁看一眼手机:"为什么?"

"我要早点睡觉。"

应行笑了:"是吗?我还以为你是想让我早点睡觉。"

许亦北说:"我又管不到你,就管我自己。"

三班教室里一下少了个这么显眼的人,还不是一天两天,这都快一周了,都要让人怀疑应行就要退学了。

最后一学期还这么嚣张的,也就他了。

周六下午,最后一节自习课,老师不在,梁枫按捺不住,回头问杜辉:"应总这是比什么赛去了?别是胡扯的吧,他那天捧着书来难道是最后演一把就拜拜了?"

杜辉课间又练了一次篮球回来,坐在那儿擦汗。"滚蛋,应总玩的是黑客比赛,你懂什么。"

"什么,真的假的?从没听应总提过啊。"

"你见过有人玩这个还到处炫耀的啊?"

许亦北在旁边低着头,在桌底下藏着手机,悄悄列今天的复习内容,头也不抬地接话说:"那正式名称叫网络安全竞技比赛,什么黑客,叫白帽还差不多。"

梁枫顿时看向他:"你也知道?"

许亦北抬了下头,那不是最近查了很多才知道的吗,也没理他,把列完的东西保存了,顺手退出来翻了翻,日历上标着三月十一日,他的生日已经到了。

樊文德背着手从前门进来了。

许亦北立即抬头，藏起手机。

老樊一进来就往最后一排扫，最近应行不在，他血压升高，脸色一直不好，每天出现时都绷着脸。"上周没放假，这周放一回，本来最后一学期，一次就放半天，因为明天要迎接一模，这次就破例给你们放一天。记好了啊，这一天是让你们调适迎接考试的，不是让你们玩的！"

不重要，班上的同学已经开始欢呼了。

老樊板着脸训斥两句，又看一眼后排，背着手往外走，嘴里絮叨："我看他回来能考成什么样……"

"居然有假！"杜辉等不及就要跑。

许亦北一下站起来，脚挡住他的凳子，伸手说："东西给我。"

杜辉没跑成，看看他，突然反应过来，从口袋里掏出张纸递给他，说："赛程安排是吧？我还以为你就是随口问问呢，居然还惦记着呢。"

许亦北拿过来，打开看了一眼，是比赛的赛程安排表，不知道杜辉从哪儿弄来的，都揉皱了，不过也无所谓，他拿了书包就往外走。

"哎，你怎么拿走了？"杜辉在后面叫，"不是说就让你看一眼吗？"

许亦北从教务楼那边的楼梯下去，人少，很快出了校门。突然口袋里的手机振了，他掏出来一看，是他妈打来的，按了接听。

"许亦北，放学了吧？"方女士说，"你真没空回来过生日吗？就一晚上也耽误不了什么的，妈妈还是给你订个酒店好好办一下好不好？趁这会儿打电话订还来得及。"

许亦北站在马路边，找着出租车，一边说："真不用了，我……今天晚上准备上晚自习的，那些形式真没必要。"

"那这样也太亏待你了。"

"没事，我不觉得亏待。"许亦北缓声说，"你还是犒劳一下自己吧，这不就是你的受难日吗？"

方令仪被他弄笑了："怎么能不当回事呢？实在不行就下回给你补吧。"

"行吧。"

总算说好，许亦北挂了电话，回过头，刚好看见李辰宇。

高一高二都开学了，他们高二生下学期也开始补课，居然放学碰上了。

李辰宇看看他，一脸嘲讽地从旁边过去："上晚自习？撒谎都不打草稿。"

许亦北冷了脸，腿一伸，挡住他的路。

李辰宇绷着脸看他："你想干吗？"

许亦北冷冷地说："你要是想在所有人面前给我堆着笑脸唱生日快乐歌，我也可以不上晚自习回去过生日。"

李辰宇一秒破功："做梦呢，你想得美！"

"那回去就把嘴闭牢点！"许亦北搭上书包，扭头就往路上走了。

李辰宇气得话都说不出来，眼睁睁地看着他走了。

许亦北拦了辆车，坐进去，手机振了，这回是江航。

"北！怎么过？"一接通他就问。

许亦北说："自己过。"

"啊？"江航好像愣了，"你不庆祝？"

"对，不庆祝。"许亦北挂了电话，又打开那张赛程表看一眼，找到最下面的比赛地址和协办酒店，抬头对司机说了地址。

车开出去，他低着头，把之前列好的复习内容全都给应行发了过去。

那边没有回复。

许亦北拿着手机翻来覆去看了几遍，又拉开衣袖看表，今天也在决赛的赛程里，就是不知道这个点他在干什么。

车开了两个多小时才到酒店，天早就黑了。

许亦北下了车，拿着书包快步走了进去，果然看到大堂里挂着"祝全市高校网络安全竞技比赛圆满成功"的横幅。他走到前台，故意问了句："这儿是不是都被选手住满了？"

前台挂着标准的笑脸说："选手们有专门的入住楼层，目前还有空房，是要办入住吗？"

许亦北顺着话问："他们现在都回来了？"

"没有，决赛是连续的，今天晚上就开始了，他们目前都在赛场，但是要想观赛就要等白天开放了。"

许亦北拧眉，这什么比赛，居然强度这么高？

难怪应行没回微信，他有点泄气，连生日都不过了，跑过来观赛却扑了个空……

一轮比赛结束，应行走进休息室里，立即去拿放在桌上的手机。

孔寒从椅子上起来,刚睡醒似的。"来,你休息吧,明天才是你的重头戏,你可不能倒下。"

"等会儿。"应行坐都没坐下来,先给那部手机开了机。

大华在旁边的椅子上抽烟,看看他,问:"干吗呢,就这官方提供的破手机,有什么好玩的?我都不屑用。"

"我得用。"应行看一眼墙上的时间,快十二点了,比赛期间也就五分钟的时间可以用一下手机,还不能用自己的手机。

屏幕亮起来,登录微信,瞬间进来一条消息,他点开一看,是许亦北发来的复习文件。

应行嘴角扯了一下,这日子都还记着做这个。

快零点了,许亦北盘着腿坐在床上,埋头在那儿做数学题。

忽然笔一停,他抬头看一圈周围,这里是酒店客房,他到底还是开了个房间,结果十八岁的生日就这么过了,算什么啊,一个人跑来也太傻了。

正憋闷,"嘟"的一声,手机振了。

他还以为听错了,一扭头,看到人民币头像上飘着鲜红的"1",立即拿过来点开。

——成年快乐。

许亦北看一眼时间,刚好到了零点,他居然是掐着点发过来的。

紧接着又是一条。

——在哪儿呢?今天生日怎么过的?

许亦北抿抿唇,打字。

——订了个酒店,在大办特办呢。

应行在对面秒回。

——排场这么大?

许亦北接着胡扯。

——十八层的蛋糕,开了一桌的香槟。

那边忽然跳了条语音出来,许亦北点开,听见他带笑的声音,还夹着一丝风声,不知道是在窗户边上还是在房子外面。"不愧是我老板。"

许亦北压低声音,按着语音回过去:"我快乐着呢,成年了可太快乐了。"

又跳出来一条语音,许亦北点开,听见他低低的声音:"时间不多,最后一

119

句：我要去赢个奖杯，赢了就送你。"

做题实在做了太多，结果就是醒得太迟了。

许亦北第二天睁眼的时候，先看到外面的阳光，紧接着才发现自己在什么地方，想起了自己是来干什么的。

他瞬间清醒，下了床，把昨晚做的卷子和书随手收了一下，一把塞进书包，跑进卫生间里洗漱。

出去的时候只带了那个赛程表，协办酒店离赛场不远，步行十分钟的距离，他走着就到了。

大厦的门口竖着各个战队的牌子，乍一看会让人联想到电竞比赛，但是这种圈子的比赛可比电竞热度小多了，快中午了，进去观赛的人也只是三三两两的。

许亦北来晚了，去附近的店里买了个三明治咬在嘴里，回来挨个扫了一遍那些战队的牌子，才想起来自己不知道应行那个队叫什么名字，上面都是按高校分的，大华和其他几个人是什么学校的他也不知道，完全白看。

大厅里有人售票，非大学生入场要买票，不过也不贵，十五块一个人。

许亦北快步过去，买了张票，三明治也吃完了，刚进去找到赛场，就听见有人叫他："许亦北？"

他回头，下意识眼角一抽："悦姐。"

李辰悦穿着厚呢裙，手里拿着包，看到他很惊讶："你怎么在这儿啊？昨天你过生日都没看到你，说你上晚自习去了。"

在酒店晚自习也确实是晚自习吧。许亦北说："我就是来随便看看，你怎么来了？"

"我们学校有队伍在这儿比赛，我是新闻部的，回去要写稿给校刊的。"李辰悦碰到他挺高兴，推他进去，"那就一起吧。"

许亦北拧拧眉，进了赛场。

一进去就有了竞技的感觉，里面的人可比外面的多多了，看台三面围了一圈，坐了个半满，中间是竞技台，背后是一个大屏幕，上面是模拟的可视化效果，方便观赛的。

许亦北走到前排，找了个空座，扫了一圈，台上全是一组一组分开的桌子，四个人一组坐在一起，十几组都在一起，根本没看到应行在哪儿。他又抬头看看大屏幕，左边是赛况，右边是各个战队的进度情况。

从昨晚到现在，好像各队争夺得都挺厉害的，有个主持人拿着话筒在旁边讲解，解释说："队伍名称后面带星号的都是冲上过前三的，所以大家可以看到，十几个队伍里有七八个都带了星号，目前名次还在焦灼争抢中……"

许亦北扫了一遍队伍名称，被星号遮挡，有很多都看不清全名，也不知道哪个才是应行的队伍。

"他怎么也在啊？"李辰悦早就在旁边坐下了，忽然小声说了句。

许亦北顺着她的目光看了一眼，发现了赛台最里面一组的大华，他坐在桌子后面，穿着个绛色的皮夹克，跟个社会青年似的。旁边的两个队友他也见过，都是跟应行打过球的，也是一副社会青年相，跟这赛场格格不入。

一组就四个人，他们这组打球三人组上了两个，加上大华一共三人，却没看见应行。

"你坐下啊。"李辰悦看过来，笑了笑，"没关系，他在就在吧，不用紧张。"

谁因为他紧张啊？许亦北抿唇坐了下来。

"嘀"的一声，主持人宣布一轮结束，各个小组的人都起身去看大屏幕上的排名。

许亦北终于看到大华的胸口挂了个参赛证，名字在正中挺醒目的，"M"开头，但是就算在前排也还是离得太远了，只能看个大概，抬头再去看大屏幕，终于找到了对应的战队。

M开头的只有一个队，后面跟着字母B，带星号，现在位列第五。

"下一轮即将开始。"

有人进了场。

许亦北转头看过去，一眼就看到从后台过来的人，他穿着黑色外套，长度到腰，一头又短又黑的头发，半垂着眼，迈着长腿去了台上，脸上居然还戴了个黑色口罩，看上去像是刚休息完过来的。

"那是……应行？"李辰悦不确定地看过来。

许亦北眼神动一下，当作没听到。

"真是他啊。"李辰悦认出来了，"难怪戴口罩呢，这是大学生比赛啊，他都能进来参加？"

许亦北低声说："他会的东西一直都挺多的。"

李辰悦转头看过来，仿佛没想到他会这么说。

许亦北闭上嘴，眼睛看着台上。

应行在电脑后面坐了下来，大华立即凑到他跟前，指着电脑说了什么，又回头看大屏幕。

其他两个队友也都围在那儿，看他操作。

"现在比赛倒计时两小时二十三分钟四十六秒，经过昨晚的解题和夺旗，目前排在第一的是无双战队……"

听主持人报的时候，李辰悦才没再往下说，只接了句："那是我们学校的战队。"

重点大学的，应该是奔第一去的。许亦北没接话，眼睛只看着坐在那儿的应行。

"选手的网络渗透、漏洞挖掘能力，web（网络）攻击、信息隐藏、加密解密等安全攻防手段将得到充分展现，下面将是白热化阶段，能否扭转战局拿到名次就在此一举了……"

许亦北捏着手指，听得一知半解，但是看应行坐下后就在敲着键盘，肯定不是什么轻松局面。

"应总加油啊……"后面隐隐约约有人在念叨。

许亦北回头，看到斜后方隔了四五排坐着杜辉，杜辉手里捧着袋薯片，旁边居然还有卷毛余涛，他马上又回过头，连他们都来了。

得亏这不是篮球赛场，不然估计他俩早就大吼大叫了。

大屏幕上忽然显示有队伍遭到了攻击，主持人立即跟进："最先打破僵局的是MB战队，MB战队成功破解得到了无双战队的flag（旗），得分增加，位次上升……"

许亦北马上看屏幕右边，确实是应行的队伍，转头又去看应行。

应行低着头，口罩遮着他的半张脸，只有眼睛紧紧盯着电脑屏幕，手指在飞快地敲击键盘。

旁边的队友也都坐了下来，各自都在操作电脑。

倒计时一分一秒地减少，赛场鸦雀无声。

这种比赛就像没有硝烟的战场，只有大屏幕上可视化的效果图能看出战况有多激烈。

"MB战队再次破解得到flag，升上第三……"

简直瞬息万变，周围只有一下又一下敲键盘的声音。

主持人只在每次出结果时才会宣布战况，避免打扰到各方队伍。

看台边上坐了一排的老师和评委，他们都齐刷刷地盯着大屏幕。

"MB 战队发现隐藏入口，对排名第二的 R9 战队发起进攻……"

应行没有抬头，只有大华时不时转头往大屏幕上看。

这一次进攻非常漫长，几乎拉锯了快一个小时，没有一点声音。

大屏幕上到处都是进攻路线，各支队伍代表的方位都会时不时地跳出遭受攻击的提示。

右边的战队排名此起彼伏，到了这最后的时间，争夺一下变得无比激烈。

忽然屏幕上的红色警示牌一跳，主持人的声音都跟着抬高："R9 战队的密钥被破解……被反超了！MB 成功晋升第二！"

"来了！"杜辉在后面声音压都压不住了。

许亦北瞬间张了一下手指，才发现自己刚才紧张得连手都握紧了。

李辰悦有点不可思议地看过来："他真有这么厉害？"

许亦北看着坐在那儿的人，根本没心思回答，自己也是第一次看到这样的应行，其他时候只知道个大概，说起来也就是觉得他电脑玩得好罢了，现在才发现这人根本不止那点水平，藏得太深了，或许他从来也没想过要显露。

又一轮结束了。大屏幕上停在无双第一，MB 第二。

主持人都难掩激动："还有最后一轮，马上就是决定胜负的关键时刻了。"

应行暂停，拉下了口罩，拿了桌上的矿泉水拧开喝了一口。

旁边的大华在跟他小声说："人家是重点大学的战队，估计后面会下死劲的，要不然咱们给你当掩护吧，看能不能找到他们的漏洞直接黑进去。"

应行靠在椅背上，又把口罩拉上。"不用，等会儿你们主攻。"

孔寒也在旁边喝水，差点没一口喷出来。"谢谢，有被尊重到，居然要咱们去主攻人家名牌大学的战队？"

"试一试，说到底也就是个市级比赛，厌什么？"应行抬眼看一圈，"我要赚钱，还要拿奖杯……"

话音一顿，他的目光也在看台上一顿，盯着坐在左边前排的人。

许亦北穿着件米白外套，白白净净的脸冲着这儿，眼睛眨都没眨。

"你看什么呢？"大华正着急。

应行嘴角露出笑："没什么，更想赢了。"

大华刚想顺着他的视线去看,"嘀"的一声,最后一轮开始了,赶紧坐回自己的位置。

几乎是一瞬间,大屏幕上的战况就燃了起来。

"无双战队找到 MB 战队系统漏洞……"

"无双战队领先……"

许亦北看着应行,不知道他刚才是不是看到自己了。他抬头盯着大屏幕,不自觉地摸一下嘴,太紧张了,心都提了起来。

倒计时还有一小时十六分钟。

"挺难的吧,"李辰悦都代入进去了,低声说,"看得出来 MB 就应行一个还能打,对面四打一了。"

许亦北拧着眉,眼睛来回在大屏幕和应行身上看来看去。

倒计时四十分钟。

倒计时半小时……

排名第一的无双战队依然在第一。

大屏幕上显示 MB 的主要进攻都过去了,可是被完好无损地拦了回来,只要保持到进度结束,第一已经没有悬念了。

"急死我了……"杜辉在后面嘀咕。

全场一片寂静,看得懂的和看不懂的,注意力全都在大屏幕上。

许亦北看着应行,他低着头,半张脸映着薄薄的屏幕蓝光,手指飞快地在键盘上游移。

倒计时还有十五分钟,大屏幕上忽然跳出大片红色警报——

"MB 战队攻击了无双战队的管理区……"

"MB 战队攻击了无双战队的服务器……"

"MB 战队攻击了无双战队的管理区……"

反复跳出提示,整个屏幕上全是攻击信息。

李辰悦最先反应过来:"应行没有去主攻,他是特地让别人去吸引火力的吧?"

许亦北一把抓住前面的横栏,感觉心跳已经抵到喉咙口了。

原本安静的赛场,一下像是沸腾了。

其他组都在飞快补救,大屏幕上的每个进度条都在迅速往右拉进。

忽然屏幕上又跳出警报,第一名的无双战队上方跳出一行大红的字——

"HACKED BY GOD!(已被上帝侵入)"

右边的名次一跳，MB 跃到第一，几乎只快了十几秒，进度拉满。

"赢了？"许亦北下意识问了一句。

"恭喜 MB！"主持人已经喊出来了，"成功逆转！"

虽然前期差距巨大，后期优势微弱，但确实赢了。

"赢了！！！"大华在台上跳起来就扑向了应行，"应行，我真是爱死你了！"

应行推开他："少肉麻。"

看台上也沸腾了，憋到现在了，终于可以放声欢呼了。

"牛啊！"杜辉在后面大吼，"应总太牛了！"

所有人都看着赛台上那跳着庆祝的几个人，只有坐在那儿的人什么都没管，一下站了起来，对着看台边上，一把拉下了口罩。

"这么帅啊！"看台上有女生在笑着打趣，"我以为玩黑客的都是几天不洗头的那种宅男呢。"

"看着这么年轻，也不像大学生啊。"

许亦北看着场中的身影，就见他冲自己提起了嘴角。

主持人已经拿着话筒递去他跟前："例行采访一下冠军，听说你们战队的全称叫 MY BOSS（我的老板），但是设计的防御系统名称叫 GOD（上帝），有什么含义吗？"

许亦北一愣，原来队伍全称就叫这个？什么玩意，故意的吗?!

应行说："随便取的。"

"真没有含义吗？"

应行被追问，眼睛又看向许亦北，嘴角扬起来，说："因为我有个老板。"

许亦北太阳穴一跳，眼神下意识动了一下，心虚似的，感觉全场的目光都随着他的视线看过来了。

"什么老板？"有女生在问。

"啊？"杜辉在那儿惊讶。

"什么？"余涛也跟着嚷嚷。

连大华都不可思议地看了一眼应行。

主持人积极地问："怎么解释？"

应行盯着许亦北的方向，说："不是有句话说'顾客就是上帝'吗？"

许亦北头微低，拉高外套衣领。

耳朵里听见他的声音继续在说："我现在唯一的顾客就是我那位老板，所以他就是'上帝'。"

他是老板,是同伴,是这一路遇上的漏洞,也是一同前进时的防御。

所以他就是"上帝"。

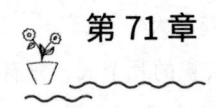

第 71 章

礼花筒"嘭"一声炸开,飘了一地的彩纸条。

比赛期间不允许观众和选手接触,这一声宣告已到了颁奖时刻,才算解禁。

观众们终于被转移了注意力,一瞬间动了起来,纷纷往赛台那儿拥,连杜辉和余涛都像脱缰的野马一样奔过去了。

那道显眼的身影很快就被层层叠叠的人群挡住。

许亦北看不见人才收心回神。他瞥了一眼旁边的李辰悦,趁她也去看赛台的间隙,立即站起来,转身就往外走了,一路都拉高着领口。

"许亦北?"李辰悦很快就发现他出去了,狐疑地叫了他一声。

应行刚在台上接过奖杯,目光越过人群,远远地看见那道瘦高的身影已经出去了。他记住了许亦北出去的门,转头把奖杯递给大华,绕过人群往后面走。

大华捧住奖杯,又急又快地小声说:"干吗啊?还要跟其他组一起拍照。"

"你们拍。"他往后门走,避开挤过来的人群,大步去了场边。

有个中年男老师从评委台那儿过来,刚好跟他迎面碰上,拦了他一下,笑着问:"同学,你哪个高中的?"

应行停下来,打量一下对方,对方中年秃顶,看着不像老师,更像领导,可能是主办方派过来的,他一下心里有数了。"我报名的时候没说高中生不让报,允许我以自由人的身份参赛。"

老师说:"不是为了这个,咱们这比赛是由省公安厅监督办的,本来也是为了挖掘人才,对于冠军人才还是有必要了解一下的。我姓白,特地过来跟你聊两句。"

应行手插着兜,这是提前备案呢?

"十三中,高三(3)班,应行,应该的应,行走的行。"

"好好,那就清楚了。"男老师让开,"你去吧。"

应行从他旁边过去了。

许亦北已经到了大厦一楼的大厅里,在一排看板那儿站了一下,还能听到远处赛场里鼎沸的声音。

他把手伸进口袋,抓到手机,在想要不要发个微信给应行,看这架势也不知道什么时候才能碰头,结果一扭头,就看见应行那肩宽腿长的身影从里面出来了,眼睛就看着他,到他面前才放慢脚步,嘴边带着笑。

许亦北把手从口袋里抽出来,想起赛场里的事,眼睛就忍不住往两边瞟,看看他的脸,觉得他好像又瘦了点,也没直说。

两个人互相看了好几眼,应行问:"走这么快去哪儿啊?奖杯给你拿到了,总得给我庆个功吧?"

许亦北嘴角动了动,忍着没笑。"你要怎么庆祝啊?"

应行还没说话,老远听见有人叫他,回头看了一眼,皱眉低低地说了声:"他们来了。"

一大群人都出来了,有的是观赛的,有的是拎着电脑离场的选手,应行往这儿一站太显眼了,就没人不往他这边看。

大华他们走得最快。杜辉一路都在叫他,第一个小跑过来,张嘴就说:"去庆功宴啊,应总!主办方允许带人,我正好能跟去蹭蹭,你一个冠军怎么那么早就下场了?"说着眼睛就转到许亦北身上来了,看看他,又看看应行。

"这是你同学?"孔寒把应行的笔记本电脑递给他,朝许亦北努努嘴,来来回回地打量,"还挺帅啊。"

应行接了电脑,扫一圈他们的眼神,又看一眼许亦北,说:"不是要去庆功宴吗?走啊,这儿的人都去。"

许亦北转头看他。

应行拨一下他的肩,手又伸到他腰后一推:"走吧。"

许亦北很自然地就顺着他的力道往前走了,忽然看见李辰悦也从赛场的方向出来了,一路走一路转头在看,怀疑她是在找自己,头一低,赶在他前面就出了大厅。

杜辉看着他俩一前一后出去了，扭头去看大华。

大华跟他一个状态，一头雾水，胡思乱想，没好气地回他一句："看什么看，不是叫你走吗？"

孔寒心大，早领着自己的舍友跟出去了。

几个人就这么莫名其妙地集体回了协办酒店，天差不多刚擦黑。

主办方早就准备好了庆功宴，迎宾小姐一直把他们迎到冠军座位才离开，拿了奖的待遇就是热情周到。

迎完了他们，其他组的选手才被带进来落座。

应行按着许亦北坐下来，紧接着他就在旁边坐了下来。

"就在这儿庆功啊？"许亦北低声说，"这算什么，我怎么就被强塞进来了……"

应行偏头说："你能是被强塞的？没你哪来的这个队伍？"

许亦北又想起他的队名了，扒拉着领口遮挡抑制不住上扬的嘴角，挺得意，干脆咳一声，清清嗓子，忍住了，抬头发现大华和杜辉在对面坐下了，脸就朝着自己呢，就又一本正经了。

孔寒在许亦北的另一边坐了下来，自来熟地问："哥们儿，你叫什么啊？"

应行看他一眼，替许亦北回了话："许亦北。"

"哎，名字不错。我叫孔寒，咱们认识一下，那是我的俩舍友。"孔寒真是个自来熟，把佟大和严二都拉出来介绍了一下不说，还详细说明了一下这回的攻防赛就允许四个人上场，严二没上，这会儿也算是蹭饭，介绍完毕后说："所以你不要有负担，就在这儿随便蹭。"

许亦北听完就回了个"哦"。

"哇，好有个性。"孔寒笑着说。

许亦北都不知道他是在开玩笑还是故意的，也没在意，反正也没打算混熟。

严二说："牛啊，我就打了个后勤，你们就拿到冠军了。"

"那不是应行牛吗？"孔寒思维发散，社交达人一个，很快又问杜辉，"哎，哥们儿，我瞧见还有个卷毛跟你一起来的呢，怎么现在没见人了？"

杜辉看看应行，说："那傻子跑到台上转了一圈，没跟应总说上话，太伤心了，又说应总居然不声不响地有了个什么老板，就自己跑回去了。"

许亦北默默地抿了下唇，端起水杯喝了口水。

他一说，孔寒立马看应行："对啊！都看不出来你小子还有这些门道！到底

128

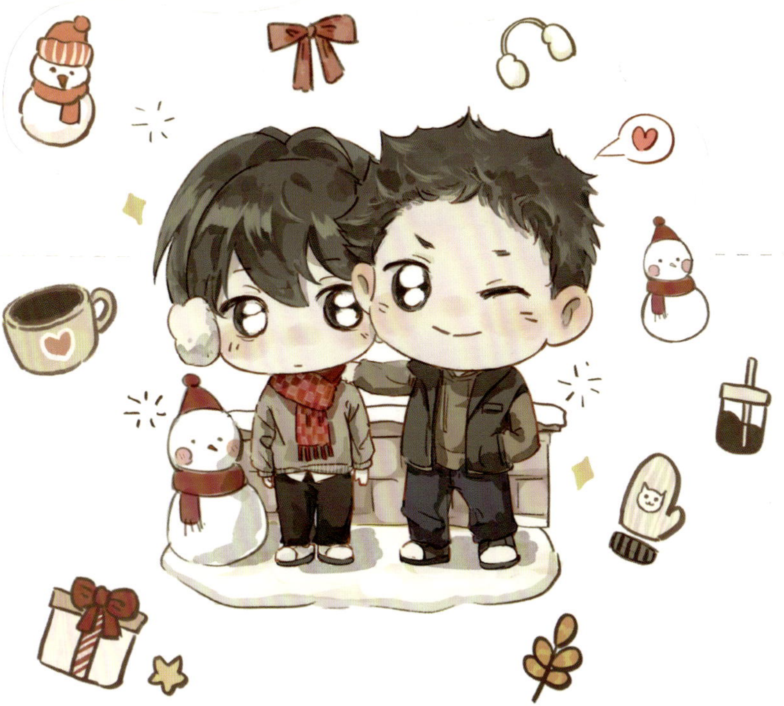

粘 贴 处

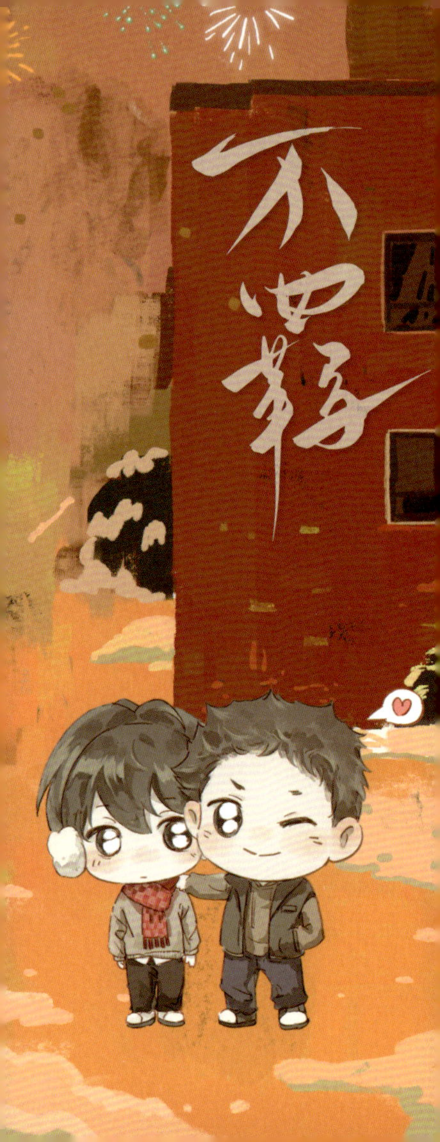

是谁啊？我今天死命往看台上找了，就看到个长发飘飘的美女，哦，对，就在许帅哥旁边，难道就是她？"

"滚，你说的那是老子的女神！"大华接茬，接完又懊恼，"完了，我被打了个岔，都忘了跟女神交流了！"说完看应行一眼，顺带又看许亦北，全是被应行说的那事给闹的。

孔寒蒙了："你们这一人一句的……也太乱了。"

应行话都没接，看许亦北面前的水杯快空了，把自己的杯子推过去，低声说："让他们乱。"

菜上齐了，主办方也来了，几位领导上台发表了一通讲话，前后花了有十几分钟。

应行又看到了那个像秃头领导一样的评委白老师，他还冲自己这儿点了个头。

开吃的时候，孔寒接着跟许亦北说话："哥们儿，怎么样，你对咱们今天比的这个感兴趣吗？还特地赶来看。"

许亦北说："还行。"眼睛不自觉地瞟一眼旁边的应行。

"那你喜欢打球吗？咱们几个篮球打得也还行，下回可以一起打。"

杜辉在对面说："打篮球你还是算了，连我都搞不过，他能虐死你。"

孔寒被噎了一下，不太相信地看看许亦北，说："是吗？"有点没面子，他干脆端起酒杯，不提这个了，"来，一起喝一杯吧，庆祝一下。"说着特地端着杯子冲许亦北示意，"哥们儿成年了吗？能不能喝？"

佟大在旁边笑："我服了，这老孔雀又对着高中弟弟们瞎开屏了，话太多了。"

应行目光转过来，看了孔寒一眼。

这不巧了吗？现在他还真成年了。许亦北看其他人都跟着举杯了，也端了酒杯，递到嘴边抿了一口。

居然很冲，他喝了一口就立马放下来了。

"别停，喝完啊，咱们都喝完了。"孔寒先催大华喝干净，转头又看许亦北的酒杯。

许亦北还没说话呢，应行伸手端过他的那只酒杯，直接仰头喝完了。

孔寒诧异地看着应行："你还替他呢？"

对面的大华跟杜辉瞪着眼睛，齐刷刷地看了过来。

129

应行没事一样，放下杯子，看看孔寒，问："还喝吗？"

"你这酒量是十八岁吗？"孔寒举双手投降，"算了算了，随便吃吧。"

一顿饭吃了几个小时才结束，基本就孔寒一个人带俩舍友在说话。

快结束的时候，杜辉才想起来："都这个点了，我不回去了，应总你怎么住的，晚上我跟你挤挤？"

大华说："他一个人一间，我们其他四个人两人一间，去跟他挤吧。"

杜辉没等应行发话，看着许亦北说："你得回去吧？我都不知道你什么时候过来的。"

许亦北手在口袋里掏一下，按了张房卡在桌上。"用不着操心我，我自费解决。"

杜辉顿时被噎到了："有钱就是了不起。"

孔寒多看他一眼，羡慕地说："居然还是个有钱人啊。"

应行看过来，拿了那张房卡在手里翻来覆去看了一遍，又递给他，嘴角提了一下。

许亦北看到桌上其他人的眼神，尤其是对面大华跟杜辉的眼神，拿了就揣口袋里去了。他感觉真待不下去了，喝了点酒也有后劲，站起来说："去个厕所。"说完看一眼应行，转头走了。

他走了，大华跟杜辉的眼神就转到了应行身上。

等许亦北从卫生间里出来，老远就看见宴会厅里的人已经陆续往外走了。

到点了，估计也该结束了。

杜辉不知道在哪儿喊："应总，你去哪儿？房卡给我啊。"

应行的声音像是已经出大门了："去买东西。"

许亦北出去前跟应行递眼色就是不想回去了，这会儿更没必要再去了，人都散了，他转头按了电梯上楼。

回了客房，门一关，他又有点气闷，就这庆功宴，一群人一起，话都没能说几句，吃完还碰不下头，庆祝个什么劲啊，还不如叫车回去。

进卫生间里洗了把脸，他出来往床上一躺，睁着眼睛，又想起赛场里的情景。

许亦北闭上眼，缓了缓，琢磨着他到底住哪层，有没有可能跟杜辉、大华他们去续摊庆祝了，还是买了东西回房间继续庆祝了？

躺了快二十分钟，他睁开眼，算了，起来做题吧。

他坐起来，刚要伸手去拿书包，房门就被敲响了。

不轻不重的三声响，听着就让人感觉不紧不慢的，紧接着低沉的声音在门口响起："你好，请问需要客房服务吗？"

什么玩意？许亦北说："不用。"

刚说完，忽然感觉不对，嗯，这声音？他腾地站起来，几步跑过去，一把拉开门。

应行一只手撑着门框，似笑非笑地看着他，问："那需要补课吗？"

许亦北扯了下嘴角："啧！"

应行大步进来，一只手就把他推了进去，脚勾着一踢，关上了门，另一只手上了锁。

许亦北问："你就这么跑来了？"

应行推着他往里走，说："这次的头奖有六万，我一个人能拿三万，加上前面攒的，给我舅妈看病应该够了，剩下的时间都跟你补课了，能不来吗？"

许亦北后腰抵到桌子才停下来，问："我是说你怎么找来的？"

"我拿你房卡白看的？"应行笑了。

许亦北看着他，眼神不自觉地动了两下。

应行说："补课，补点重要的题。"

许亦北又瞥他一眼："你准备好来的？"

应行回："当然了。"

许亦北故意不搭理他，扭头进了卫生间，站在镜子前时，居然有点没站稳，手扶了一下洗手池。

应行跟到卫生间门口，早就闻到他身上若有若无的酒气，心里有数，过去替他拧开水龙头，低声说："这次就算了，以后没我在旁边不能喝酒。"

许亦北到这会儿才觉得自己喝完那点酒上头了，现在后劲上来了，他一手抄了水抹了把脸，又一把按在镜子上，印出个清晰的手印，最后被自己呼出的热气覆盖。

"听到没有？"应行还在旁边追问。

许亦北手指顿时一缩，缓口气，收了收神，又在镜子上按出个手印，没好气地说："不知道，别说了！"

应行笑道："又嘴硬。"

第72章

许亦北一下睁开眼,醒了。

醒了人还趴着,外面天还没亮透,房间里很暗,只有一盏夜灯开着。他抓了一下毯子,一头埋进枕头里,换了好几口气,然后转过脸看了一眼周围,才爬起来。

没多久,房门"嘀"了一声,被人刷了房卡。应行推开门走了进来,手里拎着两份早饭,肩上搭着自己的双肩包。

许亦北还靠在沙发上不想动,把脸转过去说:"早饭就不吃了。"昨晚应行拉着许亦北补课补得太晚了,许亦北都没睡几个小时,到现在还没休息够呢。

应行走过去,抓住他的胳膊一拉,好气又好笑:"真是个少爷,太金贵了。"

许亦北被拉得站起来,呼气又吸气,反手去勒他的脖子:"没完了,你!"

"到底吃不吃?"应行挡着他说,"今天不是还要上学吗?我连自己的包都拿过来了。"

"今天要考试!"许亦北一下想起来,赶紧松开他,"走了,快走!"

应行拿了他的外套,一把拽住他:"慌什么?来得及。"

两个人匆匆出了酒店,许亦北才把外套穿上。

应行搭着双肩包,在路上拦了辆车,推他先坐进去,跟着进去,才把早饭又递给他:"现在吃吧。"

车开出去,许亦北拿出块面包往嘴里塞,很快吃完,靠在后座上闭目养神。

应行看他一眼:"休息吧,到了我叫你。"

许亦北没好气地压着声音:"我要是考得不好就找你。"

应行闷笑一声:"行。"

司机可能是怀疑两人吵架呢,开车的时候,眼睛透过后视镜瞟了他们好几眼。

应行沉下脸看过去一眼,对方才止住了好奇的目光。

他从包里拿了自己的外套,往许亦北身上一搭,按一下他的脑袋,让他靠低点。

两个小时后,车终于开到了十三中,还好起得早,赶在了上课前。

许亦北也没睡着，一听到打表声就推推他说："好了，快出去。"

应行就猜他没睡着，忍了笑，推开车门，顺手把他的书包也拿了。"趁校门口没老师检查，赶紧进去。"

许亦北拿过自己的书包："我自己拿。"说完就转头进学校去了。

应行挑眉，大步跟了过去。

两人一前一后上了教学楼的三楼，一进教室，顿时好几双眼睛看了过来。

"应总回归了？"梁枫不可思议地看着他，"杜辉昨天在群里说你拿了冠军，是不是真的？"

应行放下自己的双肩包，回道："真的。"

"牛啊！"梁枫刚要问他那比赛到底是怎么比的，可太好奇了，转头看到许亦北在他旁边坐下来，又忍不住问，"你俩又是一起来的？"

许亦北不想回答，也不看人，一脸淡定地抽出份卷子看。"备考了。"

樊文德风风火火地进教室来了，一来就瞅着后排，背着两只手走过来，谁都没看，就冲着应行说："马上跟我去考场。"

应行有数得很，拿了支笔，又拿了几本书，站起来出去。

许亦北扭头看过去，看见老樊瞅着他先出去才跟在后面出去了，这是被叫去谈话了吧？

果然，到了外面，老樊就开了腔，满腔都是怨气："你回来得还挺巧啊！"

应行就知道他这是要上紧箍咒，在走廊上一站，说："回来考试啊。"

樊文德正气着呢，看他今天手里居然还拿上了书，都不知道是不是做出来给自己看的。"那我就看你能考成什么样！你快气死我了，我最近血压升高，茶饭不思！我告诉你，我的健康都要被你毁了！最后一个学期了，你的机会就只剩这么点了！"

应行点头说："我知道，那你赶紧去吃饭喝茶，保持健康，我考试去了。"

老樊看着他往前走，他居然说知道？紧接着又喊："那边！你的考场在对面！"

应行只好转身，沿着他指的方向走了。

进了考场，坐下还没多久，杜辉就一路跑了进来，赶得跟什么一样。

"应总，你昨晚到底住哪儿去了？还知道去我那儿拿包！"他边说话边往嘴里塞早饭，马上要考试了，狼吞虎咽的。

应行翻开语文书:"一个人睡一屋不爽?"

"爽啊。"

"爽就闭嘴。"

杜辉被呛了一下,看看他一副翻书备考的样子,早饭差点没掉地上。

应行拿着笔,看他一眼:"头转过去,考试。"

一到考试,什么也不会想。

许亦北在考试期间平静得很,眼睛里只有题。

特别是考数学的时候,解到难的地方,他都快沉进去了。

等到考试铃快响时,他做完了,一边检查一边想起哪些题是最近刚让应行给自己补的,想着想着就联想到昨晚补的难题了。

刚好,铃声响了。他收心打住,抿着唇交了卷子。

一模只有十三中自己安排,没有跟外校联考,不舍得花太多时间,紧赶慢赶,一天就全部考完了。

两人每到考试就不在一个考场,这回也一样,几乎一天都没碰到面。

直到下午理综考完,都拖到六点了。

许亦北坐了一天,累得腰酸背痛,连朱斌想叫他对答案他也没搭理,收好书包就出去了。

出了校门,公交车已经来了,他转头看看,没看到应行,摸一下酸痛的脖子,干脆先回去了。

上了车,刚停在门边刷手机,就有人在他背后一推,跟着上来了。

许亦北回过头,应行拿着手机在刷卡机上刷了一下,转头看他,好笑地问:"等都不等我,今天不补课了?"

许亦北转头往里走,拿下书包往他胸口一扔,心想都快累瘫了还提补课呢!

应行跟过来,抓着拉环,站到他旁边,笑着道:"行了行了,不说了。"

到了公寓区外面,许亦北拿过书包,自己下了车。

许亦北爬楼梯时回头看一眼,就见他大步赶了过来。

到了公寓门口,应行跟了上来,推着他进了门,到沙发那儿按着他坐下。

"那继续刷题吧,我今天考完觉得英语最难,你帮我补一补英语。"

许亦北这才缓口气,朝他伸手。

应行放下包,抽出卷子给他。

许亦北翻开看，想起了他夺冠的时候那一串串的代码，自言自语似的说："代码里不也有英语吗，你怎么都认识？"

"我倒是希望它考代码里那种英语，能一样吗？"

刷了一会儿题，许亦北实在太困了。他从沙发上起来，拿了自己的书包，飞快地走到房门口，把东西往床上一扔，回头抓着房门说："你自己在外面刷题，我太累了，休息一会儿。不会的题发微信，我们各学各的。"

房门"嘭"的一声关上了。

第73章

三十几道英语题，全都发在手机微信里。

许亦北停下笔，点开一道一道地看，刚才纠了一遍错，现在他都做对了，于是抬高声音说："还行。"

"听不见，出来说。"应行回。

许亦北拿起手机，在微信里打字发过去。

——我说可以了。

——听不见还能看不见？

应行在外面又笑了一声，也不知道是被他逗笑了还是被气笑了，过了几秒说："那我就准备走了。"

许亦北以为他玩花招呢，转着笔说："想走就走啊。"

外面没声音了。

过了十几分钟，应行的声音隔着房门又响起来："真走了，得去医院看我舅妈，明天学校见。"

许亦北这才知道他是说真的，扭头去看门。

许亦北还没站起来就听见他的脚步声走了，很快客厅那儿一声响，门被带上了。

许亦北过去打开房门,往外看了一圈,他确实走了,连东西也带走了,看来是真去医院了。

他走出去,发现厨房灯开着,转头过去,进去看见灶台上的锅又冒着热气,揭开一看,是碗面,还卧了个鸡蛋。

"哧,讨好我也没用。"许亦北小声自言自语一句,嘴角已经扬起来了,随手拿了勺子舀了勺汤,抿了一口。

也是绝了,为什么他每次随手做个面也能做得这么好吃?正好学到现在饿了,许亦北拿了碗和筷子,决定还是吃完再接着刷题……

许亦北早上再出门上学的时候,没再等应行来了一起走。

估计他最近都会忙着跑医院,也没可能还能天天来接自己。

许亦北进了三班教室,发现杜辉居然来得比自己还早,正坐在座位上,眼睛一眨不眨地盯着自己。

"干什么?"他放下书包,眼睛看回去。

杜辉眼神在他身上转了好几圈,忽然埋头收东西。"老子要去体考了,再见。"

许亦北觉得他今天简直莫名其妙,"哦"了一声,说:"那你加油。"

梁枫刚到,热心地凑过来问:"去哪儿考啊,辉哥,有没有把握?"

杜辉已经出门了,只听见无精打采的一句:"应总,我体考去了。"

应行的声音低低的:"你这什么德行?精神点。"

紧接着他就进门来了,身上换了件棒球服外套,手里拎着双肩包,迈着两条长腿走进教室。

"我的妈呀,应总已经连书包都带上了……"梁枫服了。

正说着,只听得旁边有人招呼。

"应行,"朱斌捧着厚厚的一摞卷子从外面进来,过来叫他,"老樊叫你去一趟。"

许亦北转头看过去,应行已经站起来出去了。

"怎么回事?"他回头问朱斌。

朱斌卷子都顾不上发:"不知道,但是我看到应行的一模成绩了,妈呀!"

梁枫看他两眼:"什么情况?都把你给逼出'妈呀'来了?"

朱斌托一下眼镜:"我太惊讶了!"

应行进了办公室，看到老樊站在办公桌后面拿着白瓷缸灌茶，"咕咚咕咚"地灌下去一大半才停下来，转头看到他来了，表情微妙地上下看了他好几眼。

"什么事？"应行站到桌前问。

老樊把白瓷缸一放，坐下来说："我特地把你的卷子先挑出来批的，发生什么了？啊？你居然总分提高了四十多分？"

应行看一眼他桌上，自己的数学卷子压在最上面，146分，正常发挥，那加的分应该都是其他科目的了，说明自己从寒假到今天没白学，扯了下嘴角说："考场有摄像头，没作弊，四十几分比我预期的少，参加比赛有影响，后面接着赶吧。回答完毕，还有事吗？"

老樊镜片后面的眼睛都瞪圆了，本来特地把他的卷子先挑出来批就是准备拿分数催他奋进的，结果他居然不用催了，这态度直接就让人蒙了，他愣是一个字也没说出来。

应行看看他："那就是没事了是吧？那我做题去了。"

刚好丁广目从外面进来。

应行停下来说："老丁，我请假的时候发的语文卷子还有没有？补给我吧，我带回去做。"

丁广目像看见了什么奇人异事似的，走去办公桌那儿，一张一张地抽了好几份卷子出来，递给他说："这可是你自己要的啊。"仿佛在说"可不是我逼的"。

应行接了，道了声谢，转头往外走。

人走了，樊文德才反应过来："你看我是不是在做梦呢？"

丁广目说："别太激动啊，老樊，我看他成绩没问题，是真的，你淡定点。"

"我挺淡定的，我就是没想到啊。"老樊飘着声音说。

"你先把你那白瓷缸拿正了再说话吧，快，水都要洒完了……"

应行拿着卷子回了教室，班上已经陆陆续续把一模的卷子都发下来了，梁枫和朱斌看他进来，齐刷刷地盯着他，跟刚认识他似的。

得亏上课了，两人才没回过头来叽歪。

许亦北眼睛瞄着他，看着他坐下来，低声说："43分。"

应行看过来，瞬间笑了："这么清楚？"

刚才朱斌就说他分数提高了，许亦北还留着应行上学期期末考试的成绩，拿到卷子就算了一下，比期末成绩总分提高了43分，他嘴硬地说："那不得看看你学得有没有效果吗？"

应行看看他面前算分数的纸，提着嘴角问："你自己的分数算了吗？"

许亦北眼神动一下，还真没顾上，他把应行那几张一模卷子折一下推过去，低头拿起笔，抽过自己的卷子说："我刚要算。"

应行抢先拿了过去，把手里的笔转一下，顶开笔帽，在纸上一份一份地记了分，抬头说："数学又进步了，总分至少提高了10分吧，这分数会不会第一了？你考得好，那我是不是该要奖励了？"

许亦北拿过卷子，胳膊肘顶他一下："学习！"这人太会见缝插针了。

应行配合地拿过卷子，笑着低头，跟他一起做题。

中午的时候，成绩排名才出来，许亦北果然一下跳到了第一。

高霏叫梁枫去帮自己贴排名表的时候，都忍不住老往他身上看，自己被他超过了四五分，也不多，但是名次就这么被压下去了。

梁枫也跟着往后排看，就看到许亦北低着头在做卷子，旁边的应行也低着头在做卷子，两个人跟什么都不关心似的，排名都不看。

"他俩怎么突然就一起发力了？我搞不懂……"

"你也用点功吧！"高霏没好气地瞪他一眼，回座位去了。

临近放学，朱斌往后面看，又看见那两人凑在一起做题。

许亦北在做数学，应行在做语文。

朱斌摘下眼镜，掏出眼镜布擦了擦，又戴回去。

太阳没从西边出来，可是应行这种学校头号问题学生居然努力得连头都顾不上抬了，太费解了……

铃声响了。

许亦北停了笔，边收东西边低声说："抽二十道英语错题，路上我随机问。"

应行抛下笔，看他一眼："行，随你安排。"

许亦北拿起书包往外走。

下了教学楼，应行跟了上来。

许亦北肩上搭着书包，手里捏着张他做过的英语卷子，按住答案，手指点了点说："这个选择题的第六题。"

应行一边跟他并肩往前走，一边偏头看了一眼题目："A。"

"语法改错题……"

138

旁边突然有人跟他们打招呼:"好巧,你们一起走?"

许亦北转头看过去。

是刘敏,她正带着笑看着他,视线又越过他去看应行,还看了看应行手里拎着的书包,没想到似的。

应行没作声,一只手揣着兜,慢条斯理地往前走。

许亦北只好回了句:"嗯,好巧。"

刘敏讪讪地笑一下,先往前走了。

"语法改错题,后面呢?"应行忽然问。

许亦北转头看他一眼,故意说:"人家刚才跟你说话呢。"

应行看看他,又往前看了看,才注意到刚才有人似的,笑了声:"没听见啊,都别打扰我学习,我现在只听得见你提问的声音。"

许亦北莫名被他这劲头戳中了一下,捏着卷子看了看两边,扬起嘴角,伸手拽他一下,出了校门。

第74章

一模过后就像是按下了快进键,一天一天过得跟翻书似的。

早上,许亦北又按时早起,站在卫生间里,一边刷牙一边翻看手机,微信里有他妈发来的转账记录,他手指一点,又是一笔钱。

看时间,方女士昨晚就发了,他当时在刷题,今天才看到,下面还有方女士的留言。

——到今天也没给你补过生日,妈妈不打扰你学习,这是你李叔叔一定要给你的。

许亦北没想到她还记着这事呢,看到最后一句只是笑笑,习惯了,他妈也是希望一家真的和睦,所以什么事都会带上李云山。

他也不忍心拂方女士的面子,回了个卖萌的表情,就算接受了。

反正迟早会高考，这种日子也迟早会到头。

刚要退出微信，手机又振了一下，那个人民币头像上跳出了个"1"，他立即点开。

是应行发来的刷题进度，他一大早就来报备，昨晚终于全部补完了比赛期间欠下的那些语文卷子，还刷了两张英语卷子，外加一张理综卷子。

许亦北看看这题量，这还是两人补课之外的内容，比自己做的都还多，马上打字发给他。

——起床了？现在在哪儿？

应行秒回。

——医院。

一大早就去医院了？那他到底才睡几个小时啊？许亦北拧拧眉，还没问，就看见微信里又发来一句。

——学校见。

许亦北放下手机，迅速洗好了脸，出去拿了书包，赶紧去学校，一边走一边往腕上戴上手表。

最近教导处抓得严，上了教学楼就能听见高三教室里"嗡嗡嗡"的早读声。

许亦北进了教室后门，一眼就看见坐在那儿的应行。

他居然早就来了，身上穿着黑色外套，坐在那儿翻着卷子，刚好转过头来看门口，视线跟自己撞个正着，嘴角一提。

许亦北过去坐下，从书包里拿出自己做的数学卷子，推给他，他就把面前的英语卷子推过来了，都不用多说。

"你这是什么作息？"许亦北顶开笔帽时说。

"别管了，先吃早饭。"应行从桌肚子里拿出个装早饭的油纸袋，塞他手里。

许亦北接住，看他一眼："你知道我没吃早饭？"

"不知道，就是买了。"应行理所当然地回。

许亦北抬头看见他的头发还是半干的，低声说："不会一大早特地冲澡提神吧？"

应行抬起眼皮，声音懒洋洋的："嗯。"

许亦北就猜是这样，不用想也知道他这阵子有多努力在挤时间学习了，声音更低："不说了，看题。"

梁枫刚到，过来就在看他们，感叹道："唉，果然又在学习，我现在就像是坐在一盆火前面似的，天天被你俩的劲头烤着，烤得我心焦，这世界太魔幻了。"

到中午的时候，杜辉才慢吞吞地来教室。

刚来就看见后排那两人紧挨着坐在一起埋头做题，他挠两下小平头，过去找话说："应总，走，请你吃饭。"

应行抬头："你考完了？"

杜辉最近体考考了好几场，不是参加一些学校的单招，就是省统考，老不在学校，今天才总算考完最后一场。"考完了，这不是好不容易考完了才叫你去吃饭嘛。"

许亦北跟着抬头看他一眼，想起他已经知道自己跟应行"交易"的事了，转了下笔，又转开眼，没说话。

"我请你吧。"应行按下笔，说着拉一下许亦北的胳膊，"走了。"

许亦北被他拉着站起来，又被他一推，就这么先往门外走了。

杜辉看看他俩，又挠挠头，闷头闷脑地跟上去。

许亦北就近找了个馆子，天气暖和了，店门外面也摆了桌子，他就在外面坐下了。

应行过来，拖了凳子在他旁边坐下，随手拿了菜单勾了几个菜。

许亦北瞥他一眼，问："你俩说什么了？"

"英语卷子，化学方程式，语文要背诵古诗词……"应行说，"探讨学习，你信吗？"

"滚。"许亦北拿了筷子往他那儿一丢。

应行一手接住，笑了声："说什么重要吗，北哥还在乎这些？"

还好杜辉没再多说什么，转着眼睛看了看他俩，坐下点菜吃饭。

一张小折叠桌，三个人各坐一边，吃得挺和谐，主要是气氛诡异，找不到话题。

"你们都在啊？"冷不丁冒出江航的声音，紧接着他那人高马大的身影就噌噌地过来，在杜辉旁边坐下了，"嗐，真巧，随便来你们学校转转就碰上了。"

杜辉一口菜都没咽下去，张嘴就说："怎么哪儿都能碰到你！"

"这就是缘分啊，辉！"江航说。

杜辉无语。

许亦北看看他："你考得怎么样啊？"

江航乐呵呵的:"还行吧,反正我自己觉得还行。我那天考完还去给咱辉加油去了,果然我去了对他有帮助,他后来考得也不错啊。"

"你少恶心,叫谁呢?"杜辉脸都气红了,觉得这叫法也太丢脸了。

"哎,没事,叫着叫着你就习惯了。"江航根本不在乎,注意力又转到对面去了,"应总,最近跟我家北怎么样?"

许亦北眼皮一跳:"什么怎么样?"

江航被他的语气弄得一愣:"就问你俩过得怎么样啊,我这不是好久没见到你们了吗?连你的生日都没能一起过。"

应行扬着嘴角:"我俩好着呢。"

许亦北又看见杜辉在对面看自己了,他目光转开,腿一伸,在旁边应行的腿上踢了一下。

应行看他一眼,跟江航说:"要不然你们聊吧,我们回去学习了。"

江航一副见到鬼的表情:"怎么回事,你上回在篮球场里学习是来真的啊,你俩还一起学习?"

杜辉忽然打断他:"你那么八卦干吗啊?没别的事干了?没事赶紧回你的十四中去!"

江航被岔开了注意力:"你激动个什么劲?"

许亦北趁机站起来要走。

"哎,等会儿,"江航又叫住他,"正好,来都来了,借我点钱吧。"

借钱好说,别多话就行。许亦北二话不说就掏出手机,问:"你要多少?"

"五千,反正你有钱。"江航一开口就是个大数字。

许亦北一边翻他的微信号,一边问了句:"什么事要几千啊?"

"嘿,那不是跟你借才借得多吗?其他人连几百都不一定拿得出来。"

许亦北翻到了他的微信号,刚要转账,一只手就伸过来按了一下,是应行。

"我记得你成年了。"应行摁着许亦北的手机,眼睛盯着江航,"没碰什么不该碰的东西吧?"

许亦北一愣,看他的脸色又不像是在开玩笑。

"啊?"江航也愣了,说话都结巴起来,"没啊,我……我就想买个游戏外观,都被炒到天价了,那不是以前还有你们帮着搞吗,这会儿你们又不卖东西了,我只好花大价钱去黄牛那儿买了啊。"

杜辉跟着站起来,瞪着江航说:"你闹呢,花这么多钱买那些破玩意?回头老子帮你随便搞搞不就有了？"说完又冲应行说："放心吧，应总，这傻子也就这点能耐了，能折腾什么啊。"

应行松开了许亦北的手机，把手收进兜里。"没事，我随便问问。"说完朝许亦北偏一下头，"回去吧。"

江航赶紧朝许亦北摆摆手，直嘀咕："吓死我了，算了，我不借了。"

许亦北收起手机，跟着应行走了。

到了楼梯那儿，他才问："你刚才干什么呢？"

应行说："看他那么傻，万一被人骗了怎么办？我得保障老板的财产安全啊！"

许亦北往两边看看，还好楼梯上没人。"你声音低点！"

应行回头拉他一把，故意抬高声音："老板？"

"你还来！"许亦北感觉已经有人来了，推着他就赶紧上去了，两个人简直是小跑着进了教室，早把刚才的事忘了。

进入复习阶段，每天就是测验、考试。

下午又是连着测验，直到放学。

杜辉从外面吃饭回来后挺消停，听到放学铃响了也就看了看应行和许亦北，没说什么。

许亦北正好不用在他跟前遮掩了，光明正大地收了书包，到门口等应行一起走。

应行拿了东西出来，跟他一起走到楼梯口，才说："今天也要去医院，得换我舅舅回去歇两天，这两天我都要去医院。"

许亦北懂了，那就是没法一起补课了，他撇了撇嘴，也没办法，"哦"一声，问："那还是微信上对题？"

"嗯。"应行走出校门，拉起他的手腕看了眼表上的时间，"七点半准时开始，就这么说好了。"

许亦北还想说这个时间会不会太早了，他去医院还得照顾人，多赶，但是看他说完就转身走了，也只好忍了，往对面的公交站走。

到了对面，再回头看一眼，应行已经骑着电动车飞快地开出去了，一看就赶时间。许亦北倚着站牌算了算，最近他都去了多少趟医院了，不知道累吗？也不知道吴宝娟现在到底怎么样了……

正思绪万千，余光瞥见有人朝这儿走过来，他转头看了一眼，脸色顿时就冷了。

过来的人穿着白色外套，阴沉着脸，差不多几个月没见了，还是这么一副模样，是孟刚。

"养了几个月出来，你们俩还是这么要好啊！"他皮笑肉不笑地说。

许亦北上下打量他，才明白过来，原来是养伤去了，难怪这么久没见他，说明应行那回一定是下狠手了，活该，那也是他自找的。

"怎么，来报复的？还是你有什么偷窥癖，放学就在这儿等着过来问候？"

站牌那头还有三三两两的学生在等车，孟刚就在这头站着，被他反击得脸上不太好看，佝着背，就像是要来故意找碴的。"他脱不了干系，我还不能找他？"

许亦北冷淡地看着他，声音压得低低的："少在这儿下套，故意跑到我跟前来想说什么？又是他家的事是他害的？要是他害的，他舅舅怎么没把他轰走？你觉得我会信？不好意思，我对他家里的事不好奇，真好奇也轮不到你来说。"

孟刚沉着脸没说出话来，每个话头都被他堵住了。

许亦北就是故意的，阴阳怪气个什么劲啊，他一个字都不屑听。公交车远远地往这儿开过来了，他站直了，抬脚要走。

孟刚忽然阴笑一声。

许亦北停一下，看着他。

"我知道你们俩关系好，"孟刚说，"别人不知道，我知道。"

"关你屁事。"许亦北冷冷地走过去，多看他一眼都嫌烦，直接上了公交车。

车开出去的时候，他再往路上看，站牌角落里已经看不到孟刚人了。

孟刚要么是来找应行的，要么就真是来找自己挑拨的，跟有病一样。许亦北手抓着拉环，越想越来气，好好的心情都被毁了。

车开到修表铺附近那站，他干脆下了车，远远地看了一眼关着的铺子门，想了想，又招手拦了辆出租车。

晚上七点多，应行站在病房里，关上门时往病床上看了一眼，吴宝娟吃了药犯困，已经侧着身早早地睡了。

他背靠着门，闭眼缓了缓，忽然感觉到裤兜里的手机振了，掏出来看了一眼，是定的闹钟，到约好的七点半了。他马上站直了去拿包，一只手拿着手机打字。

——补课了，老板。

许亦北的微信消息跳出来。

——来了。

应行从包里拿出卷子,坐在陪护椅上,旁边是他从空病床边上搬过来的柜子,前两天住在这儿的另一个病人出院了,暂时可以用一下。他忙着的时候一只手还在接着打字。

——那开始吧。

许亦北的回复很快又跳出来。

——你开门。

应行忽然反应过来,转头看门,隔着门上的玻璃看到瘦高的人影,立即站起来,几步过去,一把拉开门。

许亦北肩上搭着包站在门口,一手拿手机,一手拎着零食和水果,朝他看过来:"我改主意了,还是面对面补课效果好。"

应行咧开嘴角,低声说:"这是什么惊喜?"话还没说完,就伸手把他拽了进来。

许亦北进来才发现吴宝娟正睡着,他看看床尾那把陪护椅,还有那个放着应行东西的方方正正的柜子,低声问:"你晚上就睡这儿?"

"嗯,有病床空着,偶尔也能躺会儿,凑合一下,反正很快天就亮了。"应行拽着他坐下来,怕吵醒吴宝娟,声音低得几乎只有彼此能听见。

许亦北看一圈病房里,他这几天在医院就是这么凑合过的?都这样了,凭什么孟刚还那样说他……

应行看着他问:"你这是什么眼神?"

许亦北回神,没说遇到过孟刚,看了看他的脸,拿着手机调到相机的自拍镜头,对着他说:"你看看自己的脸。"

应行偏头凑近看了一眼:"帅啊,怎么了?"

"滚蛋,没发现你眼睛下面都青了?"

应行扯一下嘴角,拿了支笔,凑近低声说:"补课吧,感谢老板关心。"

许亦北用胳膊撞他一下:"随你便,累死你得了。"

应行低声笑了笑,看一眼吴宝娟,不闹了。

柜子太小,病房里又不能有声音,两个人老实坐下,一人一条胳膊架在小柜子上面写题。

时间一分一秒地过去,除了给吴宝娟带的水果,其他吃的都被消灭干净了。

直到病房门被轻轻敲了两下，值班护士进来查房，惊讶地看了他们两眼，问："你们在这儿写卷子？"

两个人同时抬头，才发现时间不早了。

护士查完房，回头说："不陪护的早点回去吧，很晚了啊。"

许亦北看一下时间，都十点多了。

应行放下笔说："回去吧，我送你。"

许亦北只好停下笔，开始收拾东西。

拿着书包出去的时候，他看了眼安安稳稳睡着的吴宝娟，小声问："她半夜会醒吗？"

应行带上门，低声说："有时候会，哄一下就好了。"

许亦北抿住唇，没说什么，转头往前走，心想说得够简略的，但也看得出来陪护不是什么轻松活。

应行跟着他："别的题回去微信发你。"

许亦北回头："发什么啊，你等会儿就睡吧。"

应行手揣着兜，想了一下："还有一张理综卷子没做，睡什么啊。"

许亦北想说你都快成仙了，有点没好气地说："让你睡就睡，废什么话？"说完转身就走。

第75章

许亦北回到公寓时已经是夜里了，他洗漱完躺到床上，掏出手机，果然又收到了微信。

应行真又接着刷题去了，刚把做错的理综题发过来让他检查。

许亦北气得想笑，还真是修仙了，玩命是吧？故意不给他检查，打了句话过去。

——老板已经睡了，明天早上再给你检查。

应行马上回复过来。

——看完再睡，大不了下次测验要是进步了就休息一回，这样行了吗？

许亦北拗不过他，这人的毅力太可怕了，只好退半步。

——就这一题啊，多的我真不看了。

不这样都没法让他休息了……

早上才六点，应行就已经在医院的卫生间里洗漱完，随时准备去学校。

吴宝娟夜里惊醒过好几回，现在还在睡。

他进了病房，手脚很轻，把东西都收好了，走到病床前看她，看她睡得依然很安稳，才回头拿了手机，塞上耳机听英语，然后坐到陪护椅上，准备等贺振国过来再走。

翻了翻微信，许亦北昨天真就只给他看了一题，他想想有点好笑，少爷真是面冷心热。

还没给少爷发条微信，病房的门就被推开了，有人伸头进来，压低声音说："我的天，你这么早就坐在这儿了？"

应行抬头看了一眼，是大华。他摘了耳机，也压低声音说："这么早你怎么来了？"

"来看宝娟姨，不早来哪见得到你？"大华进来，先看了看睡着的吴宝娟，又把手里拎着的保温壶放到柜子上，"这是给宝娟姨喝的，老街西牌楼那儿那家百年老字号的鸡汤，刚出锅，烫着呢，等她醒了喝正好，顺便感谢你带领哥哥我拿了个奖杯，登上了一回人生巅峰。"

"你一大早来唱戏的吗？一出一出的。"应行说。

大华回头看了看他："你现在完全是一个勤奋高三生啊，睡没睡？"

应行边绕着耳机线边回他："睡了，我有那么不顶用？"

大华看看他旁边的双肩包，还能看到里面装着的卷子。"牛，我就佩服你这点，要么不干，要干就干到底。"

应行手上的手机振了一下，立即低头点了一下，是许亦北发来的消息。

——我出门了。

他提了下嘴角，回了句"马上来"，抬起头，大华还站在那儿看着他，看着看着还瞟了一眼他的手机。

"那谁叫你呢？"

"嗯。"应行好笑,"就那谁。"

病床上的人动了一下,吴宝娟醒了,散着头发坐起来,模糊着眼睛看着他俩。

大华赶紧放低声音:"宝娟姨,我吵醒你了?"

应行过去,拿了梳子给她梳头:"今天也听医生的话好好看病啊,我等会儿要去学校。"

吴宝娟看到应行在就很乖巧,点点头说:"嗯,知道了。"说着看了看大华,忽然叫他:"大华?是不是大华?"

大华惊讶地问:"宝娟姨,你认出我了?"

应行也愣了,看着她。

大华立即指他,问:"你看他是谁?"

吴宝娟看看应行,说:"你快去学校呀,大学上课忙不忙啊?"

大华一下没话说了。

应行扯了扯嘴角,也不意外,习惯了,帮她把头发梳好,放下梳子。"行,我马上就去了,去洗脸吧。"

大华过来说:"这儿交给我吧,刚好我今天没什么事。"

应行想了想,时间不早了,于是点了下头,对吴宝娟说:"你现在认识大华了,让他在这儿陪你一会儿吧。"

吴宝娟说:"好,振国马上会来的。"

"对。"应行转头去拿了自己的双肩包,往外走。

出了病房,大华跟了出来,带上门说:"早知道我就不问了,白有希望了。"

应行又扯一下嘴角,没说什么,好几年了,他就是贺原,希望在哪儿?好像就没看到过。

"医生说她心理上要突破,接着治吧。"

大华看他要走,忽然说:"那个,孟刚……"

应行皱一下眉:"他又怎么了?"

"我就是想起来了,跟你说一声。"大华犹豫一下说,"怎么说呢,比完赛我碰到过他一回,他伤好了,就是人不太对劲,好像上次刺激到宝娟姨之后他就不对劲了,我倒觉得他像是自己也受刺激了一样,看他老是揪着贺原的事不放,我都担心他会先出事。"

应行把包搭到肩上,说:"时候不早了,真得走了,替我看好我舅妈。"其他什么话都没说，他转身就走了。

旁边有护士经过，大华让一下，看着他在眼前走了，知道他肯定是嫌烦，也不说了，转身回病房去跟吴宝娟聊天。

应行出了医院，坐到电动车上，迎着风吐出口气，提了提精神，顺便把从医院里带出来的那些情绪也吐出去了。

想起许亦北多半已经到学校了，他踢起脚撑，车把一拧，开了出去。

许亦北上教学楼的时候时间刚好，高一高二的还没来，楼梯上不挤，他一口气直奔三楼。

到了走廊上，他往窗户外面看了一眼，没看见应行的身影，又转头往对面教务楼的楼梯那儿看，就看见那熟悉的身影从那边的楼梯口走了上来，懒懒散散地迈着两条长腿，手里拎着双肩包，不是应行是谁？

许亦北一只手揣在口袋里，刚想不动声色地走过去，没想到应行也在往两边看，脸一转，就看到他了。

两个人就隔了个走廊拐角，对视一眼，刚要说话，老樊的声音就横插进来："许亦北！"

许亦北立即转头。

老樊在办公室门口背着手说："来，你过来一下，有个事找你。"

他回头，朝应行递个眼色，只好先过去。"来了。"

应行跟他擦肩而过，低声说："去吧，教室等你。"顺势伸手，把他的书包拿过去了。

许亦北都没想到他拿得那么自然，空着手看看他，转头看老樊还在等，就瞅着这儿呢，赶紧过去。

老樊离得老远往应行这边看，像是在看他刚才干什么好事了。

许亦北走过去，正好打断他的视线。

老樊收回目光，招下手说："来，进来说。"

许亦北跟着他到了办公桌边，看他坐下，翻出了一模的成绩排名表，推一下眼镜，突然笑眯眯地冲着自己说："有个好消息告诉你，本省的211、985大学你也知道，就是那一两个重点大学，在本地也是有保送名额的。以往的名额一般都集中在省重点，也就几个，今年按照指标，咱们十三中也能分到一两个。学校这边呢，计划把每个班的前三名集中起来弄个特快班，最后参加保送考试，你上次一模已经跃到第一了，肯定是有这个机会的。"

有保送名额倒是不奇怪，但是许亦北兴致不高。"我的目标是外地的好大学。"

老樊点头说道："我知道，你一来就说了，我还能不知道吗？不过这个班学习氛围肯定是好的，就算你最后不参加保送资格考试，对你的高考肯定也是有好处的。而且为了不过多占用教师资源，还要过一阵子才组建，你可以先考虑考虑。"

许亦北说："我挺自觉的，不管是在哪儿，什么氛围，都影响不了我。"

老樊还真给说住了，可不是，不然他也不会在三班这个氛围里数学成绩还能连着提高这么多。老樊想了想，问："那你的意思是就愿意留在三班？"

许亦北"嗯"一声。

老樊一时半会儿也不知道该怎么说。"那后面再说吧，反正这事也不急，你先回教室吧。"

许亦北扭头出去了。

进了教室，应行已经把他的书包放进他课桌里了，朱斌第一个回头看他。

"许亦北，老樊跟你说了？"

应行看过来："说什么？"

一模朱斌考了第三，前三名的事，他当然也知道。

许亦北说："没什么，不重要。"反正他也不打算去。

朱斌讨了个没趣，转头坐好，不说了。

许亦北坐下来，看见应行还在看自己，忍不住说："怎么了？说了没事。"说完又盯着他的眼睛看，再看看他的脸颊，真感觉他人瘦了，压低声音，"你昨晚肯定没睡几小时。"

应行低声说："没事，补完课很精神，续上电了一样。"

许亦北借着拿书，低头说："下次直接把你敲晕得了。"

应行扬起嘴角，看见杜辉进来了，才没再往下说。

正好高霏从前门进来了，手里捧了一摞卷子。"英语老师说早读课的时间用来测验。"

杜辉一听见这话就号了一声："又测验？"

"啊！"梁枫也哀吼，"天天考试，杀了我得了！"

班上一片混乱，吵吵闹闹的，外面有脚步声，肯定是英语老师要来了。

许亦北看一眼旁边,拿了支笔,"刺啦"撕下半张草稿纸,低头"唰唰"地写了什么,折起来往笔袋里一扔。

应行察觉到他的眼神,回看他一眼,问:"干什么?"

"许愿。"许亦北淡淡地说,"测验进步。"

应行好笑:"又许愿?都考第一了还用迷信?"

许亦北拧眉,压低声音说:"是谁昨天说测验进步就休息的?"

应行挑眉,反应过来,转头看他,笑了:"给我许的愿?"

废话,他自己的英语还用得着许愿吗?许亦北眼睛动了动,突然觉得有点丢脸,还很幼稚,于是一把拿过笔袋,往桌肚子里一放:"给不知好歹的人许的愿。"

应行扯了扯嘴角,忽然也动手撕了半张草稿纸,低头拿笔写了什么,折起来,把手伸进许亦北的课桌,往他的笔袋里一塞。"测验进步,我也写了,一起迷信。"

许亦北嘴角动了动,看他一眼,舒坦了。

第 76 章

英语测验占了一节早读课的时间,后面的其他课也几乎都在考试。

一天下来,整个教室里的人都被折磨得死气沉沉的,到了下午的自习课上才有点生气。

主要还是后排最有生气,一个梁枫,一个杜辉,两人一前一后地趴在课桌上哼唧,一个说"再考孩子要废了",一个说"不废也要萎了"……

许亦北一直收着那两张字条在笔袋里,手伸进去摸到,又觉得挺幼稚的,瞥一眼旁边,偏偏还一起幼稚了。他嘴角扬了扬,拿着那两张纸在手里揉,搓在一起,桌底下的腿撞一下应行的腿。

应行偏头看过来。

151

他小声问:"显灵了吗?"

应行笑一下,回答:"不知道,反正为了让它显灵我也尽力了。"

许亦北嘴角又动一下,把字条塞回去。"算了,反正也考完了。"

刚说完,英语课代表就捧着卷子进来了。

朱斌积极地问:"出成绩了?"

许亦北立即抬头看过去。

应行低声问:"你不是说算了吗?"

许亦北脸上挂不住,又撞一下他的腿。

应行忍住笑,卷子眼看着就发到眼前了。

许亦北接了自己的卷子,还没顾上看,先转头看应行的。

应行看他一眼,把卷子主动推了过去,上面一个鲜红的96。

题量是不多,满分却有150分,这个分数也就刚过及格线,但是比起以前确实是进步了,毕竟这是让应行最头疼的一门了。

许亦北把他的卷子拿过去,折了两下,心里满意,嘴上不说。"进步了,那你得说话算话。"

应行看着他把自己的卷子夹到了书里,故意反问:"什么说话算话?"

许亦北顿时拧眉:"你自己说的要休息,忘了?"

杜辉跟梁枫听见动静都往他俩这儿看,他又马上抿唇闭嘴了。

铃声一响,放学了。

墙角的广播里忽然响起两声电流声,紧接着老樊的声音冒了出来:"发个教导处通知啊,从下个月开始,高三走读生也不能再带手机到学校了,女生自习太晚最好告诉家里接送……"

说了一长段,关键句就是要全力冲刺高考,以后学校要严加管束。

班上顿时一片痛心疾首的哀号,仿佛被收手机比被抢了钱都痛苦。

许亦北都跟着皱眉,自言自语:"还好没答应去那个班……"真去了不是连交流都少了?不在一个班还不给手机联系了。

应行听见一半,看过来:"答应什么?"

"没事,"许亦北拽出书包,收东西,"走了,快点。"

应行几下收好了书和卷子,拎上双肩包,跟他一起出去。

杜辉一整天就没跟他俩说几句话,到了现在,又在座位上眼睁睁地看着两人一起走了,他咂一下嘴嘀咕:"缠一起了都……"

152

梁枫刚要往高霏那儿奔,闻风又八卦地凑过来,说:"你说应总跟许亦北是吧?我也发现了,他俩天天一起学习,一起来一起走的。"

杜辉生怕把他俩的事抖出去,推一下他的脑袋:"滚滚滚,我什么都不知道,别胡扯!"

出了校门,一直走到停车的地方,许亦北突然想起来,转头问:"你得去医院吧?"

应行还没说话,手机振了,从裤兜里掏出来看了一眼,是贺振国发来的微信,他翻完就笑了,坐到电动车上说:"巧了,我舅舅叫我好好学习,今天别去医院了。"说着伸手拽他一下,"走吧,老板,今天的时间都用来补课。"

许亦北嘴角不自觉地勾一下,腿一跨,坐到后座。

车开出去时,他忽然想起来,扭头看了眼公交站牌那儿,没再看到那阴阳怪气的孟刚出现。他回过头,两只手抓住应行的衣服,想了想,提议说:"打球去吧,好久没打球了。"

应行知道他在琢磨什么,从后视镜里看他一眼:"行啊,你说去就去吧。"

车开到球场,里面已经有一群人在打了,篮球砸地"哪哪"作响。

应行下车,先进去,问人家借了个不用的球,拿过来抛给他,随手脱外套。"就我跟你打,谁赢后面就听谁的。"

许亦北一把接住,在手里拍两下,原本来这儿就是想让他放松一下,结果他还比上了。许亦北带着球往另一头的篮筐底下走,边走边说:"行啊,来啊。"

还没半小时,"啪"一声,球落了筐。

他算着分已经平了,立即过去截球,刚起跳,应行就从旁边突袭过来,一下捞到球,转身一投。

"啪",中了。

许亦北落地,差点没站稳。

应行及时伸手,在他胳膊上一扶,额上都出汗了,笑着说:"你落后了啊。"

"玩得挺认真啊。"许亦北不服气,刚要接着来,转头就看见一群人过来了,他用胳膊肘抵应行一下。

应行松开手看过去。

"应总?"卷毛余涛跟他那群体育生同党一起晃进了球场,正往这儿走,"就你们俩打球?要人一起吗?我来了!等等,我还得问问你那老板的事。"

许亦北立马回头捡了放地上的外套,说:"不打了,快走。"

应行看他一眼，捡了球，抬手朝余涛远远一抛，扬声说："打完了，球帮我还给那边那群哥们儿，先走了。"

"哎，怎么就走了？"余涛手忙脚乱地去捡球，"我还没问你事呢……"

许亦北可不想被卷毛追上来啰唆地盘问，转头往另一边的门口走，刚出去，应行就大步跟了上来，手在他背后一推，他的脚步顿时快了，几乎一路小跑到了车那儿，一跨，坐上去。"走！"

应行上车，踢起脚撑，立即把车开了出去。

一路飞快地开到公寓才停。

进了门，许亦北都还有点喘气，也不知道是打球打的，还是躲余涛躲的。他放下书包，先去厨房里倒了一大杯水，一口气喝了大半杯。

应行跟进来，喝完剩下的，转头笑："怎么打个球没轻松，还更紧张了？"

厨房没开灯，光有点暗，许亦北靠在流理台边，看到他额上一层细密的汗，眼珠又黑又深，把杯子一把塞他手里，转身出去。"早知道不打了。"

应行挑一下眉，很快就听见"哗哗"的水声，他放下杯子出去。

等许亦北在卫生间里洗了把脸出来，就看到房间门开着，他走进去一看，应行坐在书桌那儿，已经从他的书包里拿回那张考了 96 分的英语卷子，右手还拿了支笔。

"你说话不算话？"他抬高声音质问。

应行回头看他一眼，笑起来："刚才比球不是说了谁赢就听谁的吗？我赢了啊，所以不休息了。"

许亦北觉得自己被摆了一道："是这么算的？"

应行转一下手里的笔，又抬头看着他："时间也不多了，我这个分数，休息得了吗？还怎么追赶你啊？"

许亦北拧拧眉，看他脸上没有开玩笑的表情，也找不出话反驳，好几秒才气闷地回一句："早干吗去了……"

"我本来确实不想上大学。"应行说。

许亦北一愣，看着他。

应行迎着他的视线，又提起嘴角说："现在想了。"所以现在时间不够，只能加倍补习。

这就像是一笔债，自己以前欠了太多，现在要奋力直追上去，就必然要付出更多。

许亦北转头去拿自己的书包，抽了张卷子出来，又皱起眉说："随你，累死得了。"他也没坐去书桌那儿，就在床边一坐，跟应行隔了快一米。

应行摸一下鼻尖，似笑非笑地说："你精力还不如我，不会先倒下吧？"

"可能吗？"许亦北低头看卷子，不看他。

应行服了他的嘴硬，笑着回头，接着订正英语卷子。

房里没人说话。

许亦北写了半张数学卷子，拿着笔在卷子边上随手画着算分数。

先算应行现在的总分，再算比自己少多少，要考同一所大学好像太难了，那同一个城市的呢……

前前后后算了一通，真有点累了，他的头往下不自觉地点了一下。

突然一只手伸过来，扶着他的额头一撑。

应行紧接着往他旁边一坐，手还贴在他的额头上，调侃道："没可能？"

许亦北立马坐正，挥开他的手："我没累啊，精神着呢。"

应行配合地点头："行吧。"

许亦北把卷子盖起来，起身走了几步，提了提神，看到角落里竖着的琵琶，拿了出来，随手拨了两下。

"铛铛"几声响，房间里有了声音，一下就提神醒脑多了。

应行看着他忙，心照不宣地笑了，低下头，接着看卷子。

许亦北看见他还在看卷子，想了想，拎着琵琶走过来，故意往他怀里一塞，"要试试吗？给你玩会儿。"

应行被打了个岔，扶着那把琵琶抬头："你整我吧，我哪只手会弹这个？"

"大不了我教你啊。"许亦北坐下来，抓着他的手纠正姿势。

应行的手指被迫搭到弦上。许亦北嫌够不着，干脆靠近点一坐，左手抓着他的左手，右手抓着他的右手，在琵琶弦上拨了两下。

是两声像模像样的响，但是应行根本没注意听，看着他那双修长的手在琵琶弦上游刃有余的样子，反观自己这双手，实在半点沾不上音乐细胞。

第 77 章

天黑了，公寓里也早就暗了。

卫生间里水声"哗哗"地响了起来，许亦北脸上淋着水，闭着眼，振了振精神。

还没一会儿，卫生间的门被敲了两下，应行在外面问："要吃东西吗？"

"不吃。"许亦北一把关了水，有气无力地说，"不饿！"

应行笑了声："那出来吧。"

过了二十分钟卫生间的门才被拉开，许亦北换了件宽松的长袖衫，一走出去就看见他从阳台走了进来，正看着自己。

"早点睡吧，说要休息就休息彻底。"应行迎着他的视线走过来，似笑非笑的，抓着他的胳膊就把他往房里送。

许亦北反推他一下："谁说是我要休息？"

"我啊，你也该休息了。"应行把他强行推进门，脚踢着房门一关，"去睡吧。"

许亦北踹他的小腿一脚，还反客为主了。

应行动都没动，好笑地说："看来是真没精神了。"

许亦北差点又要踹他。

应行说："晚安。"

低低的两个字钻进耳膜，许亦北终于不动了。

确实累了，毕竟他也每天都在刷题，每晚几乎都是不知不觉睡着的……

大概是在夜里。

许亦北一觉睡得迷迷糊糊，忽然醒了一下，睁开眼，看见应行没走，就在书桌边坐着，一只手拿着卷子在看，一只手撑在他枕头这儿，差不多快挡了一半的光。

他呢喃了一句："真行……"紧接着翻了个身，感觉是在做梦。

应行好像看了过来，一只手遮在他眼睛上方给他挡光，低低地笑了两声。

真像是做了梦。不知道过了多久，许亦北又听见他的声音在耳边说："闹钟给你调好了，睡够了再起，学校见。"

许亦北一下睁开眼睛，看到晃眼的亮光，天亮了。

有人在敲门，好像已经敲了好几下了，他立即坐起来，看一圈四周，应行不在。他跳下床出去，一直走到门口，拉开门，愣了一下："悦姐？"

外面站着李辰悦，她抬着手还想敲门，看到他开门才停，笑了笑说："才起啊，我还以为自己来晚了呢，能进来吗？"

许亦北反应过来，连忙拦住门说："我还没洗漱，麻烦你在门口等我一下。"说完直接关了门，匆匆回头，从厨房找到卫生间，又回了房间，发现应行的双肩包也不在，书桌上的闹钟突然响了起来，他总算反应过来。

原来那句话不是做梦，应行是真定好闹钟走了。

许亦北松了口气，还好，不然要是被李辰悦撞见就尴尬了，毕竟她总说让自己离应行远点。

他立即按掉闹钟，飞快地冲进卫生间里洗漱，换好衣服，又拿了书包搭在肩上，一边往手腕上戴手表，一边开门出去，前前后后也就花了十分钟。

李辰悦还在耐心地等着，看到他这么快出来，无奈地说："怎么这么急啊？我经过这儿，正好可以送你去学校，就来了。"

许亦北带上门，生怕她看出点什么。"没事，就补了个觉，屋子里太乱，怕你笑话，走吧。"

真是睡够了，现在他精神都足了。

李辰悦跟他一起下楼，到了停车的路边，忽然想起来，把手里拿着的一只纸袋子递给他，说："这是刘姨让我给你带的早饭，我差点忘了。"

许亦北接过来，里面是一份三明治，他看她一眼，觉得她今天好像有点开小差，怎么到这会儿才想起这茬？不过他也没太在意，拉开车门坐了进去。

车开出去，李辰悦也没说话，一直就这么安静地开着车，偶尔转头往他身上看一眼。

许亦北一口三明治咬在嘴里，下意识地抬眼看了看车里的后视镜，拉一下外套领口，感觉自己表现得挺正常的，默默接着吃早饭。

快开到学校了，李辰悦才开了口："上次那个比赛……你是因为应行去看的吗？"

许亦北当然知道她在说什么比赛，转头看她："为什么问这个？"

李辰悦捋一下头发，不自在似的，看看他，像是想说什么，最后又只是讪讪地笑了笑。"好奇吧，想起来就问了，那个比赛也没你认识的人，也就应行了，而且那天你说走就走了，我后来都没找到你。"

许亦北想了想，避重就轻地说："那天有事，我就先走了。"

李辰悦说："嗯，是这样最好了。"

许亦北没往下说，因为学校到了。

下了车，他回头看进车里，李辰悦还在看他，对上他的视线，才挥了两下手，开车走了。

许亦北看着车开走了，拧拧眉，总觉得她今天很古怪，也不知道是不是自己多想了。他扯了一下肩上的书包带子，进了校门。

刚上教学楼的楼梯，一群其他班的学生从旁边挤过去，他一抬头就看见李辰宇站在二楼的楼梯口盯着自己。

"我姐送你来的？"

许亦北冷脸，接着上楼，根本没理睬他。

李辰宇上上下下地看他，眼神古里古怪的，就像在看一个怪物。

许亦北被他看得反感，在他旁边停下，问："怎么了，你眼睛出毛病了？"

李辰宇被呛得立马变脸，忽然往楼梯上看了一眼，嘴又闭上了，往他身上看了看，扭头就走了。

许亦北像有预感一样，回过头。

果然是应行，他右肩搭着双肩包，揣着手，慢条斯理地走了上来，眼睛刚从李辰宇走的方向转回来，冲自己挑眉笑了一下。

许亦北目光不自觉地闪了闪，小声说："走得那么早，还来这么晚。"

应行早走当然是又去医院了，他提着嘴角走近，低声说："没办法，最后一段时间了，我不是得加油冲刺了吗？只能早走。"

许亦北左右看看，趁没人，摁着他的肩往楼梯上一撞。"让你牛！"

"哑！"应行被撞得一把抓住楼梯，抬头看他大步上楼了，没好气地笑笑，跟上去。

一进教室，两人就正经了，班上的人都到得差不多了。

许亦北瞥见他跟进来，坐在座位上，翻开英语书，拿了支笔在手里。

应行在旁边坐下，把自己做的英语卷子推过去。

许亦北瞥了两眼，到底还是往他那边坐了坐，勾了下手指。

应行笑着偏头靠近，该讲题的时候还不是得讲？

两个人凑一起讲了快半张卷子，铃声响了也没注意，直到感觉有人站在后面，两人才同时转头，樊文德一声不响地站在他俩后面看着呢。

"啧，"应行看着他，"干吗啊，老樊，吓人吗？"

老樊背着手盯着他，托一下眼镜，观察半天了，看他这人是不是真的在学习，转头又看看许亦北，欣慰地点两下头，说："继续努力啊，许亦北，时间不多了，同学之间呢，还是要继续互相帮助。"

话是冲许亦北说的，他的眼睛却老是看应行，说完就背着手走了。

许亦北撇一下嘴说："说给你听的。"

"看出来了。"应行转过头，发现杜辉也在看他们，于是踢一下他的凳子腿，"看什么？你自己也看看书吧。"

杜辉张张嘴，又挠挠头，心不在焉似的，随手拿了本书，埋着头嘀咕："你俩天天凑一起学就这么有劲吗……"

梁枫回头，看了一眼就吐槽："唉！这什么风气？我现在感觉要是不看看书，都显得我不合群了。"

结果后排还真安静了一天，主要杜辉今天话少，全程跟憋着什么话似的，没事就看两眼应行。

一直到放学铃响了，应行又写完了半张理综卷子，才扫他一眼，放下笔，跟许亦北说："去个厕所。"

许亦北看过去，杜辉已经跟在他后面出去了。

朱斌在前面收拾着桌上的东西，忽然回头问："许亦北，你真不去？"

许亦北看看他，问："什么啊？"

朱斌朝前面的高霏努努嘴，神秘兮兮地说："我上次就问你了，老樊跟你说了吧，那个特快班决定提前开了，我跟高霏都会去的，你不去啊？"

许亦北看高霏也在座位上收拾东西，梁枫不知道什么时候跑过去了，在那儿变着花样地转悠。他想起来了，回道："不去。"

"考第一都不去，佩服……"朱斌觉得不可思议，低头接着收东西。

许亦北也拖出书包收东西，准备等应行回来再一起接着刷题。

应行在洗手池那儿洗了把手，杜辉从厕所里出来，晃到了他跟前。

"有什么事就直说，你怎么一整天都这德行？"

杜辉挠挠头说："算了，我早就想告诉你了，大华今天去找孟刚了。"

应行刚要走,停了一下,问:"又怎么了?"

杜辉听他的语气不对,烦躁地说:"不知道啊!大华最近盯着他呢,说他怎么看怎么不对劲,怕他出事,也怕他惹出事,就去找他了。"

应行沉着脸,皱了下眉,什么都没说,往教室那儿走了。

许亦北已经拿着书包,倚着课桌在等了,教室里的人已经三三两两地走得差不多了,他才看见应行回来。

"今天要去医院?"

应行一看到他脸色就缓和了,过来拿了自己的双肩包,把卷子和书都收了进去,拎上说:"去吧。"

许亦北站直,跟他一起出门。"那一起去好了。"

两个人出了校门,坐到电动车上的时候,刚好路上也没什么人了。

许亦北抓着他的衣服说:"快点,去晚了你舅妈说不定又困了。"

应行踢起脚撑,刚拧一下车把冲了出去,就冷不丁听见杜辉高喊的声音:"应总!"

他又一把刹住车,转头看校门。

离得很远,甚至还有老樊的吼叫声:"杜辉你怎么回事?!通知了马上就不让带手机了,你还敢当着我的面用手机!你再跑!"

杜辉的声音已经火急火燎地传过来了,他一路跑到路边,跳上自己的小电驴,老远又冲应行喊:"快!去老街!大华说孟刚真要出事了!"

应行两只脚撑着地,只停顿了两三秒,就把车把一转,飞快地开了出去。

许亦北晃一下,一把抓住他的肩,莫名其妙地问:"出什么事了?"

"不知道。"应行沉着声音,被风吹断了尾音。

这个时间段路上车太多,抄近道也花了半个多小时才到,天都擦黑了。

应行停下车,转头看了看,老城区的街道都很密,很快就听见了吵闹的声音,路上有几个人在探头探脑地往对面的大路上看,但是那儿车来车往的,也没人过去。他把双肩包往车上一放,立即朝那儿走。"我去看看。"

许亦北跟上去说:"你还管他?"

"没人想管他,谁让他跟贺原是朋友。"应行头也不回地说。

许亦北抿了一下唇,拧着眉跟着朝那儿走,总觉得他也憋了一肚子火。

刚到对面那条路上,一眼就看到两家关门整修的铺子中间有条巷子,周围一个人都没有，像有意避开一样，里面都是一阵一阵的叫骂声，大华的声音夹在里面："你们想打死他吗？"

应行说："你别管，我过去。"说完跨过绿化带，大步走了过去，直接进了巷子。

许亦北停了几秒才跟过去，就看见一群人在黑乎乎的巷子里围殴一个人，躺在地上的人穿着白外套，不用看也知道是孟刚。

大华在那儿拉开几人，其他人还是不依不饶地叫嚷着。

"本来挺给你面子，你非要找死，老子成全你！"

还有人推了一下大华："少掺和了，他自己到处挑事，就想找抽，怪谁啊！"

应行过去，拽开两个挡路的，一把抓着孟刚的后领就把他拖出了人堆。

大华趁机挡住几个，喘着气喊："好了好了，都省点事不行吗？他就是喝多了脑抽！"

其他人看到应行出现，还算给面子，总算停了，不知道是谁当场"呸"了一声："真晦气，翻脸比翻书都快，还要你的老仇人来救你。"

孟刚挣开应行的手，居然还在笑："谁叫你来的？老子就想找死，有种打死我啊！"

"你看，我说什么来着，他贱不贱？自找的！"那群人又想动手。

大华先上来踹了孟刚一脚："我叫他来的！要不是看在贺原的面子上，今天我都不会管你！"

杜辉赶过来了，急匆匆地从许亦北旁边跑过去，一头扎进巷子里，冲着那群人虚张声势地喊："还站着干吗？滚啊！老子带人来了啊！"

"呸！"那群人骂骂咧咧地走了。

孟刚栽在墙角，看不太清神色，就能看出他灰头土脸，一身的脏污，好像脸上还带了血，在那儿阴沉沉地喘着粗气说："谁稀罕……"

应行站在那儿看着孟刚，冷声说："就这一次，我是为了贺原，下回别让我再看见你。"

说完他就从巷子里往外走，看着在外面站着的许亦北说："走。"

许亦北站在外面看到现在，离着老远都闻到一股熏人的酒气，冷着脸看着孟刚，不知道他这回又是犯的什么病。

刚要走，孟刚忽然转头看了出来，看到了他，冷冷地道："你也来了啊，那不巧了吗？"

应行刚要出巷口，又沉着脸回头，喝道："怎么，你还有话说？那来跟我说。"

许亦北皱眉看着孟刚，像看一个病人。

孟刚强撑着坐起来，往外探出身，抹了一把鼻孔下面的血，咧着嘴笑道："本来我叫了人过来，说不定就要到了，现在你们俩一起来了，都用不着我去说了。没关系，大家都别想好过，反正我也不想过了，贺原没了，再也回不来了，我还害得他妈进了医院，我也无所谓了，都无所谓了，呵……"他说着说着又开始莫名其妙地笑。

许亦北觉得他简直前言不搭后语，本来应行让自己别管，自己确实也不打算管，但是现在看他好像真的不对劲，不自觉就盯紧了他。

应行也没作声，站在那儿看着他。

大华和杜辉也都像蒙了一样，一边一个站着看他。

还没几秒，孟刚忽然蹿了起来，铆足了全身的劲一样，一头冲出了巷子，直接冲向外面的大路。

"快快快！"杜辉叫起来。

许亦北站得离大路最近，把书包一扔，想都没想就冲了出去，一把就拽住了他身上的外套，余光瞥见应行已经在朝这儿跑了。

孟刚这下跑得太快了，差点就直接冲进了车流，又挣扎着要甩开许亦北，没挣开，反手就跟他扭打在了一起，不管不顾地往他身上一撞。

许亦北直接一脚踹在孟刚的膝弯里，踹得他一头扎进了绿化带，自己也被撞得脱了力，顿时往路上一摔。

一只手抓着他的手臂一把拖了起来，抱着他往边上一让，"哐"的一声，不知道什么闷响，许亦北又摔下去，还被人紧紧抱着。

一阵喇叭声呼啸而过，紧接着是更刺耳的喇叭尖啸，路上的交通都混乱了，有人在破口大骂："不要命了吗？找死！"

"你等着，老子叫交警过来！"

许亦北脊背摔得生疼，什么都顾不上，听见大华和杜辉在绿化带那儿一边一个摁着孟刚骂："你疯了吗？还要害多少人？宝娟姨还在医院里没好呢！你还有脸寻死！"

他下意识地看过去，看见孟刚缩在那儿惊恐地看着自己，像是刚知道后果一样，一转头，又看见抱着自己躲开的应行。

"许亦北,你怎么样?"应行迅速撑着地爬起来,拽他起来,一直拽到路边上,"有没有事?"

"没,我没事,"许亦北盯着他的脸,直喘气,"你有没有事?"刚才明明听到一声闷响,难道是他被撞到了?

应行把他的肩抓得死紧,声音都有点颤:"真没事?"

"没有,没有。"许亦北也牢牢地攥着他的一只袖口,后怕得都出了身冷汗。

"应行!"大华忽然在叫,提醒一样,"应行!"

应行没理他,抓着许亦北没松手。

"应总,你清醒一点!快过来,还站在路上呢!"杜辉压着声音吼。

"许亦北?"忽然一声熟悉的叫唤。

许亦北一愣,终于清醒,转头看过去。

应行也松开了他,跟着一起看过去。

路上停着辆黑色商务车,方令仪扶着车门站在那儿,睁大眼睛看着他们。

李辰悦和李辰宇都站在她旁边,全都看着他们这儿。

许亦北呆了几秒。"妈……"

他忽然明白过来,扭头看了一眼被摁在那儿的孟刚,又回头看着他妈,喉咙有点发干,原来孟刚说叫来的人就是他妈?

卷九
NINE

暗号

应行拿开手机，背贴着冰箱，
慢慢滑坐到地上，
喉结一滚，手握成拳，
死死地抵在嘴边。

第 78 章

就快晚上八点了,医院的诊室里,灯光白花花地晃眼。

许亦北坐在椅子上,抿着唇,太阳穴还在隐隐作痛。

方令仪就站在门口,脸朝着他,不用看也知道肯定是一脸难看又难过的表情。

前面在大路上被撞见差点出事,还没半分钟,他就被司机老陈给拉开了,说他妈让他赶紧去医院检查一下,看有没有哪儿受伤,就别在那儿站着了。

他知道是什么意思,迅速看了一眼应行。

"去吧,我也会去医院。"应行盯着他低声说。

许亦北明白了,才转身跟着老陈过去。

上车的时候听见大华在那儿叫应行,果然让他也去医院看看。

紧接着车就开出去了,一直到这儿,他妈到现在还没跟他说一句话,跟着的李辰悦和李辰宇也谁都没开过口,谁都不敢作声一样。

医生在旁边唰唰地写了单子,站起来往外走:"没事啊,一点皮外伤,药都不用开。"

等医生走了,诊室里没别人了,方令仪才走进来,站在他面前看着他:"你……你们……"

许亦北抬头,看见她的脸,这句话就像是在她嘴里憋到了现在,他的喉结滚一下,说:"我们怎么了?"

方令仪手指紧紧攥着提包,嘴张了张,仿佛是斟酌了一下才开口:"我知道他家里的事情的时候还不敢相信,结果现在都看到了,你还问我怎么了?"

许亦北看到她这样,心里腾地蹿起一把火,站起来就走了出去,看到站在外面的李辰宇,一把抓住他的衣领就往远处拖。

"你想干吗?"李辰宇被拖出去才反应过来,连忙动手挣扎,拗不过他的力气，根本没挣开，被拖着跟跟跄跄地往前走，嘴里还在问，"你到底想干吗？"

一直到了电梯口，许亦北把他往门上一甩，才停下来。

李辰宇的肩在电梯门上撞了一下，"咚"的一声响，气冲冲地瞪着他说："你疯了啊！"

许亦北冷脸看着他："是你把我妈带去的吧？不然孟刚怎么会联系得到我妈？"

李辰宇脸涨得通红，梗着脖子低吼："怪我吗？他是在学校那儿打听到我们的关系的，跑过来拦住我说了一大通，还要我带话给你妈，让你妈去接你，就当着司机的面说的，我还能装作没事回去什么都不说吗？"

许亦北喘着气，冷冷地盯着他，手指都攥得咯吱作响。

李辰悦匆匆跑了过来，拦他一下："许亦北，别动手。"

方令仪紧跟在后面走了过来，忽然一把抓住许亦北的胳膊，急切地开口："我知道他也在这家医院，你现在就去亲口跟他说，以后不跟他来往了，也没瓜葛了，我们就当什么事都没发生。"

许亦北看她："理由呢？"

方令仪的眼眶居然有点红了，说不上来是心疼他要出事还是别的，在公共场合还得强行保持着镇定，恨恨地说："还要什么理由！你看看他家里什么样，周围都是什么人？你今天差点就被连累出车祸了，谁知道以后会怎么样！这还不够吗？我要是早知道他是这种人，当初去你们班上都不会理他半句！你现在就去！去跟他把交情断彻底，断干净！"

许亦北也压着情绪，胸口一阵阵起伏，跟她僵持了十几秒，咬了咬牙，转头说："行，我去找他。"

他并不知道应行在哪儿，完全是凭着感觉下了楼，一路直接找去了急诊的地方。

他脑子里没什么想法，就想知道应行那边现在怎么样了。

刚到门口，忽然听见一声刺耳的哭叫声，像是吴宝娟的声音。

许亦北愣了一下，连忙往里面跑。

刚进去，迎面撞见杜辉和大华，两个人都站在大门口，看到他进来，一起转头看着他。

许亦北停下来，往里看，问道："怎么回事？"

杜辉抢话："应总受了点伤，过来包扎，他舅舅知道了就过来看，宝娟姨也跟来了……以为又出事了，就这样了。"

167

许亦北拧眉："他受伤了？"

"胳膊被车擦了一下。"

许亦北想起来了，难怪当时有"哐"的一声响，原来不是自己听错了，他确实被撞了一下。

杜辉看看他，挠着头站起来，说："孟刚还一副浑身伤的死样呢，我还是去看着他得了。"

他走了，许亦北立即就要往里走。

大华忽然伸手拦了他一下："你还是等会儿吧，有医生在，去的人多不好，会让宝娟姨以为当初的事重演了。"

许亦北看他："什么意思？"

大华垂下手，看他一眼，顿了顿才说："你还不知道贺原的事吧？"

没等许亦北回答，他又点点头，自己接着往下说："也对，应行根本不会把这些事放在嘴上，不到万不得已的时候他是不会跟你说的。"

许亦北没作声，等他说。

里面已经听不见吴宝娟的声音了。

大华往墙边站了站，又看他一眼，像是找到了话头，才压低嗓门说："你肯定也没听应行提过他父母，其实他是个私生子，就知道爸爸姓应，别的什么都不知道。他妈生下他就不想管他，养到两三岁就把他塞给他舅舅走了，后来他妈在外地没了，反而欠了一堆债让他舅舅还。就算是这样，他舅舅舅妈也还是把他当自己儿子养。应行跟贺原一起长大，感情特别好，跟亲兄弟没差。本来一家四口就这样也挺好，偏偏他家里还了债已经没什么钱了，又遇上宝娟姨生了场大病，几场手术一动，前前后后就把家里都掏空了。"

大华停一下，接着说："贺原那会儿已经考上大学，应行也准备上高中，家里哪儿哪儿都是花销，负担太重了。应行连他妈长什么样都没见过，还是觉得这事得替他妈扛，就不想上学了，故意到处混，打架逃课，还想方设法地赚钱贴给家里。那时候的他可比现在嚣张多了，到现在谁见了他都怕，也是那时候留下的印象。其实他的成绩本来挺好的，每门都好，能上重点高中的那种……"

许亦北错愕地站着，第一次听说他以前是这样的。

"贺原不想让他混，不想让他去担这些，就想办法自己去赚钱，结果被身边的熟人骗了……"

许亦北下意识地问："怎么被骗的？"

大华说:"就是贷款,听说过校园贷这种东西吗?专门找那种急需钱的人下套,后来就利滚利,没多久就是天文数字了,还不上就各种威胁恐吓……等我们知道的时候都晚了,贺原心思太重,什么都想自己担,他觉得自己连累了家里,走了弯路……他是自杀的。"

许亦北呆住了,他一直以为贺原没了是因为意外,要么就是生病,没想到居然是最惨痛的一种。

脑子里忽然想起上回应行摁着他的手机质问江航的样子,问江航是不是碰了什么不该碰的东西,后来就被打岔带过去了,许亦北现在才知道他那么警觉是因为什么。

大华贴着墙蹲了下去,长长地呼了一口气,才能接着往下说:"贺原没了,宝娟姨病刚好又受了刺激,就成这样了……从那以后大家都不敢再提贺原,就怕刺激到她。"

他说几句就要停一下,不知道是在回忆还是在调整心情。"只有孟刚不接受。他和我还有贺原都是哥们儿,就他跟贺原关系最好。贺原没了的时候他不在本地,怎么都接受不了人突然就这么没了,回来又发现谁都不再提贺原了,像是随便就把人给忘了,他接受不了……他总觉得贺原是因为应行才没的,时间越久,越恨应行。

"应行自己也是这么想的吧,虽然他从来都没说过。贺原出事的时候他还帮着他舅舅料理了贺原的后事,把那个害贺原的送进了牢里,也从没见他哭过一回,就这么在他舅妈跟前做起了贺原,在谁跟前都跟没事一样,潇洒得很。他没以前那么混了,可也再没想过学习了。毕竟一个把他养大的家里,亲儿子都没了,他还好好的。大概他是觉得自己没什么资格再有好前途了吧,就该撑着这个家,永远做贺原。"

许亦北的胸口里像被什么给压住了,紧紧抿着唇,喉咙里涩得生疼。

大华诧异地看着他。

许亦北扭头,直接往里走了。

一个护士从诊室里走出来,轻声叫人:"病人晕了,暂时没事了,推回病房去休息吧。"

外面站着的贺振国连忙过去:"谢谢,谢谢。"

"没事,快回病房吧。"

应行倚着走廊的墙站着，等到现在，终于舒了口气。他低下头，抬一下左胳膊，袖口拉到了胳膊肘，那儿刚包扎了，上的药水还有点刺激。

现在他不好过去，怕吴宝娟睁眼看到他这样又受刺激，自己有点什么，在她眼里就是贺原又出了一回事。

站了好几秒，他转过身，推门进了楼梯间，看里面没人，伸手想掏手机。

门"嘭"的一声响，有人走了进来。

应行抬起头，瘦瘦高高的身影被楼道里昏暗的光照着，眼睛正看着他，脸上冷得没有表情，一步不停地到了他眼前。

他居然还扯了一下嘴角，问许亦北："你怎么样？"

许亦北看着他，看到他的左胳膊，又看到他的脸，唇抿得死紧，忽然走过来，对着他的小腹就是一拳。

"啧。"应行手在那儿按一下，皱着眉抬头，"你怎……"

许亦北语气发狠："你都不会难过的吗?!"

应行看着他，刚发现他的眼眶是红的，声音跟着低了："大华都告诉你了？"

许亦北忽然又伸手，拳头抵着他的肩，好半天，就骂出一句粗口。

应行垂眼看到他的肩在颤，喉结跟着滚了滚，说："难过有用吗？你替我难过了也行了。"

许亦北抬起头，一把揪住他的衣领说："我没想断交，你也别想！"

应行跟他的视线撞上，右胳膊伸过去，在他胳膊上一抓，说："想什么？从'交易'的第一天起，我就没想过。"

许亦北的胸口一下一下开始起伏，浑身的血液都像沸腾起来了。

"许亦北？"离得老远，李辰悦的声音在叫他，很轻，像提醒，一定是他出来太久，她找过来了。

许亦北管不了，也不回答。

"许亦北，你在哪儿？你妈妈在催了……"李辰悦还在外面找人。

许亦北昂着头，死死地盯着应行。

应行看着他说："说好了，老板，不能就这么算了。约定好的事情，谁也别忘了。"

第79章

　　李辰悦没有走太远，在走廊上老远看到了大华，就没过去，这种时候也没话可说。

　　刚打算走，许亦北就出现了，很快到了她跟前。"走吧，悦姐。"

　　李辰悦看他脸上没有表情，什么多余的都没说。

　　大华老远看着他们走了，才挪着脚步过来，就看见应行在楼梯间的门边站着，背着光，脸朝着许亦北离开的方向。

　　许亦北出了医院，商务车已经敞着门在等了。

　　李辰宇坐在副驾驶座，前面被他摔在电梯门上一下，到现在脸色都不好。

　　许亦北坐到后座，他的书包也已经被司机好好地放在那儿了。

　　方令仪就坐在旁边看着他，手里又紧紧攥着自己的提包。

　　李辰悦跟着进车，及时说了句："回去吧，已经不早了。"

　　车才终于开出去。

　　开到半路，方令仪开了口，声音压得很低，生怕被人听见一样："都说清楚了吧，断干净了？"

　　许亦北很平静地回她："我们什么都很清楚，互相帮助，努力提高成绩，没什么要断的。"

　　方令仪顿时瞪着他，抬高声音喊了句："停车！"

　　车一停，前面的李辰悦回过头，看情况不对，温声细语地劝道："今天太晚了，明天还要上课，先让许亦北回去吧。"

　　方令仪说："这事不解决了还怎么能让他回去！他必须跟我回家里去！不然今天的事情再来一回怎么办？"

　　李辰悦知道她平常是个多注意体面的人，现在这样是真激动了，担心地看了看许亦北。

　　"没事，悦姐。"许亦北淡淡地说，"让我跟我妈说。"

　　李辰悦听他这么说了，拉开车门下去，到前面叫司机老陈："陈叔，你也跟到现在了，下车歇会儿吧。"

　　老陈听了她的话，二话不说就下了车，走远抽烟去了。

李辰宇坐在副驾驶座上，还没有要走的意思，回头又看一眼。

李辰悦拉开车门催他："你也下来。"

他才终于下去了。

车门关上，车里只剩下母子俩，方令仪气得脸色发白，一只手按着心口。"你身边有这么多同学，就非得跟他那样的人深交？"

许亦北看她一眼，知道她被之前路上的险情给刺激到了，现在情绪不对，但自己也被"他那样的人"几个字刺激到了，还是点了点头。

方令仪不可思议地看着他，眼眶瞬间就红了："你太让我失望了，简直跟你爸一样！一点都不在意后果！"

许亦北的脸色沉了下来，语气也变淡了："我觉得我跟他是不一样的。"

他那个爸根本不负责任，一直想的就只有自己，别人会把家庭当责任，只有他爸把家庭当累赘，从小就没给过他好脸色，只知道在外面花天酒地，后来甚至抛弃了他妈就一走了之了，再也没出现过。直到今天也毫无消息，料想以后也不会有任何消息。

就因为这个，他清楚地知道他妈以前有多难，才希望她现在有了新家能幸福，但是自己怎么就跟那种人渣一样了？根本不是一回事。

不过他也明白了，难怪他妈这么激动，原来是把他想成了他爸那种不顾后果也不看未来的人。

方令仪话说出口也愣住了，一只手捂住脸。

许亦北拉开车门，拿了自己的书包，说了一句："我回去了，回公寓。"

车门关上，里面传出方令仪的一声呜咽。

许亦北听见，忍了一下，也没回头，往路上走。

李辰悦在路边看到，匆匆追上来，叫他一声："许亦北，你没事吗？"

许亦北边走边说："谢谢，悦姐，我已经成年了，自己的事情自己担，麻烦你照顾我妈。"

李辰悦觉得他的语气很决绝，有点担心："那你自己呢？"

"我真没事，我还要高考，我心里有数。"许亦北头也不回地往前走了。拐过弯，那辆商务车看不见了，还有好几条街才会到公寓附近，树荫遮着路灯，在眼前拖出一大片黑乎乎的树影，像是把前路都给遮住了。

许亦北停了下来，一脚踹上树干，憋着的一口气到现在才吐出来。

反正就这样了，还有什么也都一起来吧。他自己的路，他会接着往下走……

手机在振，隔着裤兜，把人振醒了。

应行坐在陪护椅上，睁开眼，看一眼病床上还在睡的吴宝娟，站了起来，顺手关了裤兜里的手机闹钟。

这一晚就是在医院里勉强对付过去的。其实他早就起床了，一大早过来看他舅妈，就在这儿又坐着睡了一个小时。

他站起来，穿上外套，拉着袖子把左胳膊上包扎的地方挡住了，听见外面医生跟贺振国在说话，走过去拉开门。

医生看到他出来，冲他点一下头说："正好，我知道你就跟你们家的顶梁柱似的，有话就跟你直说了。"

应行带上门："嗯。"

"你舅妈以前动过大手术，现在身体上的疾病治疗情况都很好，主要还是看她的精神状态。昨天她又受了一下刺激，这个情况说不好，也许对她有用，也许就更健忘了，所以医院建议，再治疗一段时间，如果情况没变，还是出院回家，长期保守治疗。"

应行手揣着兜，好一会儿才点了下头说："知道了。"

医生又交代了几句才走了。

贺振国干咳两声，踱着步下了楼梯，去了那儿的吸烟区。

应行过去的时候，他已经点了支烟在抽了，额头上挤出几道深深的皱纹。

"至少还有一半的希望，大不了就长期治。"应行说，"你烟都戒了，还抽什么烟？"

贺振国皱着眉，也不作声。

应行紧咬着牙关，转身下楼时才开口说："好好照顾舅妈，昨天的事让她受刺激了，你要是怪我，那也等以后再说。"

贺振国没说话，依然在一口接一口地抽烟。

应行下楼离开医院，骑着电动车，特地去公寓外面的路上绕了一圈，没看见许亦北的身影，才开去学校。

时候不早了，他应该早就去学校了。

才一天，进校的时候已经感觉天差地别。

应行上了教学楼，在三班教室的后门口停了一下，揣着手，呼口气，不知道许亦北在不在，在了会是什么样，反正自己得收着，别把自己这边的糟心事也传给他。

想完才走进去，后排只有杜辉在，许亦北的座位上没人。

"应总。"杜辉担心地看着他。

应行坐下来，看一眼旁边，问："他还没来？"

"没，"杜辉小声说，"老樊来班上好几回了，老往你们座位这边看，不知道怎么回事。反正到现在也没见到他人，不知道还来不来了……"

许亦北半个小时前就来了，但是在楼梯口就被樊文德拦住了，直接被叫进了办公室。

"你家里一大早就有人来了学校，"老樊坐在椅子上，脸色很严肃，"我刚到就被叫去教导处开会，学校对这事很重视。"

许亦北站在办公桌前，右肩上搭着书包，拧着眉问："我家里说什么了？"

"你家里认为应行跟你走得太近妨碍了你的学习和生活，要求给你换班，要不然的话，就要全家都搬去外地，把你转走。"樊文德托一下眼镜，"我也没想到你们家对应行居然有这么大意见，这都要高考了，连搬家的话都说了。"

许亦北不意外，他妈不会说出真正的原因的，何况还是当着学校老师的面，可能还觉得这样够体面了。

"这时候换班，照样不合理。"他说。

樊文德说："我知道，所以我想来想去，只能这样，你还是去特快班吧。"

许亦北抿住唇。

老樊看看他的脸，自己的脸都皱起来了，劝道："我也知道你不想去，但是这种事可大可小，毕竟马上就要高考了。你想一想，你是什么成绩，应行是什么成绩？他在学校还有一堆的前科呢，刚进校那会儿他不想学，受了好几次处分，差点就要被开除了，还是我硬给保下来的。现在你们家那么大阵仗地到了学校，就是要把你们隔开，教导处觉得事情严重，肯定是逮着他处理，你不换班，那肯定就是他换。他好不容易成绩才开始进步了，这时候换个环境，谁知道会怎么样？说句实在的，别人我不知道，但是我这个做班主任的是最不想你们受影响的，谁不想你们俩在一起互帮互助？可是没辙啊，我说了一堆的好话，才争取到了这个结果，不管怎么样，你去特快班，对你的成绩也有好处。"

许亦北听着他说了这么一长串的话，手揣在裤兜里，紧紧攥着手指，每一个字都听进去了。

老樊叹口气说："特快班在综合楼里，跟其他班基本不是一个节奏，反正你俩以后就别在一起补课了。"

许亦北听笑了，果然，去哪儿不重要，重要的是不能跟应行接触。

老樊又托一下眼镜，更严肃了。"许亦北，我不知道你跟应行是怎么回事，但是你家里人的态度非常坚决，不是开玩笑的。就要高考了，这种时候如果把事情闹大，那你们俩就都没法安心高考了，你懂我的意思吧？"

许亦北懂，他家里要求他换班，甚至搬家换学校，他都可以不配合，都可以闹，但是就要高考了，这是他摆脱这儿的通道，也是应行的。

他咬了下牙，好一会儿才说："行，我去。"

老樊看看他，点点头说："后面手机不让带了，把你的手机放我这儿保管吧，高考结束了我再原封不动地还给你，回去收拾好东西就过去吧。"

许亦北明白，这肯定也是他家里要求的，他耳边仿佛又响起了他妈那一声压抑的呜咽。他沉默地掏出手机，按了关机，推给樊文德，转身就走。

早就上课了，应行在教室里看英语卷子，又看一眼旁边的座位。

丁广目走到后门口，叫他："出来一下。"

杜辉立即看过来，嘀咕道："果然找你了。"

应行扔下笔，起身出去。

他前脚刚走，许亦北就进了教室。

杜辉立即扭头看他。

许亦北一言不发地走到座位上，看一眼应行的座位，看到桌上摊着英语卷子，问杜辉："他人呢？"

"晕，刚被叫走。"杜辉小声说。

许亦北拧了一下眉，坐下来收拾东西。

梁枫回过头看他，问："干吗啊，许亦北，朱斌和高霏收拾东西走了，轮到你了？"

"嗯。"

杜辉惊讶地看着他："啊？"

许亦北收拾好了东西，扭头看后门。

应行还没回来。

杜辉忍不住问："什么意思啊，走了还回来吗？"

窗户外头，老樊已经背着手过来，快要走到前门口了。

许亦北回头说:"替我跟他说一声吧。"说完抱起书,搭着书包,走出去了。

丁广目跟应行站在走廊另一头,洋洋洒洒地说了一长段,才总算说到重点:"今天教导处叫了你们班主任去开会,我来替他跟你传个话,以后少跟许亦北接触,不然教导处要找你的。"

应行说:"什么叫少接触?"

"就是别找他了,人家家里有意见,觉得你影响他学习了。我也不知道你干什么了。"

应行皱眉:"在一个学校还不能接触?"

话说到这儿,他忽然反应过来,转头就走。

丁广目说:"你等会儿,怎么走了?我话还没说完……"

应行越走越快,几乎是跑到了教室门口,一下冲进了教室。

后排许亦北的座位已经空了,从桌面到桌肚子里都空空荡荡。

杜辉和梁枫都齐刷刷地看着他。

"应总,许亦北说他去特快班了……"

应行沉了眼,就这么迫不及待地把他们隔开了。

第80章

综合楼跟教学楼不在一个方向,离得远,也比其他楼要僻静,特快班就在三楼,一共两个班,分文理科。

许亦北进了理科特快班,直接坐在最后一排,这个位置跟他在三班教室里的差不多,唯一的区别是,旁边的座位是空的。

朱斌和高霏一左一右坐在他前面,现在全都回头盯着他。

"你不是不来吗?"朱斌说,"改主意了啊?"

许亦北直接问:"现在的复习进度到哪儿了?"

朱斌觉得他今天不太对头，特别冷淡，默默地把自己的笔记拿给他看。

班上也就二十个人不到，刘敏也在，这会儿也从前面回过头看他，可能是在想他怎么突然就过来了。

许亦北拿了朱斌的笔记，低头拿了笔抄写，像是什么事都没发生一样，仿佛来了就是要学习的……

放学铃响了。

应行拎着双肩包第一个出了教室，到了校门外面，快步到了停车的地方，腿一跨，坐到电动车上，也没急着走，就在路边停着，眼睛看着校门。

校门里拥了一拨一拨的人出来，就是没有那道熟悉的瘦高身影。

差不多过了快二十分钟，杜辉晃悠着过来，说："应总，别等了，人家特快班跟咱们就不是一个作息，这会儿还在上课呢，晚自习也要全上。"

应行手握着车把，眼睛还看着校门。"你怎么知道的？"

"我问的梁枫啊。"

刚好梁枫小跑着过来，说："应总，你不会是在等许亦北吧？别等了，没指望，我试过了，人家那是高强度的节奏，吃饭都碰不上，更别说放学了，要么住校，要么家长来接，白搭。"

杜辉在旁边嘀咕："算了吧，应总，你胳膊都还没好呢，还是回去吧。"

梁枫看看应行，又看看杜辉，像在琢磨到底出了什么事。

应行又看一眼校门，走读生都出来得差不多了，校门口已经看不到什么人了。他皱了下眉，下巴绷紧，蓦地一脚踢起脚撑，什么都没说，车把一拧，开了出去。

梁枫看着他骑着车的身影风一样地走了，回头看杜辉，小声问："怎么回事啊……"

杜辉去推自己的小电驴，烦躁地回了一句："别说了，这两天的事够烦的了！"

上完晚自习，差不多都快到十一点了。

许亦北直到这时候才离开综合楼，拎着书包一路走出校门，一眼就看到路上停着的黑色轿车。

老陈匆匆下车，给他拉开后座的车门说："亦北，以后我专门负责接送你了，车是新换过的，走吧。"

许亦北站在车门边问："接我去哪儿？"

"就回你住的公寓。"

许亦北这才坐了进去。

刚开出去,他就转头看着车窗外面,可是车没有经过修表铺外面的那条街,走的是另一条路,直接开进了公寓区里,到了楼下才停。

许亦北在车里坐了会儿,想想不对劲,家里要把他跟应行隔开,怎么可能让他一个人自由地住在公寓里?他立马推开车门,拎着书包进了楼里,三步并作两步地上了楼梯。

开门进屋,屋里亮着灯,客厅里干干净净,刘姨正在擦桌子,旁边居然还站着李辰宇。

许亦北冷着脸说:"你们来干什么?"

刘姨看到他,马上说:"回来了?给你做好了夜宵,快去吃点。以后我每天会过来给你做饭,高考前那么辛苦,这是应该的。"

许亦北冷声问:"怎么进来的?"

李辰宇转头看过来,脸色一样不好。"直接把这儿买了当业主,还不能进个门?家里为你当然舍得花钱花精力了,现在就连这屋里的网线都给摘了!"

许亦北冷笑道:"有钱真是效率高啊,那你跑来干什么?"

李辰宇说:"我还能干什么?我以后得住这儿。"

"你要干什么?"许亦北像听到了笑话,"你要住我这儿?"

李辰宇瞟着他说:"你当我乐意?为什么是我来这儿你心里没数?"

许亦北抿着唇,死死地捏着书包带子,当然有数了,放个跟他不对付的人在这儿,就谁也上不了门了。

难怪还会让他住在公寓里了。

他嘲讽地扯了下嘴角,胸口里像烧了把火。"我真不知道你还会这么听话。"

"那就要谢你了啊!"李辰宇被激得多了毛似的,"你妈妈现在不怪你也不怪别人,把什么都揽到她自己头上了,觉得就是她对你照顾不够才让你这样不听话的,她还打算什么都不要了,就过来守着你一个人呢!我是替她来的,要不然就换你妈过来啊!"

刘姨解了围裙,小心翼翼地擦着手,打量着他们俩,在旁边也不敢插话。

许亦北压着一肚子火,冷冷地看他一眼,几步走到房门口,一把推开门说:"这个房间你要是敢进来一步,我让你整个人都废了!"

李辰宇瞪着他,脸上一阵青一阵白的,愣是没说出半个字来。

许亦北走进房间，"嘭"一声甩上门，靠在门背上大口大口地喘气。

刘姨到了外面，隔着门小声劝他："你放心吧，我们都被交代过了，不会妨碍你学习的，你安心准备考试就行……"她还什么都不知道，可能以为就是来照顾许亦北的起居的。

许亦北闭着眼，深吸口气，又慢慢吐出胸腔，手指按亮灯，睁开眼，看着书桌那儿还摆在一起的两把椅子。

"忍耐点，许亦北，你还要高考，"他轻声自言自语，"考完就能远走高飞了。"

反正已经做好准备了，这些事又算什么？不能在这时候停下，他妈现在不明白他的决心，迟早会明白的，他得自己迈过去。

他一下站直，抓着书包走到书桌那儿，坐下来，拿出卷子和笔，接着刷题……

应行坐在房间里，拿着手机翻看微信。

他反反复复点开许亦北的头像，又退出，再点进去，发出去的消息依然石沉大海。

差不多也猜到了，手机肯定已经不在他手上了。电脑也早就试过了，一样没用。

桌上摊着卷子、参考书，还有一沓照片，是当初从许亦北那儿拿过来的那些，有他们一起打球的时候被拍下来的合照，还有许亦北的单人照。

应行一张一张看了一遍，又拿起手机，翻到了以前他舅妈给他们拍的那张照片，照片里他揽着许亦北的肩，站在树荫遮掩的老街上，背映着夕阳，已经是去年夏天的事了。

应行动着手指，把照片设成了跟许亦北微信聊天页面的背景，又看了好几眼，才放下手机，拿了笔，接着做卷子。

难熬也得接着学，这是他答应许亦北的。

早上，许亦北出门的时候，才五点半。

他走到客厅，看见李辰宇居然就睡在了拉开的沙发上。他只是冷淡地扫了一眼，李辰宇真有能耐就这么坚持守着好了，反正别想靠近他的房间半步。

出门的时候他特地重重地甩了一下门，李辰宇在里面被吵醒了，气得骂了一声。

许亦北已经下楼走了。

又是司机老陈专车把他送去学校的,甚至一路把他送到了综合楼。

许亦北自顾自冷笑一下,直接上了楼。

进了教室,班上的人已经快到齐了,特快班就是名副其实地节奏快。

许亦北坐下来,拿了数学卷子就开始做题,几乎没有停顿。

刘敏经过,停下来小声叫他:"许亦北,怎么看你来了这儿都没什么热情,就是整天埋头刷题啊?"

许亦北头都没抬,只说:"来这儿就是学习的,再说离高考也不远了。"

刘敏看了看他,忽然觉得他变回刚认识那会儿的样子了,太冷淡了。"你不要紧吧?"

"嗯。"

没什么话说,刘敏只好回座位了。

老樊进来了,他还负责带特快班的数学,还没到早读时间就来班里检查,一进来就先看了看许亦北这儿。

许亦北什么回应都没有,照旧埋头写着卷子……

上午连着几节全是数学课,压得人快喘不过气来。这种强度几乎让人想不起来还有别的事。

直到中午的时候,高霏回头,拿着张卷子,轻声说:"许亦北,能不能问你个英语题啊?"

许亦北抬起头:"什么题?"

高霏把卷子递给他,指一下:"喏,这个。"

朱斌跟着回头看了看:"这个课上不是说过了吗?"

"怎么了,许亦北英语那么好,我想再听他讲一遍不行啊?"高霏冲许亦北挤了挤眼,"你写下来吧,有人等着呢。"最后一句说得特别轻。

许亦北不禁看她一眼,想了想,伸手拿过卷子,抽了张纸,在上面写答题思路。

高霏凑近看,一边看一边吐槽:"综合楼里又是团委办公室又是这个社团那个老师的,还有摄像头,其他人都不好进来,咱们作业又多,我也就是送作业去办公室的时候才有空出去一下,弄得跟其他班像两个世界一样。"

许亦北附和说:"嗯。"

高霏紧接着就小声说:"你有什么话要我带给他吗?"

许亦北迅速抬头看她一眼。

高霏转头看看朱斌，又回头看他，没好气地说："还不是梁枫那个八卦……"

许亦北低下头，看着那张卷子，心思忍不住飞快运转，刚才有一瞬间想到了，可又觉得不可能，结果还真是他的卷子，手指紧紧捏了一下笔，才接着往下写。

下课了，应行在后排座位上就没动，一直在看题。

杜辉在旁边说："你胳膊还疼不疼啊？我……唉，昨天去看孟刚都想踹他两脚，真不知道说他什么好……"

应行没说话，站了起来，揣着手出去了。

杜辉挠头，就没见过他这样，就跟懒得再跟人说话了一样。

梁枫从楼梯上"噌噌"地爬上来，在走廊上看到了应行，一溜烟地蹿到他跟前，"唰"地甩出张卷子。"来，应总，给你问到了。"

应行一停，立马接了过来，展开，卷子里面夹了张纸，上面是详细的答题思路，许亦北的字，他太熟悉了。

"什么题非要问他才能做啊？我跟干特务接头似的，他们特快班管得也太严了。"梁枫在那儿嘀咕。

应行已经从头到尾看完了。"就这样？"

梁枫莫名其妙地问："啊？什么就这样？我看过了啊，这不是写得挺详细的吗？"

应行把卷子折起来，揣进兜里，拿着那张纸，站到走廊窗户边，打开又看一遍，直到抹平最下面那个卷起来的边角，才看到了一串数字——

–54:21:17:36

没有别的话，就这么一串数字，前面一个负号，别说梁枫翻着看了，就是老樊拿去看了也搞不清楚是干什么的。

应行看了好几眼，皱着眉，扭头回了教室，刚坐下，正好一眼看到黑板那儿挂着的倒计时牌子——距离高考还有 54 天。他低头又看一眼，突然反应过来了。

是时间。

他跟许亦北说过："你十八岁以后的时间，都有我跟你一起前进。"但是这段时间不能在一起前进了。所以他们在一起努力的时间，要除去高考前的这段时间。

但是往后还有大把的时间。

应行捏着那张纸，扬起嘴角笑了，这种暗号只有他们彼此知道。

杜辉在旁边发蒙一样地看着他，弄不懂他前面明明那样，怎么忽然就笑了。"干吗啊，应总，到底怎么了？"

应行拿了笔，又翻开卷子："没怎么，我突然更有动力了。"

第 81 章

日子就跟流水一样，成天坐在教室里没什么感觉，天仿佛一下就热起来了。

下午六点半，许亦北坐在酒店的包间里，手里拿着张新测验的数学卷子，身上已经穿上了 T 恤衫。

卷子是今天刚考的，他还是第一次考到 120 分，在特快班里这个分根本不算拔尖，但是对比以前不知道好了多少，至少这门现在不会再拖他的后腿了。

这回也进步了，但是没机会给应行来向自己要奖励了。

包间的门被推开，方令仪走了进来，眼睛看着他。

许亦北没说话，默默坐着，把卷子折了几折，揣进口袋里。

今天他是被叫来一起吃饭的，也不是什么特别的日子，大概就是特地为他聚在一起的。

其他人也都跟着进来了，李云山跟在方令仪后面，进来就扶住她的胳膊，拍拍她的手，像是在安抚。"别站着了，坐吧。"

李辰悦在旁边笑笑，找话说："许亦北吃完还要去上晚自习，让他们快上菜吧。"

只有李辰宇直接找位子坐了，离许亦北最远，半个字都没说。

一张圆桌，许亦北坐在靠门的地方，随时准备走，菜上来了，也就象征性地动了几下筷子。

饭桌上没什么气氛，他的事就像是这家里横空出现的一个意外，还谁都不好提这个意外。

窗户外面天就要黑了，直到服务生送了甜点进来，方令仪才终于开口："快高考了，你有打算吗？"

许亦北看她一眼，这阵子，方女士肉眼可见地憔悴下去了。她一个事业女性，平常无论什么时候都注意形象，脸上的妆从来都是一丝不苟的，现在黑眼圈重了都没管。

许亦北抿了下唇，放下筷子，说一点都不难受是假的，谁也不愿意弄成这样。

"有打算也要等我的分数出来再说。"他没直说，还不到时候，考远离开也要等实现了再说。

方令仪看着他说："高考之后你可以直接出国深造，随便去哪儿，只要是你喜欢的，家里都可以给你安排。"

许亦北脸色淡了，原来是为了说这个。他说："我没出国的打算，一直都没有。"

方令仪说："我会陪你去的，不会把你一个人扔到国外就不管了。"

许亦北不禁看她，发现她的眼眶又红了，拧了拧眉说："这是我的事情，不是你的责任，没必要都揽在自己身上，我的事情就该我自己负责。"

李云山都忍不住看方令仪了，皱着眉，最后又没说什么。

李辰宇在对面上下扫视许亦北，没吱声，要不是他把孟刚的话捅到方令仪面前，也不会弄成这样，他自己有数，这时候最好什么都别说。

李辰悦突然说："国外也不是哪儿都有好教育的，许亦北的成绩挺好，没必要出国求学，要说镀金那更没必要了。还是等考完再说吧，如果他考上了一流学校，那就犯不着出国了。你们看我念的大学，不比很多国外的强吗？先让他好好准备考试吧。"

可能是最后一句话起了效果，方令仪没再说什么，坐在那儿垂着眼，看着就挺疲惫的样子。

李辰悦趁机站起来说："时候不早了，我送许亦北去学校吧，晚自习别迟到了。"

李云山说："去吧。"

许亦北看了看他妈，说："你注意身体。"说完站起来出去。

出了酒店，坐到李辰悦的车上，他才说："谢了，悦姐。"

李辰悦一边把车开出去，一边说："你妈妈其实也不想你出国，她以前还说过希望你就考个本地学校，能留在身边经常看到你才好。"

许亦北明白，还是因为他跟应行那天的事。

李辰悦看他一眼："你知道我是怎么知道应行家里那些事的吗？"

许亦北看着车窗外面，顺着话问："怎么知道的？"

"其实他表哥就是我们大学的，我刚进校就听说他的事情了，当时传得挺开的。他表哥口碑特别好，听说人特别温柔，长得又帅，不知道多少人喜欢他，外面有很多传言，都说是应行害了他，所以我才叫你离他远点。"

"我已经知道了。"许亦北不太想说起这些，只要说起来就不舒服，脑海里像是有什么地方被揪住了一样，根本没法去深想应行当初是怎么过来的，更别说他现在还能跟个没事人一样。

"我就是想告诉你，连我都觉得你应该离他远点，何况是你妈妈。"李辰悦声音很轻，"她其实是自责，以家里的条件，你自己又那么努力，以后多好的前途，可是一旦牵扯上这样的人，这样的家庭，还有外面那些乱七八糟的人来使绊子……万一你出点什么事，后悔都晚了，未来更是什么都难说。"

"我都明白。"许亦北说，"其实什么都没变，我还是我，没有哪儿不对。"

李辰悦没往下说了，安静地开着车。

酒店离学校不远，是为了迁就他的上课时间特地挑的吃饭的地方，才十几分钟车程就到了。

到了校门附近，李辰悦停了车说："我送你过去吧。"

她的车后面还跟着司机老陈开的车，许亦北知道她不送，老陈也要送，不然回去都没法交代。这些日子下来他也习惯了，推开车门下去。

走在路上已经能感受到空气里的热浪，许亦北没心情感受，脑子里的想法只剩下拼命冲刺最后这段时间，考个好学校，绝对不出国。

刚走到校门口，面前就冲过来一辆自行车。

"北！终于见到你了！"人高马大的身影坐在自行车上叫他。

李辰悦吓一跳："谁？"

许亦北抬头才发现是江航，解释说："没事，我发小。"

江航看看他身边这阵仗，旁边是李辰悦，身后还有个司机，抓着车把结巴着道："啊，那什么……我来还你钱啊，对，上回不是借了你五千块吗？这都要高考了，肯定要还给你啊。"

许亦北想说你当时不是没借成吗，看看他转来转去的眼睛，回头跟老陈说："陈叔，你就在外面吧，悦姐待会儿送我进去，我先跟我发小清个账。"

李辰悦说："你去吧，还有十分钟，完事了赶紧去上课就好了。"

许亦北过去，朝江航递个眼色。

江航下了自行车，一边掏口袋，一边往学校院墙那儿的花坛走，嘴里小声絮叨："要不是杜辉告诉我，我还真找不到你……"他话没说完，扭头看看，又接着说："你们家怎么跟看犯人一样啊？"

许亦北压低声音说："我现在跟犯人也差不多。"

"难怪我打你的电话死活打不通。"江航又转头看看，掏出什么往他手里一塞。

许亦北一摸，是他的手机，愣了一下，立马拉开袖口看表。

"别看了，还个钱顶多几分钟，快去打啊！杜辉把号码存里头了！"江航给他按了解锁，把他往花坛后面推。

许亦北扭头背了过去，一手挡住手机的光，一手翻号码，居然有点紧张，胸口都开始不自觉地起伏。

应行走进病房，手里拿着单词表，嘴里还在背单词，抬眼看见吴宝娟已经醒了，正坐在床头发呆，立马随手卷了几下收进裤兜里，走了过去。

"怎么了？"

吴宝娟看看他，茫然地摇摇头。

应行皱眉，自从上回以为他出事让她受了刺激，后面她就老是发呆，医生说也许是好事，说不定这种场景重演一样的刺激能让她想起什么，但是至今也没看到效果。

一个护士进来查了房，又出去了。

应行站在病床前，又看了看她，发现她头顶多了几根花白的头发。他拿了个苹果坐下来，试探着问："想起什么了吗？"

吴宝娟看他，忽然说："你瘦了。"

应行低头给她削苹果，笑一下："要高考了。"

"高考？"吴宝娟好像又迷茫了，"你不是上大学了吗，还是上初中啊？"

应行本来想跟以前一样顺着她的话说，爱上什么就上什么吧，但是治疗到了这个时候，哪怕没用，也只能说实话："真的，我就要高考了。"

吴宝娟不说话了，坐在那儿，整个人又怔住了。

贺振国从外面走了进来，手里拎着个黑色塑料袋，放在墙边，开口就说："醒了又发呆了？"

应行看了眼那只袋子，袋口开着，里面装着的东西露了出来，他低声问：

"要去烧纸？"

贺振国干咳两声，没回答。

"早就跟你说过，要去烧纸就直接告诉我，怀念亲人的事，为什么要回避？"

贺振国叹口气，声音更低了："我就想自己悄悄去一下的。"

吴宝娟还在发呆，两眼直勾勾地盯着应行。

贺振国拿了应行手里的苹果，过去拍拍她的肩，安抚地说："好了好了，吃点水果吧。"

应行站起来，去墙边拎起那只塑料袋，说："我去吧。"

贺振国转头看他："你要去啊？"

"嗯，"应行往外走，"也好几年了，我替你去吧。"

刚出病房，贺振国就跟了出来："你的胳膊怎么样了，好全没有？"

应行抬一下胳膊给他看："好了，纱布都拆了。"

贺振国点点头，转身要进去，边走边说："那你去吧。"

应行忽然问："那天的事……你怎么再没问过我了？"

还是说那天孟刚来闹的事。

贺振国回过头看看他，一手把病房门带上，皱着眉，额头露出皱纹，叹口气说："唉，还需要问什么……"顿了顿，他又摇摇头，"算了，只要人还好好的，比什么都强。贺原已经没了，只要你没事就好了，其他什么都不算事，我没什么好管的，你一直活得像个大人一样，也不需要我多问。"说完他推开病房门，进去照顾吴宝娟了。

应行对着门站了几秒，自顾自地牵了下嘴角，想笑也没笑出来，拎着塑料袋转身下楼。

电动车一路开到市郊的河边，天已经黑下来了。

应行下了河堤，这一块地方不会有人管。他在垂柳树那儿折了根树枝，蹲下来，画了个圈，掏出打火机。

纸烧着了，火光随着风飘飘摇摇。

应行默默看了一会儿，掏出支烟，就着火苗点了，叼在嘴里，扯了下嘴角，声音低低地说："这几年还是第一回来看你，以前想不到有什么好说的，我挺来气的，看你对自己的命那么轻率，就想揍你，所以也不想来。"

这世上，怎么都可以逃避，只有死是最不值得的方式，因为活着才能真正迈过去。

"但是我想了想，要是你知道活着的人更痛苦，肯定就不会走弯路了，毕竟你是最不希望大家难过的人。"

风吹着，火越跳越小，纸就要化成灰，烟抽了半截。如果算相聚，其实也就这么一会儿，很快就要结束了。

应行拿开嘴里的烟，低下头说："贺原，如果你能听见，就保佑舅妈好起来吧，我不想再做你的影子了。"

火苗灭了，只剩烟在缭绕。

"有人在等我，我想走自己的路了。"他喉结一滚，呼出口气，说到这儿居然笑了，"不然他许的愿会实现不了的。"

天彻底黑了，周围静悄悄的，除了风吹过，没有其他声音。

裤兜里的手机忽然振了。

应行抬头，像被一秒拉回了现实。他伸手掏出手机，看到一串陌生号码，眼神一顿，像有心灵感应一样，立即按了接听。"喂？"

好一会儿，听筒里只有很急促的呼吸声，然后才听见许亦北的声音："是我。"

应行的呼吸也跟着快了："我在做梦？"

许亦北忽然又低又快地说："你给我坚持住！就快考试了！"

不是梦，是真的。应行笑了，低声说："一定。"

听筒里有几秒的安静，许亦北的声音更轻了："我要去上课了。"

"等会儿，"应行皱眉，"我还有一句没说呢。"

许亦北那边又是一阵不稳的呼吸声："嗯。"

应行说："什么叫'嗯'？"

许亦北又低又快地回："'嗯'就是我懂！"

应行扯了下嘴角，声音压在喉咙里："那不一样，我想说的和你认为的，程度上不一样。"

许亦北在黑黢黢的花坛后面站着，江航都忍不住回头看他了，已经有点急了。

他只听见听筒里应行低沉的这一句，好几秒，压着呼吸又回了句："嗯。"

"嗯"就是"我懂"，约定好的一起前进，彼此程度上都一样。

第82章

　　教学楼外面，太阳热辣辣地晒人，气温不知不觉又上升了好几摄氏度。
　　三班的教室里，连黑板那儿倒计时的牌子都不再更换数字了。
　　因为高考已经近在眼前。
　　杜辉跟梁枫从教室后门一前一后地晃进来，被晒得头上都出了汗。
　　两人一进来就几乎同时看向最后一排，应行穿着件宽松的深灰短袖，低着头坐在那儿，又在刷题。
　　"我的天，应总你都不知道休息的吗？三模结束才多久？省重点的第一名都没你这么拼。"杜辉就没见他停下过，感觉这两个月每天看到他都是这个样子，跟静止画面似的。
　　应行头也不抬地说："马上就要考了，你也冲刺一下吧。"
　　"我还没冲刺？我被你带得都快成三好学生了。"杜辉嘀咕着坐下来。
　　梁枫跟着在前面一坐，说道："我也是啊，看应总这样，搞得我最近看的书比我过去三年看的都多。早知道我还有这潜力，那我不如好好学一学了，说不定咱们现在都一起进特快班了呢，那不就不用在这儿眼巴巴地望着了……"
　　杜辉一脚踹在他的凳子上，看看应行，冲他挤眉弄眼：你要是不会说话就别说了，提什么特快班啊！那两人到现在才通过一回电话！
　　梁枫是惦记高霏呢，被他踹得都蒙了，跟着看了看应行。
　　班级广播忽然响了，老樊的声音在里面喊："喂喂喂，所有人都去大礼堂集合，赶紧的啊，别磨蹭。"
　　杜辉的注意力被引开了，直嚷嚷："都要考试了，又干什么玩意！"
　　应行总算停了笔，把卷子一盖，站起来出去。
　　不止他们班，高三所有班级都动了，全在往楼梯口那儿挤。
　　老樊背着手跟门神一样站在走廊尽头，干咳两声，吸引注意力。
　　应行一过去就看到他了，停下来说："别咳了，等我呢？"
　　"跟我过来。"老樊转头往办公室走。
　　应行跟着过去，进了办公室，看他在办公桌后面一坐，桌上摊着的全是自己的卷子。

老樊翻了翻那几张卷子，直奔主题："你的分提高得是快，但是时间不等人啊！你说说你，要是早点这么用功，就以你这学习能力，哪会像现在这么赶？得亏你底子不差，不然就一个学期，你再提高也提高不到哪儿去！还好，按照这回模拟考的分，我给你算过了，最后考个三本线还是稳的，发挥得好，说不定还能过二本线。"

应行手插着兜，皱了下眉。

谁都明白，比起以前，这已经是非常好的结果了，他自己也清楚。但是比起许亦北，还是有很长一段距离。

老樊忽然反应过来，严肃地说："不，不对，我这犯了武断错误了啊，刚才说的不算！还是得拼，分数不到考出来都不能作数！"说着又打开抽屉，"谁让我是个负责任的班主任呢，看你这几个月是真学了，现在身边也没人跟你互帮互助，我请其他几门课的任课老师给你梳理了一下复习重点。主要前面老师们都忙，也没空，到现在快考试了才弄完。老丁刚才拿来给我了，喏，你拿去最后再拼一拼吧。"

应行看他递了一沓 A4 纸过来，接过来翻了翻，除了数学，其他几门的都在这儿了。他抬起头笑了："老樊，你真是个优秀的人民教师。"

"少来啊！"老樊瞪他，"别以为你这么说，我就好说话了！你好几次去综合楼那儿的事我都知道，还没找你呢！真不知道你干什么了，让人家家里这么防着你，就没点数是吧？"

应行扯了下嘴角："去了又怎么样，又没见到人，快考试了，你们不也都防着我吗？"

"哼，知道就好好复习去！"老樊站起来，拖了把椅子往他旁边一放，"别出去，就在这儿看！"

应行坐下来，拿了他办公桌上的一支笔，低头去看那些复习重点，嘴里说："也不是故意说好话吧，真的，老樊，你确实优秀。"

这话是真心的，自己能走到现在，也得感谢他是自己的班主任。

老樊托一下眼镜，表情挺受用，偏偏又"哼"了一声，拿了自己的白瓷缸去饮水机那儿倒水，就站在办公室里看他复习，跟看守似的。

直到看完了两张理综的重点，都过去几十分钟了，应行才转过头看他，问："我能走了？你非要留我在这儿看干什么？"

老樊看看墙上的钟，喝口水，摆摆手说："算了，走吧走吧，反正只剩五分钟了，你也去大礼堂参加动员大会吧，本来是不让你去的。"

原来广播里叫大家去大礼堂是要开动员大会，难怪去了这么久。

应行站起来，一下反应过来，高考动员大会，那就是所有高三学生都要参加？他看一眼老樊，把手里的纸一卷，转身就跑出了办公室。

老樊追出门，喊道："这可不是给你开后门，你过去了也要给我注意点！"

大礼堂里的动员大会已经快结束了，主席台上一排老师，从校长到教导处主任，前后讲话都有四十多分钟了。

到了这种时候，动员大会的性质跟安抚大会也差不多，三句话不离"放稳心态、安心考试"。

特快班就被安排在大礼堂的最前面。

许亦北坐在第一排的中间，回头往后看，没看到三班的人，不知道他们坐在哪儿，可能是离得太远了，到现在也没看到一张熟脸。

朱斌坐在他后面，托了托眼镜，手指比画一下："第七回，许亦北，从来了到现在，你都看第七回了。"

许亦北拧眉，回过头。

刘敏坐在他旁边，跟着转头往后看了一下，小声问他："你在找应行吗？"

许亦北看她一眼，没回答。

刘敏讪讪地笑一下："我也是听说的，外面有点你们的传言，具体出了什么事又传不清楚，听说你家里担心他影响你高考才把你送进特快班的，而且上周咱们都参加了保送考试，就你没参加，你来这个班肯定也不是为了保送。"

许亦北淡淡地说："随便怎么传吧，我是在找他，反正又见不着。"

刘敏诧异地看了看他，好一会儿，默不作声。

终于上面的老师宣布大会结束了，底下坐着的人立马就动了，纷纷站起来往门口拥。

许亦北站起来的时候又往后面看了一眼，人太多了，乌泱泱的一片，老远看到后门那儿闪过一个小平头，好像是杜辉，还是没看见应行。

可能应行根本就没来，学校配合他家里严防死守的，没来也不意外。

"许亦北，"高霏排在他前面，小声提醒，"教导主任在看你呢。"

许亦北扭头看了一眼，哪是教导主任在看他，是替他家里在看着他还差不多。

他干巴巴地扯一下嘴角，真不知道他妈是怎么跟学校说的，居然到快考试了也不放松。

简直是排着队龟速出了大礼堂，特快班要跟其他班级分开走另一个楼梯。

许亦北刚要下楼，后面跟着的刘敏忽然很小声地说了句："你是刚来的吗？要不然站我这儿吧。"

"谢谢。"又低又快的一声，很沉。

许亦北愣了一下，还没回头，肩膀就被人在后面一把摁住了，瞬间又忍住没转头。

周围人挤人，还在往楼梯口走，到处都是嘈杂的声音，他却只听得见身后的人的呼吸声，大概是来得急，听着有点喘。他没回头，前后都是老师，怕引起注意，眼睛往两边来回扫视。

"谁让你过来的？"教导主任忽然在后面吼，也不知道是不是冲着他们。

许亦北的肩又被重重地摁了一下，他觉得有点疼，也顾不上管，只来得及压低声音说一句："你好好考。"

应行挤在他身后低声说："你也好好考。"

"听到没有？"教导主任果然是冲着他们来的，就要过来了，"我看你想干什么！"

许亦北的肩一下被松开了，他回过头，一眼就看见应行的身影，从那么多人里穿过去也是肩宽个高的很显眼。

其他人都被教导主任吼得往他这边看，推推挤挤的，也没搞清楚是什么状况，教导主任已经在往他那儿追了，他短发漆黑的后脑勺在人群里一闪就看不见了。

许亦北捏着手指，看了一眼他的背影，就说了一句话，要不是肩膀上疼痛的感觉还在，都要怀疑刚才他是否真的出现过，像是幻觉一样。

"走吧，许亦北。"高霏小声叫他。

好好地排着队走的人都因为他停下来了，周围的人都莫名其妙地看着他。

许亦北终于不看了，抿住唇，扭头下楼。

梁枫跟杜辉老远就听见教导主任的吼声，一起扒在教学楼的楼梯那儿张望。

应行大步朝这儿过来了。

"怎么了，应总，老樊叫你干吗去了？"杜辉瞅着他。

应行从他们旁边过去，边上楼边说："叫我去给了一下激励。"

"什么激励，有用吗？"

应行提了下嘴角："有用，太有用了。"

就算只是互相激励了一下，也比什么都有用，足够他撑过高考前最后一段煎熬的时光了，这就是并肩作战的意义……

动员大会就像吹了声前哨，时间一刻不停，奔向那决定命运的三天。

书和卷子都摊在书桌上，早就没有一处是空着的，该做的准备已经全做了。

一大早，闹钟响了，外面早就有了阳光，透过窗户一直照到了床沿。

许亦北睁开眼睛，看着天花板，几秒之后，迅速爬起来。

记忆还停留在动员大会上互相说的那一句"好好考"，真正考试的日子就这么来了。

刘姨一早就做好了早饭，已经全都放在餐桌上了，刚准备去敲房门，门就被拉开，他已经出来了。

"起来了？别紧张啊，吃完饭就跟平常一样去考。"刘姨也不知道该说什么，这段时间许亦北都不太爱理人，她也识趣，尽量不打扰他，能少说话就少说话。

许亦北"嗯"一声，进卫生间里洗漱，很快换了身白T恤、黑长裤出来，坐到餐桌前，才说了句："辛苦了，刘姨，也快结束了。"

刘姨看看他，觉得他的语气跟告别一样，很客气。她也就笑笑，去收拾屋子了。

李辰宇还在沙发上睡着，被吵醒了，坐了起来，绷着脸盯着餐桌。

许亦北很快吃完，放下筷子，拿了书包，走到门口的柜子那儿，停下来，挨个检查自己的准考证、身份证、黑色签字笔，眼睛都没抬一下。他能在这儿睡沙发待到今天，自己都算佩服他，还真够坚持的。

刘姨擦着手过来，怕李辰宇跟他起冲突，笑着打圆场："高考是大事，辰宇肯定也希望你考好的。"

东西收好了，许亦北拎了书包要走，拉开门，回头看一眼，说道："无所谓，反正以后也不一定有交集了。"

李辰宇的脸不绷着了，看他的眼神突然有点复杂，在琢磨他话里的意思似的。

许亦北已经"嘭"一声带上门走了。

车开到十三中外面的大路上就不让过了，整条路都像戒严了一样。

时间还早，许亦北下了车，走到了校门口，看到有不少专程送考生来的家长。扫了一圈，没看到一个熟悉的身影，他进了校门。

学校里安静得过分，他进去后又转头看了看，果然也是白看，应行的考场多半跟自己不在一个学校，指望遇上没可能。

经过文化栏的时候，他顺带扫了一眼，看到那儿贴着张通知，高三就要毕业了，学校要办欢送高三年级的文艺会演，让高一高二的班级都积极报名参加，旁边一圈贴的全是给高三生加油助威的宣传口号。

"在本校考试的都赶紧进考场了啊！"有戴着证件的老师远远地在喊。

许亦北多看了一眼文化栏，走了过去，手指攥紧准考证，上楼时停了一下，深吸口气，才又接着往上走。

直到现在，他才终于有了一丝紧张感。

医院里，应行收好双肩包，拎着走到病房门口，回头说："我走了。"

吴宝娟今天醒得特别早，靠在床头看看他，脸上的表情有点迷茫，也没作声。

贺振国站在病床旁边拧毛巾，催促他："她又发呆了，都成习惯了。你快去吧，都要考试了还特地跑到这儿来干什么？赶紧去，别迟到了。"

应行又看一眼吴宝娟，转身走了。

大华蹲在医院外面的路边抽烟，看到他出来就站了起来。

"你放心考试吧，我准备送孟刚走了，事情弄成这样，他也没什么好折腾的了，我待会儿带他去祭拜一下贺原就走，来跟你说一声。"

应行坐到电动车上，开了锁，说："随便他，我该说的早就跟他说过了，以后别在我眼前出现就行了。"

大华又抽两口烟："反正你别受影响就行，都拼到今天了。"

应行踢起脚撑："能影响我的还见不着，别的都影响不了我。"

大华一愣，看他一拧车把，在眼前飞快地开走了，对着他的背影嚷嚷一句："你一个男高中生搞得跟个成年人似的老成，我真服了……"

应行直接开到了十四中，他的考场在这儿。

许亦北的考场应该还在本校，他一边想，一边往脖子上戴准考证，快步进了考场，找到自己的座位，坐了下来。周围是一群陌生的脸，个个都坐在那儿如临大敌。

他脑子里最后回忆了一遍语文背过的东西，笔放在面前，时间一分一秒地过去，就要接近开考。

应行用舌尖舔了下牙关，才发现自己从刚才起就绷着下巴，居然也如临大敌似的。他自顾自地咧了下嘴，心想不知道许亦北会不会也紧张，说不定现在他脸上又冷淡得没表情了。

想到他的样子，反而没紧张感了，应行把收在裤兜里的右手抽出来，握一下，又张开，拿起笔。

天气很燥热，到处都静，除了外面一阵一阵的蝉鸣声。

考试结束铃响了。

许亦北停了笔，抬起头，最后看了一眼手里的数学卷子，交了上去。

考场里的人都在往外冲，有人甚至激动得一出去就把今天刚考完的数学书和语文书都扔了。

他坐了一会儿才起来，随着人群出去，下了楼，避开吵吵闹闹的人群，一路走到文化栏那儿，又看了眼那张文艺会演的通知，走过去，伸手撕了下来，折了折塞到口袋里，出了校门。

老陈还在那条路上等着，一见他过去就迎了上来："亦北，你妈妈也来接你了。"

许亦北朝路上看了一眼，方令仪果然就站在轿车那儿等着，他把手里的书包搭上肩，走了过去。

方令仪穿着得体的套裙，其他人经过都要多看她几眼，顺带就要多看两眼被接的许亦北。

其他的家长把高考看得跟什么一样，嘘寒问暖的，生怕孩子考差了，周围全是讨论考试卷子的。

就他们这儿，气氛跟别人那儿都不一样。方令仪什么都没问，拉开车门说："回去吧。"

许亦北坐进车里，也没说什么，母子俩都心照不宣地沉默，考试期间当然顺利考完最重要。

车又避开了修表铺外面的那条路，从另一条路上绕过去，开往公寓。

学校附近的路段都封了，车都往这边的几条路上挤，已经快到公寓了，还被堵在了路上。

许亦北默默算着自己的分,一边在想应行考得怎么样,他的数学肯定没问题,就看后面几门了……

余光里,忽然有一道骑车的身影掠了过去,他一愣,立即转头看出去,又什么都没看见。

"看什么？"方令仪在旁边问。

许亦北转头坐正,手指摸着腕上的手表,淡淡道:"没看什么,算分。"

车终于又动了,方令仪说:"考完了就别想了。"

许亦北没说话,明明觉得刚才那个人不可能是他,心里还是忍不住怀疑了一下。

应行骑着车停在路边,两脚撑着地,远远地看着对面的公寓区大门。

旁边的店里有人伸出头来,招呼道:"帅哥,买不买东西啊？你都停在这儿看半天了,看你像是高三的吧,不该去准备考试啊？"

应行转头看了一眼,是个花店。他想了想,下了车,走进去说:"是要去准备考试,马上就走了。"

还没一会儿,他就从店里出来,手揣着兜,步行穿过马路,进了公寓区。

其实他早就来过这儿,也早就发现许亦北的公寓里多了几个人。前面彼此的时间都错开了,来了也是白来,也知道不是时候,但是现在已经高考了,不知他考得如何,今天没忍住,还是过来看看。

前后也就几分钟,他只进了一下公寓楼的楼道就出来了,一路走回停车的地方,坐上去就开走了。

轿车开进公寓区,又是直接送到楼下才停。

许亦北推开车门,看见方令仪要跟着下车,停下说:"不用送我上去了,我回去也是准备后面的考试。"

方令仪看他两眼,坐了回去,考试期间也不想让他不痛快。"你自己有数最好。"

"我肯定有数。"许亦北转头进了楼道。

和这两个月里的每一天一样,他低着头踩着楼梯上楼,已经走上去一大截了,忽然一停,回头看一眼,又走了下来,眼睛盯着扶手。

扶手上缠着一枝玫瑰,颜色很扎眼,想不注意到都难。

花枝上裹着张纸，他扯了一下，看到纸上写着字，立即把花取了下来，展开那张纸，上面龙飞凤舞地写了句：马到成功啊，老板。

　　许亦北下意识地转头看了一眼楼外面，飞快地拉开书包，把那枝玫瑰和纸都收了进去，三步并作两步地上了楼。

　　开门进去，李辰宇在沙发那儿玩手机，看到他进来又用那种复杂的眼神看他，刘姨在厨房里忙。

　　许亦北谁也没理，快步进了房间，把门一关，又低头拉开书包，把那枝花拿了出来，手里展开那张纸，又看一遍。

　　马到成功啊，老板。

　　真是他！他居然悄悄来过了！

　　突然感觉就像是一起经历了考试。

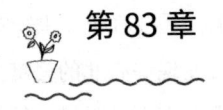

第83章

　　那枝玫瑰最后被他用宣纸包了，夹在了一堆做过的数学卷子里。

　　最后一天考试，许亦北坐在考场里，笔袋里还装了一片花瓣。

　　这种时候，就像是一道护身符吧，护佑自己考试顺利。

　　考场里安静得一点声音也没有，最后检查完一遍卷子，他停了笔，慢慢吐出一口气，考到现在，终于到了最后一门。

　　铃声很快响了。

　　"交卷！"监考老师在上面喊。

　　许亦北交了卷子，几乎立即就拿起东西出了考场。

　　天热得出奇，已经是下午了，太阳还皇皇地在天上照着。

　　学校里开始跟炸了锅一样，到处都是跑着闹着宣泄的人，太阳那么晒都挡不住一年一度的撒卷奇景，白花花的卷子跟雪花似的，洋洋洒洒地在几层楼的中间飘。有的人在忙着对答案，有的人觉得没考好在楼梯上就急哭了，更多的人在号叫着"解放了"……

许亦北从人堆里穿过去，好不容易才走到教务楼的办公室那儿，刚好碰上迎面过来的樊文德。

"许亦北，考完了怎么来这儿了，有事吗？"老樊打量他，担心他是不是哪门考差了。

许亦北把手伸进裤兜，掏出了那张从文化栏里撕下来的文艺会演通知说："有个小事。"

"哦，小事就行。"老樊抹着头上的汗，招招手，进了办公室，"这会儿太忙了，你急吗？我就只能待几分钟。"

许亦北跟进去说："没关系，几分钟够了，我说完就走。"

"那行，你说吧。"

前后五分钟都没有，许亦北就说完了。他从办公室里出来，把书包搭上肩，一只手插兜，下了楼。

走出校门，外面又是人挤人，他停一下，转头扫了一圈，甚至连以前总是停着电动车的那条路上都看了几眼，还是没看到那道身影。他抿抿唇，从人群里走过去，到了大路上，看到今天等在那儿的不是老陈开来接他的车，是李辰悦的白色小汽车。

车窗降下，李辰悦看着他，温和地笑笑："上车吧，太热了。"

许亦北拉开车门坐进去，里面冷气开得足，跟外面简直是两个世界。"我还以为今天又是我妈过来。"

李辰悦把车开出去。"你妈妈是想来的，高考这么重要，她当然想和其他家长一样天天过来接送。可是第一天来了那趟后，她回去觉得你们的气氛也不怎么好，她也不想这样吧……我今天劝了她一下，才代替她过来的。"

许亦北只"嗯"了一声。

"终于考完了，家里要给你庆祝一下，你自己挑个地方吧。"李辰悦换了个话题，故作轻松似的，转头又冲他笑笑。

许亦北说："不用了，回公寓就行了。"

李辰悦看看他的脸，觉得他也没什么兴致，就没再提，打了下方向盘，往公寓开。

真是太热了，回到公寓的时候已经是一身汗。

李辰宇坐在沙发上，又在玩手机游戏，也不知道是不是要看着人才特地没出去，看到李辰宇跟许亦北一起回来，扫了他们两眼，也不搭理，爬起来去厨房里面喊："刘姨，有没有冰水喝？"

李辰悦对他这样都习惯了，回头跟许亦北说："他能在这儿睡沙发睡到今天，我都没想到，你别跟他计较。"

许亦北淡淡地说："无所谓了，都这个时候了。"

李辰宇正好端着冰水从厨房里出来，听到这句，眼睛往他身上瞟。

李辰悦也不禁看他一眼，问："什么意思？"

许亦北没回答，拎着书包进了房间，很快拿了几件衣服出来，一只手扯着汗湿的T恤领口，进了卫生间。

门一关，水声跟着"哗哗"地响了起来，他冲澡去了。

李辰宇端着水走到他姐身边，绷着脸，压低声音说："他什么意思？从高考开始就一副什么都不在乎，什么都能放下的样子，是我把他逼成这样的？"

李辰悦皱了皱眉，轻声说："你早点把他当一家人就不会这样了。李辰宇，你想过没有，要是你跟他换一下，一个人住在外面的是你，跟家里弄到现在这个地步的也是你，你是什么感受？你以为他不能对你怎么样吗？他全是看在他妈妈的分上，不然你真以为你靠睡沙发就能在这儿待着？"

李辰宇的脸绷得更厉害了，不作声，扭头又坐去了沙发上。

李辰悦看一眼卫生间的门，里面水声还在响，不想跟他说了，转头也去了厨房。"刘姨，也给我来杯冰水吧。"

还没十分钟，卫生间的门开了，许亦北洗完澡出来，身上换了身衣服。

李辰悦在厨房里待了会儿，一出来看到他，忍不住多看了几眼："穿这么帅啊？"

李辰宇也从沙发上转头看了他一眼。

许亦北头发半干，身上穿着笔挺的白衬衫，下身的黑西裤裹得一双腿修长笔直，他给一只手戴上手表，边扣袖口，边转头进了房间。"后面可能会有点事。"

"什么事？"李辰悦问。

房门虚掩着，许亦北刚进去，里面就传出了"铛铛"的拨琵琶弦的声音，是他在调音。

李辰悦还没再问，放在桌上的包里传出了手机响，她去拿出来接了，讲了几句，很快就走到房门口，敲了两下房门说："许亦北，你妈妈接到了学校的电话，听说你去报了文艺会演？"

房门拉开，许亦北走出来，看了一眼她的手机，抬高声音说："对，我报了。就要毕业了，参加个活动告别一下学校，应该没什么问题吧？"

他去找老樊就是说这个事，他要参加文艺会演，从在文化栏里看到那个通知的时候就想好了。

老樊说要跟他妈说一声，他也早就做好了准备。

李辰悦还没挂电话，看看他，放到耳边问："可以吗？"

许亦北盯着她耳边的手机。

好一会儿，李辰悦才挂了电话，冲他点点头说："你妈妈同意了，去吧，我们陪你去。"

许亦北眼神动一下，转身进房，门一关，飞快地走去床边拿了琵琶，放到盒子里，把拉链一拉，拎起来就往外走。

应行推开家门。

身后跟着贺振国，他一手拎着大包小包的东西和药，一手还扶着吴宝娟的胳膊。

今天吴宝娟被安排出院了，他考完试就直接去了医院，刚把人接回来。

吴宝娟被扶着进了门，也没作声，转着头往四下里看来看去。

应行接了贺振国手里的东西，放下来，回头看她，问："家里还记得吗？"

吴宝娟点点头，看着他，眼神定定的，嘴张了张，好像想叫他，又没叫出来。

贺振国扶着她去沙发上坐下，顺手给她开了电视，走回来，冲应行摇一下头，小声说："我看她最近也不像发呆，像在想事情一样，一想好半天，说不定哪天就有好结果了呢，慢慢来吧，反正医生也说这是个长期的事，一天两天也好不彻底。"

应行看一眼乖巧地坐着的吴宝娟："有好转也不错了。"

贺振国点点头，忽然问："你考得怎么样啊？"

"有什么好问的，反正也考完了。"应行转身下楼，"我去铺子里看看。"

贺振国本来还想问一声许亦北考得如何，看他这样，也没好问，摆摆手说："去吧去吧。"

天已经擦黑，应行刚下楼就掏出了手机，一边走一边低着头翻了翻微信，不知道现在能不能联系上许亦北，也不知道他考得怎么样，现在人是在公寓里还是和家人在一起……

还没到修表铺门口，突然"吱"的一声刹车响，杜辉骑着自己的小电驴冲了过来，喊道："应总！"

应行转头看他一眼，把手机收了起来："干什么？"

杜辉抹一把头上的汗："好不容易考完了，第一件事就是来找你啊。对了，孟刚走了。"

应行"嗯"一声。

杜辉说："听大华说走之前他哭得跟什么一样，一直说对不起贺原……"

应行没接话，掏出钥匙开铺子的门。

杜辉一想这不是惹得他又没好心情吗，还是不说了，转口说别的："哎，你别开门了，我来是叫你去学校的！"

应行说："考都考完了，去什么学校啊？"

"今天不是有文艺会演吗？专门给高三办的，我就是来叫你一起去的，你没收到通知？"

"没。"应行好笑，"动员大会都差点不让我去，你觉得什么活动会通知我？"

杜辉忍不住小声骂一句，说："难道这个也要防着啊？把你当什么毒药了这是……"

应行开门的手停一下，想了想，把钥匙揣回了兜里，转头时掏出了车钥匙。"我改主意了，走吧，去学校。"

"啊？"正好，杜辉生怕他一个人闷着，反应过来就赶紧推着车说，"走走走！"

十三中每年都会搞一场送别高三毕业生的晚会，都算是学校传统了。

他们到的时候已经晚了，天黑了，大礼堂里黑压压地坐满了人，台上已经开始表演节目了。

杜辉找了一圈才找到靠后的两排有空位，往前一排居然坐着梁枫和高霏，两人估计也是刚到，挨着坐在一起，看着就腻歪。

杜辉嫌他俩硌硬，主要是怕应行硌硬，都是特快班里的，高霏跟梁枫碰头了，那一位可还没消息呢。他白了两人一眼，还是去了后面一排。

刚要坐下，冷不丁冒出个人高马大的身影。"辉啊，刚才看着就像你，过来一看，还真是！"是江航。

"你怎么也来了?"杜辉瞪他。

"唉,考完了想找点乐子,那不是想念我哥们儿……"江航说一半停了,看到了后面走过来的应行,讪笑一下,"应总,最近还好吧?"

应行懒洋洋地坐下来:"你看我能好吗?"

江航叹口气:"我懂。"

"你懂什么。"杜辉坐在他俩中间,忍不住喷他,"应总能跟你一样吗?"

江航一想也是,别哪壶不开提哪壶了。

台上的节目一个接一个,不是唱歌就是诗词朗诵,主持人可能是高二的学生,连主持节目都是朗诵腔,高一高二的学弟学妹们每年都没什么新意。

应行不关心台上在演什么,转过头,目光挨个扫过观众席。

台下的灯暗着,看完一圈也没看到那个熟悉的身影,他皱一下眉,低头拿出手机,又点开许亦北的微信看了看,还是没消息。他一直在想许亦北现在怎么样了,转了转手机,想立刻就去找他,反正也考完了。

台上开始唱歌,杜辉在旁边嘀咕:"老子想报个体校,就是不知道考试分数够不够。"

江航跟着说:"我也想报,咱俩报一起?"

"为什么要跟你报一起啊?"杜辉没好气,"我懂了!果然是差生更容易混在一起,要是成绩差距大,想报在一起都难。"

应行转头看他一眼。

杜辉被他看得一愣,忽然反应过来,这不是等于在说他跟许亦北吗,赶紧挠了挠头,打岔说:"怎么都是这些节目啊?有没有别的?"

"唉,到现在也没看到我家北,我估计他今天不会出现了。"江航又叹气。

"闭嘴吧,你别烦了。"杜辉真想踢他了。

台上又一个节目结束了,大家在鼓掌。

应行站了起来,打算走了。

主持人正在台上报幕:"下面的节目来自今天的临时加演,琵琶名曲连奏,由刚考完的高三学长带来,让我们欢迎高三(3)班——许亦北。"

应行脚步一停,转头看向台上。

灯光里,许亦北穿着白衬衫、黑西裤,拎着他的琵琶,走到了台中央,抬了一下眼,似乎看了一眼下方,然后在椅子上坐了下来,抱起琵琶。

"啊?"杜辉眼睛都直了,"许亦北?"

江航也呆了:"妈呀,真的是我家北!我都没见他弹过这个!"

应行看着他坐在那儿,嘴角扬了起来,真是他,他居然这么猝不及防地就出现了。

"应总?你坐下啊。"杜辉转头提醒他。

应行坐了下来,眼睛还看着台上,忽然皱了皱眉,动员大会的时候只看了一眼,没看清,现在才发现他瘦了很多,下巴都尖了。

台上的灯光也暗了,"铛"的一声,琵琶声响了起来。

只有一束光打在许亦北的身上,他侧着头,低垂着眼,领口的纽扣开了两颗,袖口却扣得严严实实,从侧脸到露出的脖子都白生生的,修长的手指在一下一下地弹着琴弦,弹的是首欢快的古典曲子,偏偏脸上没什么表情,坐在那儿一身矜贵,不像是光照着他,像是他自己就在发光。

"原来除了会打篮球,他还会弹琵琶啊?"下面有人在小声讨论。

连梁枫都在前面嘀咕:"许亦北还有这一手?藏得真深,帅啊!"

"太帅了!"不知道是哪个角落里的女生在感慨,"可惜毕业了……"

一曲结束了,又是一曲,真的是连奏。

应行看着台上的人,摸一下嘴,嘴角又扬了起来,是想起了他们以前一起说过的话。

他说过,等高考结束了,要让自己听个够,没想到现在他用这种方式兑现了,当着这么多人的面,兑现得隐秘又张扬。

差不多十几分钟,全是他一个人在弹。

台下甚至已经有人在举着手机拍照了。

四五曲之后,终于停了一下,许亦北又抬起头,眼睛朝台下扫了一圈,然后低头,抬手,顿一下,接着手指一滑,音乐声变得熟悉起来。

是那首《海阔天空》。

应行胸口一窒,音符直接砸进了心里,就像是第一次听到这首曲子时一样,低下头,紧咬牙关,缓了缓,才又抬头看他。

光这一首歌就够了,比一万句约定都郑重。现场这么多人,他却觉得这是给自己一个人弹的。

台下早就没了声音,一开始都是静静地听,到后来不知道是谁起的头,渐渐有了歌声,最后居然越唱越大声。

"原谅我这一生不羁放纵爱自由,也会怕有一天会跌倒,背弃了理想,谁人都可以，哪会怕有一天只你共我……"

歌声里，有高三生在哽咽："唉，真感觉毕业了……"

应行盯着台上，站了起来。

杜辉一个不学无术的人都要被这气氛带得伤感了，终于想起来，转过头。"应总……人呢？"

"背弃了理想，谁人都可以，哪会怕有一天只你共我……"

最后一句又唱了一遍，"铛"的一声，许亦北垂下手，弹完了，抬起眼，站了起来，又往下面看了一遍，还是没看到那个人。

太暗了，什么都看不清，可能他根本没来。

台下掌声雷动，有人过来替他拿了琵琶下台，他抿着唇，在台上象征性地点头谢幕，又看一眼，还是什么都没看到，只好转头去后台。

李辰悦站在后台等着，一看到他就笑着说："弹得太好了吧，我都不知道你还有这么厉害的本事。"

李辰宇跟在她后面，扫他两眼，一声不吭。

许亦北往他们旁边看一眼，方令仪和李云山居然也来了，都看着他，李云山还是客气地冲他点点头。

方令仪说："好久没听你弹这个了。"

许亦北看着她说："这不是说明我还是我吗？也没变样。"

母子俩都话里有话，方令仪没作声，好一会儿才说："回去休息吧，刚考完也该累了。"

"学长？"做主持的那位高二女生忽然伸头叫了一声，"你的琵琶……"

许亦北转身过去。"我去拿一下。"

后台太乱了，人来人往的，又堆满了东西。

他走到道具室，推门进去，看到自己的琵琶已经被好好地装进了盒子里，就靠在墙边。刚要伸手去拿，身后就有人跟了进来，他下意识地回过头，一愣。

肩宽腿长的身影站在面前，眼睛看着他，"嘭"一声关上门。

许亦北瞬间回神："我以为你没来。"

应行低声说："我也以为你没来。"

两个人对视，顶多两三秒，应行把头一低，又仔细打量他一遍。

外面有脚步声，还有说话声，是他妈跟李辰悦在说话。

许亦北背靠着门，用力吸一口气，又吐出来。"说了要走就一起走，你记着，不管考得怎么样，我都不会食言，但是我也不会因为你放弃自己的目标。"

应行盯着他黑漆漆的眼珠，明白他的意思，他的目标一直是远走高飞，不会放弃的，哪怕他们的成绩真的差距很大，也不会放弃。

外面还在吵闹，脚步声渐渐近了，可能有人过来了。

应行低头，笑了一声："放心吧，老板，尽管去飞吧，以后就算天涯海角，我都会去跟你会合。"

第 84 章

许亦北背着琵琶走出去时，头低着，嘴角带着笑。

李辰悦找了过来，刚想叫他，看到他的脸，笑着说："好久没看到你有笑脸了，看来出来参加活动还是对的。"

方令仪正站在前面等着。

许亦北抿一抿唇，忍了笑容说："可以走了。"

李辰悦又看他一眼："你怎么去了这么久？"

许亦北抬手拉高衬衫领口，没作声，抢先往前走了，到了方令仪身边，也什么都没说，只跟着她一起往外走，直到要出后台大门，才转头往后看了一眼。

应行从道具室里出来了，扎眼的身影站在一群人后面，就倚在门口看着他。

转过弯，看不见他了，许亦北才回过头，拨一下肩上背着的琵琶琴盒，两手揣进兜，嘴角又轻轻扬了一下。

他俩在里面时已经说好了，会一起走的，就等分数出来了。

方令仪没有跟李云山坐一辆车走，而是进了李辰悦的车里，和许亦北坐在一起。

车开到公寓，停了下来，许亦北推开车门，停一下，转头说："哪天你要是想听这个，我也可以再弹，等你不再生气的时候。"

方令仪看着他，没说什么。

许亦北拎着琵琶下车，进了公寓楼。

刚回到公寓里，门还没关，李辰宇又跟进来了，直接坐到了沙发上，拿着遥控器调冷气。

许亦北看他一眼，看来到这会儿还没放松，还要在这儿守着，也随便他。他拎着琵琶进了房间，"嘭"一声甩上门。

刘姨在外面问："吃点东西吗？"

许亦北把琵琶放好，解开领口和袖口，往床上一躺。他习惯性地伸手在床单上摸一下，忽然想起来，坐起身就骂了一句。

刘姨在外面慌张地问："怎么了？"

"没事！"许亦北拧着眉，回来了才想起来，都考完试了，老樊还没把手机还给他。

坐着生了会儿闷气，他又一头躺了下去，缓口气，那就只有等着赶紧出成绩了。

下午快五点时，应行走出修表铺，先看了一眼手机上的日期。

考前难熬，考完更难熬，这些天每天都在数日子。

他看完了日期，又翻一下微信，许亦北还是没消息，"三班猛男群"里倒是热闹得很，消息"嗖嗖"地往外冒。

他切进去看了一眼，毕业了，最近男生们聊的不是高考分数出来没有，就是打算考去什么地方，有时候还要夹杂一两句歌词，跟那天晚会的气氛一样，伤感得跟林妹妹似的。

拉到最下面，有个视频，梁枫发的。

应行点开，加载了一会儿，很快放了出来，视频里是被灯光照着的舞台，中间坐着在弹琵琶的许亦北。

梁枫：还好还好，这么帅的人不是咱们的竞争对手。

朱斌：什么意思？你高考也竞争不过他啊。

梁枫：……你不懂，一边凉快去。

应行没看完就点了个保存，嘴角向上提了一下，从那天晚会结束到现在，都多少个视频了，再这样下去他的手机都要存不下了。

"应总？"好一阵没见杜辉，他今天不知道又是从什么地方晃过来的，也没骑车，是一路小跑过来的，小平头上一头的汗，"你查分了吗？"

应行看他一眼："分出来了？"

"出来了啊！你还不知道？"杜辉说，"我在球场跟人打篮球呢，刚听他们说有人今天查到了，赶紧百米冲刺就跑来找你了。"

应行立即回头进了铺子，走到柜台后面，拿了放在那儿的笔记本电脑一掀，开机查分。

杜辉跟过来，探头探脑，焦急地问："怎么样，怎么样啊？"

应行敲着键盘，输着自己准考证上的信息。

杜辉一会儿挠头，一会儿挠鼻尖，比查自己的分还紧张。"到底怎么样啊？"

应行低头看着屏幕，脸上没什么变化。

杜辉又伸头看一眼，惊呆了，高声道："居然有528分?! 自打上了高中我就没见你考过这么高的分！这超常发挥了吧！果然拼命学还是有用的，你要是高一高二就这么拼，不得考个省状元啊？"

应行合上电脑："分都出来了，说那些假设也没用了。"

杜辉看看他："干吗，你不会还不满意吧？"在他看来这可是高分了啊！

应行笑一下，站直道："没，已经尽力了。"

杜辉激动地拍一下柜台，说："考这么好不得去撮一顿？回头我得告诉大华，走走走，我请你。"

应行想了想说："行吧。"

杜辉打头，两个人出了铺子，过了个马路，都没走出一百米，到了最近的一家大排档门口就停下了。

刚在外面的折叠桌边坐下来，就风风火火地来了一大群人，瞬间旁边的几张桌子全给占了。领头的是卷毛余涛，又带着他那群体育生同伙。

余涛一个箭步冲到应行对面，在凳子上一坐。"应总，毕业了才总算见到你了！"

杜辉在桌上放了两瓶冰啤酒，边瞪他边说："你跑来干吗？"

"什么干吗，我对应总充满了好奇，都忍到今天了，上回想问他那老板的事也没问到。"余涛抢起啤酒，往应行的杯子里倒，"应总，说说吧。"

应行说："没什么好说的，反正大家迟早都会知道。"

余涛扯着领口抹把汗，干脆说别的："那你毕业了有什么打算啊？唉，你打篮球打得那么好，要是早点听我的来咱们十四中打球，现在肯定能进一流体校了。"

杜辉说："别扯淡了，我进体校还差不多，应总这次考得好着呢……"说到这儿他一停，转头看应行："我就打算报体校了，你怎么说？"

应行摸着手机说："警察……"

"唰"的一声，连余涛带旁边坐着的一群体育生全都站了起来，环顾四周。

应行皱眉："都什么毛病？我是说我想报警校。"

余涛停住了，回头看看他，又坐了回来。"哦……我以为有民警来了呢，平常架打得多了，正常反应，正常反应。"

杜辉惊得啤酒差点泼自己一身，回头坐正说："等会儿，你想考警校？"

应行端起啤酒喝了一口，转头盯着车来车往的马路。"嗯，考之前就想好了。"

杜辉瞅瞅他，刚开始惊讶，这会儿又明白过来了，肯定是因为贺原。他又挠了挠头说："那……你打算报去哪儿啊？"

应行又在摸手机，扯了扯嘴角："还不知道。"

从查分的时候就在想许亦北考了多少分，也不知道他会选择飞去哪儿……

许亦北坐在书桌前，看着闹钟。

钟上有电子日期，他在椅子上坐了一会儿，伸出手，把堆在那儿的那摞厚厚的数学书和数学卷子挪开，翻开看，里面被宣纸包着的那枝玫瑰花都已经干了。

"啪"的一声，他一把合上书，站了起来，不想等了，得找个机会出去买个新手机。

刚开房门出去，刘姨就拿了个快递盒子过来，递给他说："正要敲门呢，老陈带来的，说是学校给你寄了个快递。"

许亦北接过来，一看寄件人是樊文德，马上转头回了房间。

刘姨站在门口问："你要不要出去透透气啊？我看你也就晚会那天出去了一会儿，这都放假了，成天待在屋里也闷哪。"

"又不能去想去的地方，有什么必要？"许亦北走到书桌那儿，拆开盒子。

刘姨没话可说，给他把房门带上，自己忙去了。

盒子拆开了，里面果然是他的手机。

还有张卡片，老樊还挺细心，不忘写张卡片道歉，说自己忙忘了，马上能查分了，才想起来要把他的手机给送来，顺便祝他考试取得高分。

许亦北一愣，能查分了？可算送来了，不然就真得想办法出去买个新的了。

他拿出手机，立马开机，结果关机时间太久，早没电了。他拧着眉，只好先充电，转头又在一堆卷子下面找出笔记本电脑，匆匆按了开机键。

忽然想起这屋里的网络早被断了，他只好还是拿起手机，眼睁睁地硬是等到开了机，连忙搜索、登录，手指点得飞快，一样一样地填进信息。

短暂地加载之后，分一下跳了出来——

679。

许亦北只看了一眼，立即退出，清空信息框，想查应行的分数，顿一下，才想起没他的准考信息。

许亦北一只手撑着桌沿，又抓起手机看了一眼，深吸口气，又吐出来，反复几次，恨不得马上就电量满格，明明自己考得挺好的，居然心里莫名地紧张，忍不住想应行到底考得怎么样。

天早黑了，快晚上九点，修表铺的店门才关。

应行拎着笔记本电脑上楼回了家里，屋里安安静静，客厅里还留着灯。他看了一眼关着门的主卧，他舅舅和舅妈都早早睡了，没出声。他走去沙发那儿，把电脑放在茶几上，掀开，坐下来，盯着上面的网页。

手机放在旁边，微信上面"三班猛男群"里还在猛跳消息。

梁枫：等等，应总考了五百多分？？？

朱斌：太可怕了，这就是飞一样的进步啊，听说老樊激动得都快去操场上跑一圈了。

杜辉：牛吧？也不看看应总是谁，太牛了！

应行一条都没回，拿起手机收进兜里。

五百多分不高不低，超出了二本线，比老樊预想的好多了，可也没到一本线，这个分数，估计十三中都会乐意给他个表彰，只有他自己在想离许亦北会有多远的差距。

他手指在键盘上点一下，又切了个网页，看的都是一个一个招生网站的信息。

屋里没有一点动静，他心里有点没底，往嘴里塞了支烟，却没点，只是盯着电脑。他以前从没想过自己会走出去，走多远，现在想走的时候才发现要是能更远一点就好了，却又不知道这个分数能不能给他这个机会。

他拿开烟放下，长长地呼出一口气，站起来，走进厨房去找水喝。

倒了杯凉水，一口气灌进喉咙才舒服了点，他转过头，看见吴宝娟不知道什么时候从主卧里出来了，就站在厨房门口，眼睛定定地看着他。

应行立即放下杯子，要过去扶她。

吴宝娟没动，看着他，忽然轻声说："应行，你不是说要高考了吗？考完了吗？"

应行一下停住，盯着她，好几秒才说出话来："考完了，已经要报学校了。"

"要报学校了？"吴宝娟怔怔地转过身，"我迷糊了好久，你也要上大学了……"

应行一动不动地站着，看着她慢慢地走了回去。

贺振国就站在房门口那儿，早就一脸惊讶，背过身抬手擦了一下眼角，又马上堆着笑脸走出来，扶了吴宝娟回房。

房门关上了，应行才动了一下脚，茫然地掏出手机，想都没想就拨了号。

许亦北在床上坐着，拿着手机，忍到现在，正想给他打电话，手指还没点下去，忽然手机就振了，他立马按了接听："喂？"

"许亦北……"应行低低的声音一下传到耳朵里，又戛然而止，像是压住了一声压抑的哽咽。

许亦北一愣，一下站了起来，问："怎么了？"

应行拿开手机，背贴着冰箱，慢慢滑坐到地上，喉结一滚，手握成拳，死死地抵在嘴边。

贺原出事的时候他没掉过一滴眼泪，别人指责是他造成这一切的时候他也没掉过一滴眼泪，早就习惯了，却在他舅妈终于认出他的时候，怎么也忍不住了。

刚才吴宝娟叫他名字的那一声，仿佛是在跟他说：去吧，你自由了……

许亦北一把拉开房门，拿着手机，二话不说就往外走。

刘姨早就回去了，在沙发上躺着的李辰宇这个点也不可能睡着，顿时翻过身盯着他。

许亦北打开屋门，冷着脸回过头说："考试考完了，分也出来了，今天就是闹到离家出走我也要出这道门，你自己看着办！"

李辰宇上下看他两眼，好像终于明白他之前那态度是怎么回事了，跟他僵持了几秒，一句话没说，又翻过身，躺下去了。

许亦北看他两眼，迅速开门出去，一下甩上门，飞快地跑下了楼。

卷十

TEN

方向

头顶有阳光，耳边有风，

我和你要走的路从此只有张扬不羁的飞奔，

永远没有消沉。

第85章

跑出去的时候根本没有多想，光是听见电话里应行的声音，许亦北就觉得不对劲，再也忍不住了。

一路跑到修表铺外面的那条街上，他才停了下来。来得太急，喘得厉害，他一只手掏出手机，才发现微信里早就有一条新消息，是应行发来的。

——没事，是我舅妈，她认出我了。

许亦北盯着手机，反复看了好几遍才敢确信，缓口气，手指动着，飞快地打字过去。

——出来。

发完收起手机，他抬眼盯着小区的大门，还在不停喘气。

快到夜里了，修表铺那儿黑黢黢的，路灯也照不过去。很快传出了一串脚步声，又急又快，紧接着就有一道身影大步走了出来。

许亦北只看到那道肩宽腿长的身影露了一个轮廓，就立即跑了过去。

应行的脚步更快了，脸朝着他，几步就到了他跟前。

许亦北跑得太急了，胸口还在剧烈起伏。"是真的？"

应行垂手站着，眼眶里泛着的红还没褪，声音都有点哑。"真的。"说完看着他，像是刚确认他突然出现也是真的。

许亦北看到他眼神的瞬间就不知道该说什么了，不知道他刚才那一声哽咽是什么心情。

路上有车开了过去，车灯扫过来，亮得刺眼。

许亦北才反应过来他俩还在大路边上，于是把他往人行道上推。

应行一把抓住他的胳膊，拉了一下。

后面又有车灯扫过来，许亦北已经被他拉着跑出去了。

一口气跑出去很远才停了一下，两个人站在林荫树遮蔽的街角，周围没什么路人，除了车，就只有一两家到这个点还没关门的店面。

许亦北转头看一圈，喘着气找了找方向，拽一下应行："我好像得去还个愿了。"

应行看着他："怎么？"

许亦北说："我以前许过愿让你舅妈好起来的，这不是实现了吗？"

应行扯一下嘴角，想起来了，自己都悄悄看过了，当然记得，于是拨一下他的肩说："那走吧。"

两个人又去了那个城楼，也不知道怎么想的，就这么一路走了过来，穿过了城东的商业街，走了快半个小时，身上都出了一层汗。

应行先过去看了一眼，回来说："巧了，暑假居然夜里也开放。"说完又拽着他上去。

城墙上夜风很大，总算把夏天的燥热都吹没了。

许亦北站在城墙边上，看着雕花木杆上挂得密密麻麻的许愿袋被风一吹，在昏暗的光里随风飘飘荡荡，早就找不到自己当初挂的那个了。他吐出一口气说："算了吧，来了就算还愿了，就剩其他的了。"

应行说："那其他的怎么说？"

许亦北不自觉地握了一下拳，迎着风，过了好几秒，才说："我的分有六百多，够我报个一流学校了，应该能去北京。"

应行转头看过来，居然也不意外。他已经猜到了，北京离这儿够远，许亦北可以离开那个家了。他沉默了一会儿，提起嘴角说："我打算报警校，看过了，有两个选择，一个就在本地，还有一个要好一点，虽然也是在省内，不过比这儿离北京要近一个小时，唯一的缺点是不确定凭我的分能不能百分百被录取，但是只要被录取了，我就能离北京近点了。"

许亦北忽然说："那我再许个愿吧。"说完转头去了以前买许愿笺的窗口。

这个点早就关门歇业了，根本没人。

他扑了个空，只好又走回来。

应行抓着他的胳膊一拽，把他推去城墙边，说："就在这儿许，我不偷听。"

许亦北看一眼他清晰的下颌线，转过头，看着远处灯光点点的城市，悄悄在心里说：那就许愿你离北京近点。

就算不能在一个地方，也要一起走出去，要离得更近点，朝着同一个目标前进……

"许完愿了?"应行问。

许亦北没回答,转身说:"走了。"

应行忽然笑了,说:"从现在起,你的时间里就真的都有我一起前进了,以后的路还长。"

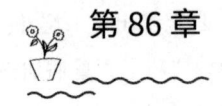

第86章

"看到应总来了没?"

十三中的教学楼前面,杜辉热得缩在花坛后面的阴凉里,伸着头朝校门口看,边看边问旁边的梁枫。

"没有。"梁枫用手扇着风,"估计不来了吧,我猜许亦北也不会来了。"

今天学校要求返校,杜辉去修表铺没等到应行,来了又等了半天,还是没见到人。"马上就要拍毕业照了,我给应总发过微信了啊,他也没回我,不会真的不来了吧?"

三班的人都从教学楼里出来了,老樊背着手,跟一群任课老师走在最前面,老远就在喊:"别愣着了啊,拍毕业照都拿不出精神头来,都到教学楼前面站好!"

杜辉拖着步子挪到班级队伍里,挠两下小平头,觉得那两人是真没可能来了,可能三班的毕业照上就要少两个人了。

刚想到这儿,两道身影就一起从校门那儿小跑着过来了。

杜辉朝那儿看了一眼:"哎哟?"

梁枫刚悄悄站到高霏后面,也扭头看了一眼,跟着嚷一声:"哟!"

应行和许亦北一起跑了过来,刚到这儿就马上拉开距离,放慢速度,一前一后地走了过来。

老樊刚要查人,看到他俩一起过来了,特地看了许亦北两眼,再一想都毕业了,干脆也不管了,摆摆手说:"赶紧过来站好。"

应行走到最后一排，杜辉马上给他腾出位置，小声问："你俩从哪儿来的啊？"

"外面。"应行扯着嘴角，回答得够敷衍的。

许亦北走过来，被他伸手一把拽了过去，挨着他站好。

"你俩牛，现在才来！"杜辉在旁边小声道。

直到拍完最后一张，瞬间一群人冲回教学楼的阴凉里。

杜辉刚想跟应行再扯几句，看到老樊过来了，转头就溜。

樊文德背着手走过来，看看他们，问道："填志愿都有想法了吧？就你俩的我还不知道，来，许亦北，你先跟我过来。"

许亦北看一眼应行，跟着他上楼。

应行等他俩上去一层了，才跟了上去。

等他到了办公室外面，老樊已经坐在里面跟许亦北说着话了。"可以，你这个志愿肯定没问题，你这分数是稳的，要去北京问题不大。不错，非常好，完全达成了当初来这儿的目标！作为一名极其优秀的人民教师，我很欣慰啊……"

应行在门口站了一会儿，听见里面有写字的声音，转头朝里面看了一眼，许亦北站在那儿，弯着腰低着头，把志愿表填上了。

老樊从里面看出来，招呼他："还站着干什么？进来。"

应行走进去，许亦北已经写好了，跟他擦肩而过时低声说："在外面等你。"

他递个眼色，往外偏一下头，示意许亦北先出去，过去抽了老樊桌上的一张志愿表，拿了笔，很快就填好了，递过去说："我的。"

老樊接过去看，托一下眼镜，刚看完就皱眉说："要不然还是报本地的吧，保险一点，你也不能因为考得好就这么激进啊。"

应行说："我不想在本地，我想往外走。"

老樊看他一眼，手指又托一下眼镜，第一次听他说这种话，都不太习惯，但看他的神情很认真，又皱着眉说："也不是不行，但不是百分百稳妥，你想好了啊，把本地的也给填上，万一呢？"

应行仔细想了一下，该查的资料、该估的分数线都算过了，他拿起笔说："我想好了，就它了。"

许亦北在楼梯口那儿等着，过一会儿就看一眼楼梯。

学校里就剩下返校的高三生在乱窜，树上有知了在狂叫，真的有毕业的气息了。

215

等他再往楼梯上看的时候，应行走了下来，手插着兜，脸上要笑不笑的，对他说："好了，你跟我的决定都做完了。"

许亦北看着他："我得回去准备一下了。"

应行看过来，扯了下嘴角，伸手在他肩上一推。"走，那我跟你一起。"

公寓的门被一下推开。

李辰宇正坐在沙发上，听着刘姨在厨房里念叨"人怎么到这会儿都不回来"，脸又绷得跟别人欠了他八百万似的。听见开门声，他扭过头，就看见许亦北手插着兜，冷着脸走了进来。

进了门，许亦北谁也没看，直接就进了房间，紧接着房里就有箱子拖动的声音。

李辰宇转头往房间里看了一眼，看见他居然拿着箱子在收拾东西，立马站起来问："你干什么啊？"

门口又一声响，李辰宇转过头，都愣住了。

应行从外面走了进来。

李辰宇看见他都蒙了，反应过来，连忙就要掏手机。

应行慢条斯理地走过来，一把拿了他的手机，往沙发上一扔，看一眼周围，对他说："没你的事了，你可以回去了。"

刘姨听见动静，匆匆走出来。"人回来了？"刚说完就看到应行，她又愣住了，莫名其妙地站着左右观望。

李辰宇愣是一句话也没说出来，脸都绿了。

许亦北拖着箱子从房间里走了出来，肩上还背着自己的琵琶，看一圈屋里，说："刘姨，你也回去吧。"

应行走过去，一手接了他的箱子，一手替他拿了琵琶，往房间里看，问："还有东西？"

"有，再等会儿。"许亦北又进去了，仿佛这屋里已经没别人了……

快到傍晚的时候，李辰宇回了别墅。

方令仪就在客厅里坐着，手上翻着个旅行册子，看到他突然回来了，立即问："辰宇，你怎么回来了？"

李辰宇没说话，脸色也不好，跟被打了记闷拳似的，在沙发上一坐。

李云山从花园里进来，看到他说："怎么回事？跟你说话也不理人。"

方令仪站起来，对李辰宇说："没事，你回来也好，总在那儿待着，他也会难受，还是我去吧。我刚挑了几个地方，准备带他出国度个假，还不知道他考得怎么样……"

李辰宇忍不住说："别忙了。"

方令仪看他："什么意思？"

"妈。"许亦北的声音在玄关那儿响起。

方令仪看过去，没想到他今天居然主动回这栋别墅来了。她上上下下地看了他好几眼，连忙站了起来。"你肯回来了？"

李辰悦也听到了动静，从楼上匆匆下来。

许亦北走到客厅，看着他妈说："我是来跟你道别的。"

方令仪怔了怔："你跟我什么？"

"道别，我考得不差，准备走了。"许亦北从裤兜里掏出两张卡，放在茶几上，"十八岁以后你给的都在这儿了，以前的积蓄就够我念书的了，不够我也会自己去挣。不管怎么样，你永远都是我妈，我也永远都是你儿子。"

整个客厅里都鸦雀无声，李云山在旁边一脸诧异，看了看许亦北，没表态，这时候他最好什么都不说。

李辰宇坐在那儿瞟许亦北，一声不吭。

李辰悦早已经惊呆了。

方令仪脸色泛白，声音都有点颤："你是要走吗？"

许亦北看看她的脸，抿一下唇："这儿不适合我，我要走是早就定好的。我希望你有自己的幸福，但我也有自己的路要走。"

说完又看她一眼，他转过身，准备走出别墅。

方令仪愣在那儿，看他就快出门了，忍不住追了过去，一直追到门口，他真的出门走了，瘦瘦高高的背影一闪，出了院子，彻底看不见了……

许亦北出了别墅区，到了大马路上，看到了等在那儿的黑色电动车。

应行坐在车上，两手搭着车把，转头看到他过来了，就把脚撑踢了起来。"说好了？"

许亦北走过去，深吸口气，振了振心情，腿一跨，几乎是跳着坐到了他的车上。"说好了，走吧。"

应行提着嘴角说："老板想去哪儿？"

许亦北手在他衣服上一抓："你能带我去哪儿啊？"

"老板说去哪儿就去哪儿吧。"应行车把一拧，一下开了出去。

风呼呼地吹过来，夏天的燥热扑面而来。

许亦北吹着风，看着他宽阔的肩背，扬起嘴角，打暗语似的说："那就随便去哪儿吧，我就希望永远别停下。"

别停，永远都别放弃自己，冲出去，哪怕只有一步，也是自己的路。

应行瞥一眼后视镜里他的脸，笑一声："那你得一直跟我在一辆车上互相监督啊，老板。"

第87章

行李箱靠在墙边，玻璃柜台上放着收到的录取通知书。

上午九点，许亦北拿着书包从修表铺里面的那间屋子里走出来，转头看一圈，已经什么都准备好了。

外面传来一声打自行车脚撑的声音，紧接着人高马大的身影探头探脑地进了门。"我的北！你怎么……我听杜辉说了还不信呢，你这个暑假就住这儿？"

许亦北站在柜台那儿，转头看他一眼，把录取通知书塞进书包，拉上拉链，随口答道："是啊。"

"我的妈啊，应总这是破屋藏北啊！"江航扭头到处看，"应总人呢？"

"忙去了。"

许亦北觉这可能是他们过得最仓促的一个暑假了，几乎每天都在忙，应行忙着警校的后续考试，他忙着准备去北京。

江航走近上下打量他，忽然反应过来，吼了一声："不是吧，你这就要走了吗？"

"你叫那么大声干吗？"许亦北伸手摁一下他的后脑勺，指一下上面，压低声音，"别被应行舅妈听见，我特地选在这个点，他舅舅在上面陪着她吃药呢，你别给我把人惊动了。"

在这儿住了这么多天，吴宝娟都习惯了，他可不想把人弄得眼泪汪汪地来送他。

江航跟着往上面看一眼，看看他，声音跟着放轻："我算服气了，那是你自己的舅妈吧，处得这么亲？你住下面，俩长辈住上面，这不跟一家人似的？"

许亦北的眼皮突突地跳两下，又摁一下他的后脑勺。"这么会想，语文肯定考得挺好吧？"

江航被摁得差点一头磕在玻璃柜台上，赶紧让开。"好个毛线，我好不容易有个体校上……哎，对，你猜怎么着，我跟杜辉一个学校！"

许亦北白他一眼，一个学校了不起，这不是变相刺激自己吗？他没好气地说："闲得没事就回去吧。"

江航说："那不行，你说走就要走，我至少得送送你啊。"

"送我去哪儿？"

"车站。"

"那跟在这儿送有什么区别？"

江航一想也是，都一样是短暂地送一下，忽然想起以前上初中那会儿他离开这儿去外地的情景了，人高马大的一个人，愣是揽着他的肩膀依依不舍。"那……那你到了要给我打电话啊，还有，寒暑假要回来看我啊，我要是有机会也会去北京看你的。"

许亦北看他都像模像样地要抹眼泪了，叹气说："行了行了，知道了，别这样，我就是去上个大学。"

江航不管，又是一通展望未来，好说歹说，可算是出门走了，骑上自行车了还要一步三回头。

许亦北看着他蹬着自行车走远了，也往修表铺外面走，刚出去，一抬头，黑色的电动车就冲了过来，一下停住。

应行刚去招生点交了一份资料，身上穿着白衬衣、黑长裤，衬得一双腿又长又直，从车上下来，眼睛就看着他，问："谁来过了？"

许亦北难得见他穿得这么正式，多看了两眼才挪开眼睛说："江航。"

应行扯了下嘴角，边解袖扣边进门。"我还以为是你家里来人了。"

许亦北撇下嘴说："那怎么可能？"

那天跟他妈道别后，家里也没人找过来，谁知道呢，也许是对他彻底失望了，也许是接受他要远走高飞的事实了。

应行停一下，转头看他，嘴角的笑深了，看到他放在墙边的行李箱才不笑了，回头进了一下里面那间屋，很快又出来，手里拎了自己的双肩包，水都没喝一口，一手拿了他的行李箱说："走吧。"

许亦北去柜台上拿了自己的书包，搭上肩，出修表铺的门时，低声说："小声点。"

楼上贺振国还在跟吴宝娟聊天，声音在这儿都能隐隐约约听见。

应行锁上门说："没事，回头我去哄两句就好了。"

到路上拦了辆出租车，两人直奔高铁站。

进候车大厅的时候差不多到了出发的点，许亦北用鞋尖蹭一下地，抬头看看电子屏上列车进站的时刻表，转头看一眼旁边说："就送到这儿吧，你不是还得准备去学校吗？"

应行的录取通知书一直没到，警校都是头批次，其实早该收到通知书了，但他偏偏没收到，反而收到了某个学校的通知，让他最近去一趟学校。

许亦北总觉得不太踏实，但也没直说，明明是他要考的学校，自己反倒比他还紧张，忍到现在才开口，是知道就只能送到这儿了。

应行拽着他靠近，侧过身给他看自己肩上的双肩包说："你就不问问我为什么也带个包出来吗？"

许亦北看他两眼，忽然反应过来，忙问："对啊，为什么？"

应行挑眉："我跟他们说改一下去学校的日期，就改在今天了。"

所以他们现在能一起走了。

许亦北一愣："那你才说！"

"不惊喜吗，老板？"应行笑。

许亦北的嘴角已经不自觉往上扬了。

应行一手揽了他的肩，把他往闸口里推。"走了。"

高铁开去北京，途中会经过应行要去的地方，他们的方向是一致的。

三人一排的座位，许亦北靠窗坐，应行坐中间，挨着他，最边上还坐着个女生，她从车驶出的那刻起就在打量应行，一看就是个自信又活泼的妹子，十分钟里至少往应行这边挪近了不下十厘米。

许亦北拧着眉瞥了两眼，一只手往耳朵里塞上耳机。

肩上忽然被撞了一下，他转头，应行正看着他，嘴角带着笑，一边往他这边挤了挤。

许亦北左耳里一空，耳机被他摘了一只过去，塞到自己的耳朵里。

旁边的女生一下跟他拉开了一截距离，错愕地看了看他，默默无语地转过头去了。

许亦北嘴角扬一下，觉得好笑，管他呢，反正彼此不认识。他一只手点了手机上的播放，听着歌，就当什么都不知道。

一个多小时过去了，歌单还没播完，车里已经开始报站，到应行报考学校的城市了。

许亦北坐直，抬腕看表，低声说："这也太快了。"

应行抓着他的手腕拉下来，按一下他的头："急什么？还没到北京呢。"

许亦北一下睁大眼睛，扭头看他的侧脸："你再说一遍？"

应行嘴角提着，转头说："怎么样？又是个惊喜。"他买的是去北京的票，要一直送许亦北去北京。

许亦北太惊喜了，嘴角怎么都压不住，看看周围其他的乘客，忍着没说什么，手在他的胳膊上抓了一把。

应行低笑："这么激动就让你闹一下，到了北京要有段时间见不着了。"说着手在他胳膊上也抓了一把。

许亦北被他弄得好笑，干脆又抓他一把。

下午到了北京，去学校的一路都很顺畅。

许亦北其实是提前来的，还没到正式开学的高峰期，路上难得地不算堵。

进学校的时候两人一前一后，一路都在打量新学校。

醒目的地方拉着横幅——"北外热烈欢迎新生学弟学妹"。大学的气氛伴随着道上的林荫和北京的烈阳，在空气里扑面而来。

许亦北拎着东西进了宿舍，站在床前，终于有到了北京、进了大学的感觉。

应行跟进来，放下他的行李箱，四下里看了一圈，还没有其他人来。

许亦北看他一眼，找话似的说："到了。"

应行说："突然发现北京也挺近的。"

是感觉太近了，这才几小时，怎么这么快就到了？

许亦北看看他，问："还有多长时间？"

应行还要赶去警校，但是根本没看时间，盯着他的脸，在想要说点什么。

还没开口，宿舍门被推开，有人进来了。

两人立即转头。

"有人先来了？"进来一个带着大包小包的眼镜男，一看就像学霸，人倒是很开朗，眼睛来回扫视他俩，"都是同学吧，怎么称呼？我叫韩明明，英语系的。"

许亦北淡淡的，恢复一本正经的表情，答道："嗯，同系，许亦北。"

叫韩明明的眼镜男看看应行，问："这位呢？你俩一起来的？同学吗？"

应行手插着兜，看一眼许亦北，笑了一下说："对，一起来的，他是我老板。"

许亦北转过头，往床上放东西，嘴角忍不住动一下，心想真有你的。

韩明明瞳孔里都写着震惊："老板？这么牛的吗？"

应行又看一眼许亦北，拎了自己的包，转身出去。"我去买两瓶水。"

"嗯。"许亦北看着他迈着长腿拉开宿舍门出去了。

韩明明还吃惊着，忙问："许亦北，开玩笑的吧，那帅哥真管你叫老板啊？"

许亦北指一下自己的脸："你看我像开玩笑吗？"

韩明明看看他没表情的脸，心想真冷淡，跟刚才那帅哥在的时候完全两个样嘛。他回头去忙自己的，一边说："牛啊，我真是大开眼界了。"

还没十分钟，裤兜里的手机就振了一下。

许亦北刚放好东西，掏出手机，看到应行发来的微信。

——水在门口。

他立马拉开门出去，门口确实放着瓶矿泉水，但是没人。

手机又振了一下，应行又发来一条消息。

——不想跟你道别，我先走了。

许亦北看着空荡荡的楼道，拎着那瓶水回来，拧拧眉，来回那么赶，还特地送他来北京。

韩明明在自己的床那儿忙前忙后，转头又看他一眼，问："怎么了，帅哥走了？"

"嗯。"许亦北收起手机，去收拾桌子。

"你这表情有点微妙啊，是有什么事吗？"

许亦北没说话，转头去忙自己的。

应行赶时间，离开学校就飞快地去了高铁站，又往回程方向坐。

车开动时，他才看了眼手机，许亦北已经回了消息过来。
——下回再跟你算账。
应行扬起嘴角，转头看车窗外面，又抿住嘴不笑了。
不知道去了警校会怎么样，离北京近点的愿望能不能实现。
直到天都要黑了，他才终于到了那所警校。
应行搭着双肩包进去，到了招生处的门口，里面坐着个中年男老师，正在审核资料，他敲门进去，交了自己的资料。"我是接到通知过来的。"
男老师看看他，又看看他的资料，说："哦，你就是应行啊，你已经被录取了啊，准备来入学就行了。"
应行皱眉，都不太相信地问："确定？"
有人从外面进来，男老师立马站起来说："喏，你要的人来了。"
应行转身，进来的人中年秃顶，穿着短袖制服，看着很眼熟，看了好几眼他才认出来，是当时参加网络安全竞技比赛的时候找他谈过话的那个老师。
"还记得我吧？"对方看到他就笑了，"我姓白。"
应行想起来了："记得，给我在省公安厅备案的那位。"
白老师笑着说："我那是给你备案吗，我那是看你是个人才，去留资料的。你要是不报警校，那就是备案了，没想到啊，你居然报了咱们省最好的警校。实话告诉你吧，你的体能测试第一，没的挑，文化分只是勉强达线，但是有这一手技术在，还愁什么？今天通知你过来，就是因为你是被学校破格录取的，进校就是要被当成一流警务人才培养的。"
应行站在那儿，脑子终于转过弯来，所以他不是没被录取，反而是被破格录取，成了学校的人才？
过了好几秒他才笑了："真够意外的。"
"意外什么啊？"白老师说，"没什么好意外的，人就是不能错过任何一个机会。你看，就是因为你参加了那个比赛，这不就在我这儿了吗？"说到这儿，他摆摆手，"已经来晚了，赶紧去里面的大楼里开会，顺便熟悉一下新环境。"
应行刚走出去两步，又退回来，问："作为要被培养的人才，有什么培养计划？有出去进修学习的机会吗？比如去首都的学校提升一下之类的？"
白老师诧异道："嚯，我看过你在十三中的资料，听说你还挺浑的，都担心管不住你呢，没想到你还挺上进啊。"
应行追问："有吗？"

"那肯定有了,"白老师吊胃口似的说,"不过警校生,就算有交流学习也是低调的,想要机会就自己去争取,以后北上广深多的是机会。"

应行嘴角扬起来,转身就往里走,一只手已经掏出了手机。

大晚上的,许亦北从图书馆里出来,手里拿着几本书,都是刚借的,什么健忘康复辅助、精神健康疏导……

吴宝娟虽然记起了应行,但是要完全康复还需要过程,他想趁着开学前有空好好看看,或许以后相处的时候对她的治疗能有所帮助呢,所以看到有点关系的都借了。

推门进了宿舍,刚放下书,他就掏出手机看了一眼,来了条新微信,是应行发过来的。

许亦北低头看完,立即拨了号过去,一边往耳朵里塞上耳机,一边坐到床上,连忙音都不想等,就想知道他那边的结果。

电话通了,应行的声音里带着笑:"是真的,入校了,破格录取。"

"我差点以为……"许亦北嘴边的笑挡都挡不住,比自己被录取了都高兴。

电话里安静下来,只剩应行的呼吸声。

许亦北的声音不禁跟着轻了:"干什么?说话啊。"

"还能干什么?"应行的声音压得低低的,"当然是在熟悉这个模式。"

许亦北扬着嘴角:"嗯。"

"我要去拼个机会,离北京更近。"应行忽然说。

许亦北还没问什么机会,宿舍门就被推开,其他三个舍友回来了。

韩明明打头,看他坐在床上,脸上还有笑,打趣说:"打电话呢?才来多久,发现你都看八百回手机了,你不会是有女朋友了吧?"

许亦北立马摘下一只耳机,淡淡地说:"没有。"

"还装!"韩明明不信,"长得这么帅怎么可能没女朋友?别不好意思,有就介绍给我们认识一下。"

许亦北说:"算了,随你们便吧。"懒得解释了。

另一个舍友王海问:"那你是跟家里通电话呢?"

"不是,跟个警校生。"许亦北故意回。

韩明明瞬间两眼放光:"我知道了,是警花对吧?能跟你这样通电话,对面绝对是个警花啊!"

许亦北无言。

"我听见了。"剩下的一只耳机里忽然传出应行的声音,似笑非笑的。

许亦北低头,看到电话还没挂,才想起来,连忙拉到嘴边说:"挂了。"

电话挂了,他把耳机摘下来,手指在手机屏幕上点两下,切成打字,一句话还没发出去,看了眼他的微信头像,愣了一下。

其他几个舍友全都莫名其妙地看着他。

许亦北一头躺到床上,背过身去,拿着手机又看了一眼应行的微信,忍不住笑了,打字过去。

——自恋死你得了!

他居然把微信名给换了,就两个字:警花。怎么这么会玩?!

"警花"理所当然地回复过来。

——嗯,我就是跟你通话的"警花"。

第88章

没什么比大学生活过起来更快的了。

北京到了春末夏初的季节,学校也进入了第二个学期。

周六上午,许亦北坐在阅览室里查资料。

他上了大学后就没闲过,一般这个时候不是在图书馆就是出去兼职了。这学期刚开始他就找了份兼职,在一家教育机构里教小孩子弹琵琶,偶尔还能教一教少儿基础英语,就周末去一两节课,也不耽误学习。

今天没去,因为学校有安排,待会儿还得去其他大学的活动场馆里走一趟,只能先在这儿查资料做准备。

翻完最后一份资料,笔记也记好了,他拿起手机,点开微信。

养成习惯了,没事他就要看两眼。

他先点开朋友圈,翻了翻他妈的朋友圈,还停留在上一次发的内容:方女士半个月前发了一个出去度假的动态,还是一张跟李云山的合照,没有其他人。

许亦北当时第一时间就被推送到了,看到她脸上还有笑,就放心了,至少证明她现在过得很好。或许这条朋友圈就是有心给自己看的吧,想让自己知道她现在一切都好,那也够了。

他手上一滑,切出去,紧接着就点开了跟"警花"的聊天框,看着看着,嘴角就忍不住向上勾了一下。

聊天框里都是照片,要么是应行拍的警校生活的照片,要么就是自己拍的在学校里学习的照片,这些塞满了聊天记录,他俩居然也不知道累,就跟互相都参与了彼此的每一天一样。

虽然过去这么久了,两人也就只在寒假的时候才碰过头。

上学期应行过生日,许亦北本来是要去的,车票都买好了,结果要备考,只好放弃。后来到寒假的时候,他提前去了应行的警校,干脆接应行一起放假,顺便给他补过生日。

那一天闹腾得太厉害,弄得连应行的那些同学都认识他了。

想起来又觉得有点丢脸,许亦北不自觉地用手指抹了下手机屏幕,嘴角又轻轻勾一下,忍不住想他现在是在训练还是在上课啊?

他低头又看一眼手机,聊天内容停在昨天,微信最下面是应行发过来的最后一句。

——等我给你个惊喜。

惊喜?什么惊喜?分明到现在都没新消息进来了。

"许亦北,时间快到了,该走了。"韩明明拿着一沓资料走过来,一看到他坐在这儿看手机就说,"得,肯定又是'警花'。"

韩明明旁边还跟着另外两个舍友,王海跟着打趣道:"看表情就知道了,从他嘴角上扬的弧度我都能猜出'警花'今天给他回消息的速度够不够快。"

另一个舍友杨旭附和:"我习惯了,咱们都没见过'警花',可是'警花'随时都在,存在感强到这个份上我是服气的。"

韩明明叹气道:"我更服气,平常对谁都跩得不行,对'警花'就不一样,看个手机都能笑,我要是把你这模样偷拍下来,都能拿去女同学那儿卖钱,谁让她们背后说你多冷多矜贵!"

许亦北受不了这一人一句的调侃,成天脑补个"警花"拿自己开涮。他伸手拿起自己的笔记,站起来说:"不是要走吗?走啊。"

王海推一下韩明明:"嘿,还不让说。"

几个人一起出去,离开学校,大概坐了四十分钟的地铁就到了要去的大学,在北京可以说离得很近了。

进场馆的时候,几个大三的学长迎面走出来,笑着把胸口的牌子摘下来递给他们,说:"里面的活动还剩一小时,没什么难的了,就交给你们了啊。"

韩明明相当激动:"谢谢学长,我们一定好好表现!"

许亦北接了一个挂牌,戴到脖子上,是翻译证。他一边扣上身上白衬衣的领口,一边往里走。

场馆里坐满了人,现在是中场休息时间,人声鼎沸,最前面一排是翻译席。

韩明明过去坐下时,小声说:"难得有这种机会,一般都是大三大四的学长们来,今天咱们真是捡到宝了。"

王海说:"还得是咱们,一个宿舍全上,多牛。"

许亦北坐下来,眼睛看着台上。

这画面很熟悉,他见过。一张一张摆了电脑的桌子,拦着挡板,后面坐着看不清面貌的人,都在操作电脑。上方悬着的大屏幕里,显示着各方网络交流的"盛况"。

还不如说是彼此攻击的盛况,五颜六色的箭头所指的,都是代表一方攻击出去的目标,混乱又严密。

据说今天这儿要办的是场高校的网络技术交流大会,因为交流人员里有外国成员,才安排了他们学校英语系的过来帮忙做一下翻译。

本来的确是轮不到他们的,是因为这场活动本身是交流学习性质,要求没那么严格,也不对外开放,他们几个又成绩突出,才会被选拔过来做大三学长们的替补。其实也就几十分钟的工作量,并不算大,但这是个难得的锻炼机会。

许亦北现在能坐在这儿,是靠击败了其他人,自己赢来的。

中场休息即将结束,大屏幕上开始倒计时。

"不是说就是个网络交流大会吗?"韩明明有点慌张,"怎么跟想的不太一样啊?咱们做的准备工作,查的那些资料,不会都没用吧?这怎么看着像是黑客那块的技术啊?"

许亦北依然盯着大屏幕:"应该是网络安全方面的交流,就是白帽子的交流。"

韩明明一愣,伸头看他:"你还知道这个?"

王海说:"咱北哥什么人啊,刚来那会儿我就知道他不简单,那从头到脚的气派,不是富家少爷我都不信,偏偏没事还跑出去兼职。别的不说,又会弹琵琶,又会打篮球,这么牛,知道这些又算什么?"

许亦北说:"'警花'会啊。"

"啊?"王海刚夸完他就蒙了,扭头说,"'警花'还会这个?"

许亦北盯着大屏幕说:"他会的多着呢,篮球还拿过 MVP(最有价值球员)。"

韩明明震惊了,眼镜后面的一双眼睛都瞪大了一圈。"'警花'这么强的吗?那'她'在学校的时候肯定是风云人物啊,一定出尽了风头吧!"

许亦北扯了扯嘴角,心想差点就要被埋没了,但是还好,他现在走上自己的路了,以后总会有那么一天的。他也没说出来,只是淡淡地笑了一下,说:"反正在我眼里,他是。"

韩明明戴上耳麦:"干活了,我不想听你炫耀了,迟早咱们得见一下'警花'!"一边说一边还脑补着"警花"又美又飒的英姿。

许亦北拿起耳机戴上,又看一眼昏暗的台上,始终看不清坐在那儿的那些人,手指转着笔想,要是他也在这儿就好了。

倒计时结束,大屏幕上瞬间又展开激战。

不是比赛,现场坐着观看的一般也就是相关的从业人员,要么就是学生,大家都很安静。

偶尔到关键的部分,耳机里会有一两句国外选手需要交流的地方。翻译台上早就没了其他声音,大家都低着头在认真听,偶尔迅速拿笔记下关键的词句,再转达给其他参与的选手。

到最后阶段了,交流也变少了,基本上也就零散的几句。

许亦北抬起头,看着大屏幕上最鲜红的一支箭头像利剑一样直接插入了对方的管理区域,紧接着熟悉的一幕重演,整个区域开始跳出攻击提示。

他的心瞬间悬了起来,几乎是下意识地一直盯着上面闪烁的攻击提醒。

然后看见大屏幕上一跳——

对方成功侵入,OVER(结束)。

"啊,发生什么了?我都没明白就结束了?"韩明明捂着耳机,吃惊地压低声音问。

许亦北盯着大屏幕,眼都没眨一下,直到耳机里响了一下,才回神。

有个人用英语让他问一下，对面的主攻对手叫什么，想以后线下再找机会切磋交流一下。

这么简单的问题，许亦北记都不用记，把麦递到嘴边，把话传了出去。

几十秒后，对方才回话，又低又沉的一道声音钻进他的耳膜里，仿佛还有点笑意。

许亦北几乎同时跟着传达："My…"话一顿，他一下抬起头，后面的词才说出来，"boss"。

话音没落，他的眼睛已经朝声音处看了过去。

台上的交流已经结束，大屏幕上显示着双方的交流成果，灯光一下亮起来，台中央的桌子后面，各位选手都走了出来，彼此握手致意。

一群人中间站着个又高又挺拔的身影，比谁都显眼，身上穿着警校的黑色作训服，一头又黑又短的头发，戴着口罩。他忽然转头看向翻译台，然后抬手一拉，拉下了口罩，嘴角扬了起来。

许亦北瞬间坐直，看着那儿，看了好几眼才确定没看错，一把摘了耳机，站起来就跑了下去。

韩明明只看到椅子一动，扭头就看到他人不见了，莫名其妙地跟着看过去，才发现他已经飞快地跑去了台下。

有人从台上下去，迎着他跑去的方向大步走到了角落里，下一秒，许亦北跑了过去，一下扑上去，两个人肩膀撞到肩膀。

"那是许亦北？"韩明明都要揉眼睛了，"我没看错吧？"

"我的妈呀，跟王北哥还有这种时候？"王海忽然伸头，"不是，等会儿，那是谁啊……"

韩明明跟着伸头，仔细看了两眼，说："那不是以前叫他老板的那个帅哥吗？我还记得他呢！咦，他怎么穿成这样……等一下，他不会就是警花吧？"

也许舍友们都傻眼了，也许其他人也都看着这儿，但谁管呢，根本没人在意了。

许亦北搭着应行的肩，惊讶得连声音都不稳，忙问："你怎么在这儿？"

应行看着他笑："惊喜吗？"

"还用说！"原来他说的惊喜就是这个，许亦北都快怀疑是做梦了，嘴角的弧度根本抑制不住。

应行终于转头看了周围一眼，一把抓住他的胳膊："走。"

许亦北跟着他飞快地跑了出去。

离开场馆没多远，就在这所学校里，很快应行就脚下一转，带着他进了附近的一片宿舍区。

许亦北跑出来太急，缓了两口气，一路跟着他上了一栋楼，看着他开了房门，就跟在后面进去。

里面是个单间宿舍，一厨一卫，并不大，桌上放着简单的行李，墙边还挂着一套警校生的制服。

应行关上门，看着他说："我住这儿。"

许亦北转头又看一圈，问："你不是刚来吗？"

应行挑眉道："我是来交流学习的，来了一周了，今天完成了交流任务才能找你，后面还要在这儿待着。"

许亦北看着他，嘴角扬起来："真的？"

应行说："我不是说过？要去拼个机会，离北京更近。"

从入校的第一天起他就在争取这个机会，现在终于得到了，就是没想到根本不用特地去找，在努力争取到的台上一抬头，就看到许亦北也在，就在自己的视野范围里。

他没停下脚步，他也没有，谁都在朝着更高处进发，最后总会相遇。

许亦北既激动又兴奋，不可思议地看着他。

过了十几分钟应行说要走了，拉一下身上的作训服，笑着说："其他事回来再继续说，先换身衣服陪老板吃饭。"

许亦北看他脱了那身作训服，换了件黑T恤。人比以前黑了，但也比以前更帅了，忍不住抿了下唇，觉得他仿佛已经彻底变了，再也不是以前的样子了。

应行看到他的眼神，低头打趣道："早知道老板这么欢迎我，我就要更努力，早点来了。"

许亦北忽然想起来，问他："待多久？"

应行往他手心里按了一把宿舍钥匙，笑着说："管他呢，就算回去了，下次还有机会，方法总比困难多。"

许亦北跟着笑了。

两个人出门下楼。

天上太阳挂着，正是一天里最热的时候。

　　穿过宿舍区的小道很窄，应行让他走前面，自己在后面替他看路。"我舅舅舅妈昨天又念叨你，后面放假你得跟我一起回去了。"

　　许亦北勾了下嘴角，一脚跨出去，过了这条窄道，就到了宽阔的大路上。旁边的花坛里开满了花，姹紫嫣红，他停下来看了一眼，想起了应行高考的时候送自己的那枝玫瑰花。他抬起手腕看表，嘴里说："肯定啊，时间不都安排好了吗？"

　　以后的时间不都有你一起前进了吗？

　　应行似乎笑了一声。

　　远处有个钟楼，许亦北看了看表，又抬眼看了看钟楼上的时间，从花坛边过去，一边慢慢走，一边低头校准时间。

　　应行在后面跟着，问："想吃什么？"

　　许亦北说："随便。"

　　"你现在数学不是必修课了，用不着我补课了是吧？"

　　许亦北故意大声说："哼，必修我也能扛。"

　　"有空了去你们学校打篮球，记得跟我组队啊。"

　　"行啊，没我你赢得了吗？"

　　过了几秒，应行又叫一声："许亦北？"

　　许亦北慢慢走着："又怎么了啊？"

　　应行在后面说了什么。

　　许亦北停住，回过头。

　　应行站在那儿，阳光照了他满身，他迎着北京街头的风，手插着兜，在冲自己笑。

　　许亦北的嘴角慢慢牵开，也笑了："嗯。"

　　"嗯"就是我也一样。

　　头顶有阳光，耳边有风，我和你要走的路从此只有张扬不羁的飞奔，永远没有消沉。

　　路没有终点，只有方向，方向是你，也是我。

番外

EXTRA STORY

绚烂

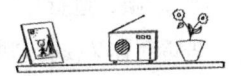

每一天都是新的一天，

每一天都还在继续。

彼此的方向都在，

他们永远都会一起前行。

番外 1

"咚"的一声响，书砸在了桌子上。

应行一下坐直，才察觉自己刚才看书的时候居然不知不觉地睡着了，伸手拨了一下面前的笔记本电脑，屏幕还亮着，上面满屏的代码，看看右下角的时间，也就眯了十分钟，还好。

他把倒下的专业书扶起来翻了一页，扭头又拿了支笔接着做笔记。

上了大学后就一直这样，一直到现在，第二个学期了，就没一天清闲的。不过他也习惯了，毕竟从高考前那几个月起就是这种状态了。一旦习惯了这样高强度的学习模式，还真回不去原来那种松散的状态了。

手机忽然响了，他之前忘了调成振动模式，一响起来就分外突兀。

应行拿起来看了一眼，是住他对床的舍友，他接了，放到耳边。

"喂，应行！"舍友刚开口就听见应行这边翻了一页书的声音，马上说，"别告诉我你又在看书啊！"

应行说："别号，我刚一觉眯醒。"

舍友喘着气说："昨天体能测试都累成狗了，你回宿舍还看书到半夜，今天周末，你又一大早爬起来看书，就这会儿眯一下也能叫睡觉？我看您老一直这么拼，当初在高中的时候别是个学霸吧！"

应行"唰唰"地写着字，扯一扯嘴角说："是就好了。"要是高中那会儿就是个学霸，也不至于上了大学还要这么拼了。

舍友好像也不信："我就说，谁不知道你是因为一手好技术被破格录取的，但也不至于上了大学还要这么用功！"说着他又喘口气："别看了，来打球吧，宿舍里的其他人全来了，我特地打电话叫你的，多少漂亮的学姐学妹都在等着一睹你的风采呢！"

"不去。"应行回得相当干脆，"留着跟专门的队友打，暂时不打。"

234

舍友顿时咂嘴："亏你球打得那么好，叫你十次你推九次，平时对着咱们就拼命学习，时间和精力都留着跟人家对打是吧？"

应行毫不遮掩地说："是啊。"

"晕，真有你的……"舍友郁闷，"我去跟他们说，又没叫到你！"说完嘀咕："什么'专门的队友'，肯定就是你老打电话找的那个北京帅哥呗！咱们近在眼前也比不上人家远在天边，心凉了……"

可算是挂了。

应行放下手机，站起来去了卫生间，拧开水龙头洗了把脸，感觉彻底清醒了，又回来坐下继续，右手刚拿了笔，左手又不自觉地拿起手机，在眼前滑开，点开微信。

某位"北京帅哥"的微信就在最上面，被他置了顶。他打开的时候就想拨个语音电话过去，对着手机看了看，又放下了。

最近还要考试，怕聊起来就刹不住车，那书都没法看了，听说他这学期还找了个兼职，自己不也在做兼职吗？算了，还是考完试再说吧。

许亦北坐在自习室里翻着手机。

应行没有联系他。不是一天了，从上周开始，都整整一周了。电话没有，连条微信也没有。什么意思，玩消失呢？

本来上了大学后互相联系已经是常态，除非是有什么事，不然至于这样？这周末难得没去干兼职，他正好有空闲，没想到那头居然连个消息都没有。

许亦北又把手机里的消息翻来覆去地看了一遍，有点不爽，想了想，打开了朋友圈。

随便在相册里找了个篮球的图片贴上去，他又配上一行文字——"去打球了"，后面加了三个微笑的表情。

韩明明从旁边默默伸来脑袋，看看他的手机，又看看他的脸，奇怪地问："什么打球，你不正在这儿坐着吗？"

许亦北刚发送完，瞥他一眼，把手机按熄屏，冷着脸说："你就当我正在打球不行？"

"干吗，不高兴啊？不高兴就云打球？"韩明明都要蒙了，搞不明白他想干什么，好端端的怎么瞧着神色不大高兴呢？那干吗要发朋友圈，还特地配三个微笑的表情？

许亦北没回答，装模作样地翻了两页书，还没过两分钟，又拿起手机按亮了，朋友圈里多了个红色的"1"，他立即点进去。

一个赞，应行点的。

什么情况，他明明有空看朋友圈也不联系自己？故意的吧！许亦北抿住唇，比刚才更不爽了，动手收拾了书，站起来就走。

韩明明看过去，问他："又干吗？"

"走了。"许亦北揣着手机，一只手拿书，头也不回地走了。

韩明明琢磨，难道真去打球了？又忽然反应过来，他看了手机就这样了，不会是跟"警花"闹什么矛盾了吧……

晚上十点应行才从机房出来，拿着手机，低着头，又翻了一遍许亦北的朋友圈。

亏他还当老板是"专门的队友"，结果那位"专门的队友"在北京打球打得开心着呢。应行想想觉得好笑，切出微信，一边揉了揉敲代码敲得发酸的右手腕。

出了教学楼，他从外套口袋里掏出烟，想抽一支提一下精神，已经塞到嘴里了，又停了一下，把烟从嘴里拿出来，扔进了路边的垃圾桶，然后干脆连整包烟都掏出来扔了。

是时候戒了，刚开始他是为了故意堕落才去抽烟的，现在不需要了。

手机振了两下，应行的第一反应是许亦北，把手机拿到眼前，才发现是大华发来的微信。

大华告诉他自己今天去了趟修表铺，看到了他舅舅和舅妈，他舅妈最近的治疗都很顺利，按医生的说法，是在持续好转的，后面继续吃药治疗，哪天就是痊愈也大有希望。

一大通文字发完，大华在最后发了句语音过来。

应行点开，听见他说："有空去把这个好消息告诉贺原吧，也别烧纸了，去看看他，他应该很乐意看见现在的你。"

应行居然下意识地看了一眼自己身上，看见自己左肩搭着双肩包，里面装着自己的笔记本电脑，外套口袋里塞着笔记本和圆珠笔，里面的烟刚刚被扔得一干二净。他没来由地扯了下嘴角，回了一句语音过去："行。"

想想他又补充一句发过去："但是得忙完这一阵子，到时候多带个人去。"

大华发来一个翻白眼的表情，一副心知肚明的样子。

过了几秒，大华又发来一个视频，后面附带一句话。

——我上次去的时候偷拍到的，你要是不想看见他就删了。

应行一边往宿舍走，一边打开视频，很快加载完——

安静的墓园里，站着个熟悉的人影。

那是孟刚，他头发长了不少，人也没以前嚣张了，身上也没再穿白衣服，而是穿了一件灰蓝外套，一言不发地对着墓碑，也不知道在想什么，干站着，像是专程赶过去探望的。

杜辉以前说过，孟刚被大华送走那次，在贺原墓前哭了很久，至少这次没哭，看着还算正常。

应行没看完视频就关了，觉得不需要再看下去了。

总算有变化的不止他一个人。

许亦北这周去做了兼职，结束回到学校时已经快晚上了。他一只手拿着手机翻看信息，还是老样子，没有新消息进来。

他撇了下嘴，"哧"一声，把手机一把揣进口袋里，推门进了宿舍。

舍友王海吓一跳："妈呀，干吗这是，这么大力气推门！"

许亦北冷着脸，把肩上的双肩包拿下来，随手往自己床上一扔。

韩明明从书桌那儿转过头来，冲王海挤眉弄眼，示意他别惹许亦北，估计跟"警花"闹矛盾还没和好呢，使完眼色又堆着笑看许亦北，递给他一张纸，说："北哥，最近有个特好的实践机会，要不要试试？"

许亦北伸手接了，脸上还是没什么表情，但是都看完了，随口说："可以。"

"这么干脆？"

"你不是说是个特好的实践机会吗？"许亦北把纸折了两道，塞进了口袋，往卫生间走。

韩明明"啧啧"两声："不愧是学霸北哥……"

话音还没落，许亦北又走回来了，其他几个舍友顿时都看着他。

许亦北走回床边，从双肩包里拿了自己的手机，看了一眼，直接按了关机，然后把手机塞回了包里，扭头又去了卫生间。

"矛盾升级了？"韩明明咋舌，嘀咕。

"不是要争取实践机会吗？"许亦北的声音从卫生间里传出来，不冷不热地说，"关机好好学习！"

警校里，又一场新的体能测试结束。

应行夹着笔记本电脑，擦着一头的汗回到宿舍的时候，就看到三个舍友四仰八叉地躺在各自的床上哀号。

他把电脑往桌上一放，一手掀开开机，一手解着作训服的领口，注意力已经在电脑屏幕上了。

"又来了又来了……"对床的舍友最先嚷嚷，"太拼了，我就没见过像他这么拼的警校生。"当然是在说应行。

应行坐下来说："这不就让你们看到了吗？"

"……服了。"舍友忽然想起什么，"哎，对了，你不会是想拼那个进修机会吧？"

应行还没接话，邻床的舍友就插话说："别想了，白老师那么严苛的人，才第二学期就指望能从他手上得到进修的机会，这不是做梦吗？"

应行敲着键盘，梳理着自己准备提交的作业，也没理会他们说的话，主要也是快没时间了，都连续熬了几个晚上了，今天就得赶完交上去，不然就真的没机会了。

笔记本电脑下面好像压着什么，有点不稳，他停一下，挪开，看到自己桌上摆着两个折得方方正正的卡纸，顿时"啧"一声："不是吧？"

"什么不是吧，就是！"舍友躺在那儿看好戏似的瞅着他的后脑勺，"两个电话号码，一个大三学姐的，一个同级的，不用感谢，我给你带回来的，人家都想约你出去玩呢，还说现在约不到就下回劳动节假期的时候再约呢。"

应行忽然想起来，看了一眼电脑上的日期，又"啧"一声："都过了这么久了。"说话的时候一只手已经掏出手机。

"干吗，要答应人家了？"舍友八卦地问。

应行随手把两个卡片拿了，直接往舍友脑袋上一抛。"你带回来的，你解决。"

"我……"舍友蒙了。

应行已经拿着手机走去阳台了。

他刚站到窗户边，手机里面就传来机械的女声："您所拨打的用户已关机……"

关机了？应行拿着手机看了看，心想完了。

238

周三，许亦北结束了实践需要的专业考试，刚出考场，舍友王海就追了出来，喊着说："赶紧开机，后面考核过了要通知你都通知不到，我们还得做传声筒。"

许亦北停在台阶上，一只手伸进肩上的书包里摸了摸，可算摸到了好几天没碰的手机，拿了出来，按了个开机。

几乎也就一秒的工夫，手机里立即跳出了未接来电，足足有十几条。

除了应行还能有谁？

他看了一眼，撇撇嘴，还没滑走，来电显示就在眼前跳了出来，来电的振动在手心里一阵一阵的。

没等他接，电话又挂了，紧接着进来了微信消息。

毫不意外，是"警花"发来的，一连两句。

——终于开机了。

——气着呢？

许亦北心想够机灵的啊，还知道先打个电话来确认一下自己开没开机，难怪积压了十几通未接来电，也不知道他之前试了多少回了。

许亦北都不爽到今天了，想了想，故意回复一句过去。

——没有。

应行秒回。

——那你怎么关机？

许亦北能让他看扁吗？死活不承认。

——我最近参加了个专业考核，没过，学习去了。

说完他直接搭着双肩包往自习室去了，还真就要去学习了。

应行那边停顿了一会儿，可能是在猜这借口是真是假。直到许亦北进了自习室，那边才回复过来，居然连续发过来好几张照片。

许亦北一边在后排坐下，一边翻了翻，竟然都是他随手拍的照片，拍的食堂、训练的操场，甚至是机房还有自习室。

干什么，又玩什么花样？许亦北心里正嘀咕，又看到他紧接着发来的话。

——行，我的错，我闭关出来了，该给老板汇报日常了。［微笑.jpg］

许亦北不给面子。

——不需要，寒假不是才见过吗？

寒假还给应行过了生日，他记忆深刻着呢……

刚准备放下手机，应行又发来一句疑问。

——你说你的专业考核挂了，你的舍友们呢，也一起挂了？

许亦北转头找了一下，韩明明就在离他两排的座位那儿坐着呢，正好，证据充分，他立马拿起手机拍了一张韩明明的背影，发了过去。

——看到了吗？我们都在学习呢。

对面停顿了三秒，发了一句话过来。

——谢谢老板，继续保持。[玫瑰.jpg]

许亦北一下反应过来，太狡猾了，又着了他的道！这不等于还是跟他互相汇报日常了吗？！

心里正别扭着，应行又发了新消息过来。

——为了让老板消气，我自愿接受惩罚，这总行了吧？

许亦北一边想一边打字。

——说话算话？

应行真诚无比。

——那当然，说到做到。

应行刚放下手机，抬头就被白老师叫了一声。

他们正在行进的高铁上，白老师坐在他前面，扭头跟他说："就快到了，提醒你啊，还有最后一关，就是这一周的进修。别以为轻松，这样的交流学习要持续一周，这一周里要有学习成果出来，后面才有机会参加别的，不然没下回了。"

应行还没答话，坐在他旁边的一个大二的学长先接了话说："知道了，老师。"

还有两个大三的学长坐在后面，他们是一起出来的，由白老师带队。

应行的手机振了一下，他低头看了一眼，是舍友发来的微信，点开一眼就看到一串感叹号。

——膜拜啊！你还真拿到出去进修的资格了！！！

应行转一下手机，扯了下嘴角，今天正好是周日，舍友们才发现也正常。

进修资格确实难得，白老师每年都会带几个学生去其他院校交流学习，但是一般只带大二大三的，他是这次的一行人里唯一一个大一生。

高铁上的广播开始报站，再往前就是北京。

240

因为后面都是封闭式交流学习,学校有规定,应行也没告诉许亦北,之前发给他的照片也都是早就拍好的。

到达住的地方时已经是傍晚了。

应行是唯一的大一生,其他学校也没同年级的过来,就分到了一个单人宿舍。

一进去,他随便收拾了一下就开了电脑,开始跟往常一样处理代码。

他最早接触到这个的时候还在初中,和很多那个年纪的人一样,一开始只是觉得新奇,找了很多教程去学习,后来某天桌上忽然多了不少相关的书籍,都是贺原给他带回来的,他才开始系统地接触。

再后来贺原不在了,他依然没丢掉这个兴趣,大概也是因为这个起点。

应行敲键盘的手指停了一下,提提神,让自己的注意力回到电脑屏幕上,忽然想起许亦北之前说的话,他好像说他今天的考核挂了?

应行切出去,打开网页,找到许亦北学校的网站,浏览了一遍,很快开始操作,嘴角轻轻勾着,推测他现在正在干什么,毕竟现在彼此都在一座城市了。

快夜里十二点了,许亦北还没睡,坐在床上翻专业书,忽然枕头底下的手机振了。

他摸出手机,一按,看到应行发来的微信。

——考得不错啊,老板。

许亦北一愣,瞬间反应过来,把书一丢,两只手同时打字。

——你胆子不小,敢黑进我们学校的网站偷看我的成绩!小心我告发你!

应行的消息回复得比他想象的还快。

——你亲眼看到我干了?就没可能是我诈你的?

——看来是承认了,果然考得好。

许亦北对着手机都能想象出他在那边要笑不笑的脸,气闷地撇一下嘴,又着了他的道了。

——又在学习?

应行紧接着发来了一句。

许亦北看了一眼身侧的书,随手拍了张照片发了过去,代替回答了。

应行也跟着回复过来,是一张对着笔记本电脑键盘拍的照片,照片里两根修长的手指抵在键盘边沿。

许亦北仔仔细细看完，皱了皱眉，忍不住踢了一脚床尾的被子。

这不还是在汇报日常吗?!

"干吗啊？"韩明明在隔壁嘀咕，"谁又招你了……"

许亦北一头躺倒，又看一眼手机里的照片，才放下手机说："没谁，睡了。"

一周时间不长不短，过得很快。

应行结束了进修学习，一大早就背着包出了宿舍，往这所交流大学里的活动场馆走。

昨晚白老师才通知他，最后还有个国际高校网络技术的交流会，根据他们进修的这一周的表现来定由谁参加。

大二大三的进了四五个，他们学校的去了两个，他当然还是整个活动里唯一的大一代表。

入场前要交手机，应行在场馆入口接了参会的标牌戴上，掏出手机看了一眼，他跟许亦北的微信里已经充满了互相汇报的日常，最后一条是他昨天发的。

——等我给你个惊喜。

今天的活动会持续五六个小时，结束后还有时间，到时候再找时间碰头，可不就是惊喜？

应行自顾自想完，关了机，交了手机进场。

白老师今天没来，不是什么竞赛性质的活动，只是切磋交流，他怕跟过来会弄得手底下的学生太过紧张。

参观的人倒是很多，场馆里坐满了人，四周人声鼎沸，最前面一排是翻译席，毕竟今天也有外籍学生参与。

场馆中央除了与会人员，最醒目的就是上方悬着的大屏幕，目前显示着交流即将开始，各方在做最后准备，中英双语字幕，看起来很正式。

应行在中后方找了座位坐下，从口袋里掏出口罩戴上，抬头粗粗扫视一圈周围，翻译席那儿坐上了人，一排四个人，都挂着翻译证，看起来好像也是大学生。

他的思绪飘了一下，紧接着就听见同行的学长兼队友在提醒："快开始了啊，做好准备。"

应行回神，戴上耳机，目光聚焦到屏幕上……

几个小时过得飞快，最后还剩四十分钟左右的时间，全场有了一次短暂的休息。

应行在耳机里听队友们讨论了一下战术，又听其他人通过翻译交流了几句，紧接着就听见有人说："翻译休息去了，该换人了，都跟着咱们耗了几个小时了，等会儿再说吧。"

应行下意识地朝着翻译席看了看，目光刚收回来，又一下抬起了头。

翻译席的中间，又瘦又高的人穿着白衬衣、黑西裤，脖子上挂着翻译证，相当正式地坐了下来，目光缓缓地朝他这里的场中央望来。

应行低头，遮在口罩里的嘴角提起来，看来惊喜可以提前兑现了。

到最后阶段了，每个人的眼里都只剩下眼前的一方屏幕，手指飞快地在键盘上游移。

这本来的确只是个交流，但渐渐地，似乎还是演变成了竞争。

耳机里几乎没有其他人的说话声了，也很少有翻译的声音响起，所有人都铆足了劲冲向最后一刻。

大屏幕上，一支鲜红的箭头直插向对方的管理区域，随后对方的整个区域被攻击的提示跳了出来。

短暂的挣扎无济于事，很快归于平静，大屏幕上跳出一行大字——

对方成功侵入，OVER。

应行握了握发僵的手指，抬起头，看向翻译席。

许亦北一动不动地坐在那儿，抬头看着大屏幕，大概已经看了有一会儿了。

从他出现坐到翻译席上到现在，整个人都认真得不行，真的挺像一个已经能独当一面的翻译官了。

耳机里有人在用英语说话，应行的视线里，看见许亦北这时才动了，他左手按了一下耳机，右手把麦克风递到嘴边，传达了对方的意思。

对方想询问他们的主攻对手叫什么，想以后线下再找机会切磋交流一下。

应行按了一下耳机，眼睛盯着翻译席，有点想笑，但忍住了，停顿了有几十秒，给出了回答："My…"

许亦北跟着他同时重复传达。

"boss。"应行的嘴角已经扬起来了。

许亦北猛地抬头看了过来。

243

灯光一下亮起来，应行站了起来，跟着选手们走到场中央。周围的人都在互相握手打招呼，他正一下身上的黑色作训服，脸朝着前方的翻译席，抬手拉下了口罩。

许亦北瞬间坐直，视线跟他的撞上，看了他好几眼，一把摘下耳机。

应行挑了挑眉，看着他朝自己这里跑来。

你我都没有停顿，没有什么再会的方式能比现在这样更好了。

番外 2

毕业季的夏天总是热的，才上午十点，太阳已经烈得能把人烤焦。

出租车在路边停下，车门被推开，许亦北从车里下来，右肩搭着双肩包，匆匆地往前走。没走多远就到了目的地，他停下来看着马路对面严正的警校大门，一只手掏出手机，低头点开微信，发了条消息过去。

——我到了。

等回复的间隙，他回过头，站到路边开着的奶茶店窗口边，跟里面的老板娘说："两杯柠檬冰水，一杯半糖，一杯无糖。"

老板娘看到他就笑了："是你啊，帅哥，又是从北京过来的？"

许亦北笑一下，其实他来这儿的次数比应行去他那儿的次数少多了，没想到他都成了附近的老熟人了。"嗯，来参加今天的毕业典礼。"

老板娘笑着说："哎呀，恭喜，那以后不用两头跑了。"

许亦北接过她递来的两杯饮料，拎在手里，心想以后的事还不知道呢。

他转过身，刚要去对面，路上就开过来一辆车，白色的小轿车，有点眼熟，他多看了两眼，那辆车已经直直地开到他面前来了。

车刚停下，车门就被推开了，走出来的人穿着长裙，一头长发，还跟以前一样，是李辰悦。

许亦北打量她："悦姐？"没想到她会出现在这儿。车也不知道是不是至今都没换过，居然还跟以前开的那辆一样，难怪眼熟。

李辰悦看见他就笑了："就知道在这儿能看到你，我们刚从北京过来，本来是想去参加你的毕业典礼的。"

车里又下来个人，朝许亦北身上看了一眼，站在李辰悦身后不作声，是李辰宇。几年没见，他长高了点，反正见了面态度还是那样。

许亦北扫他一眼。

李辰悦解释："他是顺路才跟我一起过来的。"

许亦北没管他，走近两步，也没打算待太久，就在路边的树荫下面站着说话："你刚才说去北京参加我的毕业典礼了？"

"嗯，去了。"李辰悦看着他，又笑了笑，"结果去了才知道你已经要留校读研了，听说你不在学校，我就猜你是来这儿了。"

许亦北确实考上本校的研究生了，想了想问道："怎么想起去看我的毕业典礼了？"

"还能因为什么，你大学这几年都没回去过，当然是你妈妈想去……"李辰悦边说边看他的脸色，捋一下耳边的头发，才接着说，"其实她早就后悔了，当初你说走就走了，她后来一想起你就红眼，还说你一个人在外面，又不肯要家里的钱，不知道得吃多少苦。可她知道你想走是认真的，没理由找你，这几年也不知道该怎么缓和跟你的关系，所以最后就是我来看你了。实际上她这几年一直都关注着你的事，不然我现在哪能找到这里。"

许亦北抿着唇，想起过去有好几次微信提示收到了消息，点进去都是来自他妈，可是一点进聊天框，里面又只提示撤回了消息，就猜她是想给自己钱又不好开口，要么就是有什么话说了又觉得多余，最后就都默默地撤回了。

各自沉默了几秒，他才说："回去替我传个话给我妈吧，有机会我会回去看她的。"

"真的？"李辰悦诧异，连李辰宇都转过脸来看了他一眼。

李辰悦想要再说些什么，眼睛忽然看去他身后，顿了顿，没再说了。

许亦北转头，一眼就看见那招人眼的身影在朝这儿走，身上穿着警校生的制服，短发利落，蓝色的制式长袖衬衣束在黑长裤里，衬得他整个人肩宽身正，他步伐很快，几步就过了马路到了面前。

"来接你了。"应行扬着嘴角，一只手接过他手里的饮料，顺带看了眼在旁边站着的两个人。

许亦北还是头一回看他这么正经地穿制服，目光都忍不住在他身上停留了几秒，想起旁边还有人在，忍了没说什么，推他一下说："走吧。"说完跟李辰悦告别："下次再说，悦姐，今天有事。"

李辰悦还在打量他俩，李辰宇默默往边上站了几步，他是高中时养成习惯了，至今看到应行都想回避。

应行被许亦北推着走出去两步，忽然停下，一只手抓住他的胳膊，回头跟李辰悦说："一起合个影吧。"

李辰悦没想到，忙问："可以吗？"

许亦北看他，连眼神都在问他什么意思。

应行提一下嘴角说："就在警校门口拍，拍下来带回去，给你妈妈看看，让她知道这几年你挺好的。"

许亦北这才明白，抿抿唇，转头时低声说："你早就出来了是吧？"

应行跟着他转身，往警校大门口走，"嗯"了一声。

应行出来的时候就看见他们站在这儿说话，本来觉得这是许亦北的家事，就没过来，想让他自己解决。

李辰悦还是跟了过来，理了理头发，站到了许亦北旁边。

应行把饮料摆在一边，拿了手机，点出拍照，递给站得老远的李辰宇，说："帮个忙？"

李辰宇看看他，哑巴一样过来接了，木着脸走到前面给他们拍照。

应行站回去，看李辰悦挨许亦北很近，慢条斯理地站到了两人中间，离李辰悦还有一道缝隙，肩挨着许亦北的肩。

"给我妈看的，拍好点。"许亦北嘴巴没动，牙关里轻轻挤出几个字。

应行低声说："我觉得她也该释怀了。"

李辰悦悄悄看他们两眼。

照片拍完，应行拿回手机，把照片传给许亦北，让他回头传给李辰悦，然后推他先进校门，要跟进去前，回头跟李辰悦打了声招呼："就不送你们了，慢走，悦姐。"

李辰悦不禁看他，忍不住问："你叫我什么？"

"姐啊，"应行指一下已经进去的许亦北，"他把你当姐，我也跟着他叫你一声姐，再见。"

李辰悦错愕地看着他大步去追许亦北了，两人的身影很快就消失在门里。

许亦北嘴里叼着吸管，喝着饮料，在警校里的林荫道上没走多远，应行就跟了上来。

"你干什么呢？"他早就听见刚才的动静了。

应行嘴里叼着自己的那杯饮料的吸管，好笑地说："我干什么了，不就叫了她一声姐吗？"

"唉，我等半天了，就等来你们俩无视我？"冷不丁从路边传来一道声音，大华正站在那儿盯着他俩，"能不能不要这么过分？"

许亦北看看旁边，其他毕业生都在一起拍照，离得老远，没别人在，就他一个人在这路边上。

应行走过去问他："什么时候来的？"

大华瞅两眼许亦北，拽了拽自己身上难得穿得很周正的花衬衫，说："来半天了，杜辉那傻子半路掉链子来不了了，我得来，替贺原来的，他要是能看到你今天这样，肯定特别高兴。"

应行轻笑一下："嗯。"

大华看看他这副模样，感慨道："我刚才还碰到你们警校老师了，就那个姓白的，聊了几句，原来他也知道你家里的事，还说你网络安全技术那么好，肯定不只是因为天赋，一定也是因为贺原，反正夸你大学这几年够努力的，我听他说你还考……"

许亦北一杯饮料喝完了，转头看过来。

应行突然开口打断："你知道李辰悦来了吗？"

"什么，真的假的？"大华变得紧张起来，"那你不早点告诉我！"说完拔腿就往校门外面冲。

许亦北拧眉问："怎么，他还追着悦姐不放呢？"

应行转头看过来："你不都看到了吗？"

许亦北无语地把空杯扔进垃圾桶，听见老远有几个人在喊应行的名字。

是在叫他去拍合照。

"许帅哥，就知道你会来，过来一起拍啊！"一个穿着制服的女生朝他笑着说，是应行班上的同学。

应行推一下许亦北："走啊。"

许亦北觉得自己真要成他同学的熟人了，跟一群警校生站在一起，只能一本正经地揣着两只手在裤兜里，保持人前的稳重。

247

忽然有几个男生牵着几只威风凛凛的警犬跑了过来，一下挤进队伍里。"来来，一起拍一起拍。"

许亦北怕狗，瞬间往旁边躲。

应行忍着笑，把他推到中间，自己在旁边挡着，隔开了那几条警犬。

笑笑闹闹了好几个小时，毕业活动终于结束了，两人离开学校的时候已经到下午了。

应行早就买好了票，换了制服就片刻不停地带着他回了家里。

修表铺所在的那条街好像什么都没变，楼上的屋子和整个小区一样，还是又老又旧。

天刚刚擦黑，许亦北在卫生间里洗了把脸出来，一只手拿着手机，把在警校门口拍的那张合照发给了李辰悦，然后转过头，看到客厅的墙上挂了张新照片。

可能是最近刚洗出来的，拍的是一家四口，贺振国和吴宝娟都还很年轻，微笑着坐在一起，后面站着应行，他那时头发也很短，看起来不知道是初一还是初二，五官还青涩，身量已经抽穗一样拔高。他的旁边还站着一个白皙干净的男生，男生头发有点长，眼睛弯着，一脸温和的笑，眼睛很像吴宝娟，很有气质。

是贺原，现在这家里终于可以光明正大地纪念他了。

"北北？"吴宝娟坐在沙发上，朝他招手，"刚回来不累吗？过来坐吧。"

许亦北扭头坐过去，从书包里拿出从北京带回来的零食，什么大白兔奶糖、七七八八的干果，在茶几上堆了一大堆。他回道："不累，吴阿姨，最近记起来的多点了吗？"

吴宝娟没回答，拿了一颗大白兔奶糖在手里剥，突然说："你也可以叫我舅妈的啊。"

许亦北抬头看她："嗯？"

应行从房间里出来，身上换了件短袖，听见这话，眼睛看着他们。

贺振国跟着从厨房里走出来，手在围裙上擦了擦，冲许亦北笑道："是啊，这都好几年了，你就像我们家的孩子一样，总叫叔叔阿姨多生分。"

应行知道许亦北不是那种容易放开的人，哪怕亲如一家了也不容易改口。他嘴角已经提起来，又忍回去了，故意打岔说："不带这样的啊，我这亲外甥逢年过节可是有红包拿的,你们现在要让他也做外甥,连个红包都没有……"

贺振国马上伸手去口袋里掏,一边说:"胡说什么,当然有!马上就包,我跟你舅妈一人一个,这总行了吧?"

许亦北扭头看应行。

应行一脸无辜地问:"看我干什么?"

许亦北眼睛乱瞟,其实没什么,只是没想到他在自己家里融不进去,跟他们却越来越像一家人。一转眼看见吴宝娟眼巴巴地看着自己的眼神,感觉旁边的三双眼睛全在盯着自己,他喉结滚动一下,终于张开嘴,喊道:"舅妈,舅舅……"

声音也不高,但是吴宝娟已经露出笑脸了。

贺振国过来,非要把两个红包塞到他手里,还鼓励他:"没事,以后多叫叫就习惯了。"

许亦北捧着两个红包,又瞥一眼应行。

应行扬着嘴角,朝门口使个眼色,往外走,说:"去下面的铺子里看看。"

"去吧去吧。"贺振国接着回厨房去忙了。

许亦北正好要缓缓,把红包收起来,站起来就跟了出去。

下了楼,脚刚跨进修表铺,他就一下扑到了应行背后,勒住了他的脖子,说:"串通好的?"

应行往前倾了一步,反手抓着他的胳膊一转身,推着他往玻璃柜台那儿一抵,笑着说:"这还用串通?你早就被我舅舅舅妈当成一家人了。"

许亦北后腰抵着柜台边,不动了,嘴角扬起,想起刚才又觉得有点好笑。

应行不闹了,松开他,忽然问:"什么时候回北京?"

许亦北顿时不笑了:"再说吧。"

他就要读研了,还要在北京待三年,两人一直没说起这事,可能都不乐意提。

"正好,我还有个东西要给你。"应行说。

许亦北淡淡地说:"什么啊?"

应行一只手伸进裤兜里掏了一下,把东西拿到他眼前。

许亦北接过来,是卷着的一张纸,很厚实,他展开,看到上面写着"硕士研究生录取通知书"几个大字,上面一行是校徽和学校名称——"中国人民公安大学"。

他一下抬起头:"你的?"

应行笑:"那不然呢?"

许亦北难以置信:"怎么没听你说过啊!"

应行挑眉:"就当是给你的本科毕业礼物,当然要留到现在再说。"

其实在警校里差点就被大华给提前挑破了,还好被他打断了。

许亦北眼里带着兴奋,问:"所以你要跟我一起去北京了?"

"嗯,"应行说,"我说过会去跟你会合的。"

哪怕高中最后一个学期的时间来不及追赶上他的脚步,大学也不会停,每天靠近一点,总会兑现曾经的约定。

番外3

这一年是许亦北和应行在北京念研究生的第二年。

大夏天的,接连下了两场暴雨,整个首都像是被洗刷过一遍似的,到处都透着一股鲜亮。

刚过中午,杜辉蹲在高铁站对面的站牌下面抽烟,看了看手机上的时间,已经等得不耐烦了。

还没两分钟,江航背着包从远处过来了,手里拿了两瓶水,到他跟前就往他手里塞了一瓶,说:"喝吧,辉。"

"你跟着我跑到北京来就算了,能不能别再这么叫老子了?"杜辉听这称呼听几年了,耳朵都要长老茧了,抓着水瞅他一眼。

"怎么能说我是跟着你来的?咱俩这不是各走各的,你找应总,我找我哥们儿吗?"江航回得很无辜。

杜辉没辙,拧开瓶盖"咕咚咕咚"灌水。

江航劝他:"别说脏话了,你也不想想自己在学校里因为这张嘴被罚了多少钱了,哪回不是我帮你说话啊?"

说起这个杜辉就来气,他从体校毕业后就进小学当体育老师去了,结果去了还没两个月，江航就来了。

上体校的时候他俩就在一个学校，结果毕业工作了又进了一个小学，还是在一个办公室，两张桌子就搁在一块。

杜辉这人旧习难改，动不动就冒出两句粗话来，有时候上课也管不住嘴，小孩子又闹腾，一急起来更要命，什么话都能从嘴里冒出来，搞得小朋友们以为教他们的不是体育老师，是个从哪儿来的流氓混混。

连续几次学校都要处罚他，说错一句就罚一次钱，还是靠江航兜着，跟校领导说了好几次好话才给应付过去了。

这导致杜辉现在上课的时候一暴躁，刚要脱口而出一句"我×"，就硬生生地改成"我……可爱的学生们"，简直憋得要死。现在离开了学校他就不管了，照旧老样子。

"呵呵，你什么时候不这么叫老子，老子就不说脏话了。"杜辉又灌了两口水，把烟掐灭了，站起来又看手机。

江航问："你是不是想叫应总来接啊？"

"那怎么行！"杜辉立马嚷嚷，"公安大学肯定管得严，我能这么不懂事？我这回来北京不得给他个惊喜？要不然叫你哥们儿，让北哥来。"

江航急了："那也不行啊！我家北多忙啊，他一个学霸，念研究生也丝毫不放松的！我就不能也给他个惊喜啊？"

两个人一人维护一方，互相僵持了十来秒，杜辉抓一下小平头，说："那还问什么啊，自己打车走！"

江航又积极了，跑去路上找车，前后都没一分钟就叫来了辆车。

杜辉坐进去的时候说："我去找应总，你自己找你哥们儿去，中间就拜拜。"

江航挤到后排跟他坐一起："先上路再说吧。"

杜辉嫌他人高马大的挤着自己，没好气地又嘀咕出一句脏话。

路况算好，但是车开了两个小时了还没到。

杜辉掏出手机搜了搜地方，觉得不太对劲，瞪着前面开车的司机问："你是不是绕路了？"

前面的司机膀大腰圆的，口气不好地回："话别乱说啊，我这儿好好地开着车呢，这不是怕那头会堵车才从这儿绕的吗？"

"你当现在的人没手机呢，看不懂地图？"杜辉气不打一处来，吼了声，"停车！"

江航都给吓着了，拉扯他一下，小声说："有这么严重吗？"

"你是傻子吧，被人拐到河里都不知道！"杜辉又朝前面吼，"快点，靠边停车！"

司机明显就是个急性子，哪受得了他这样？还真把车靠边一停，推开车门下车，凶神恶煞地往后走，边走边说："怎么着，你想怎么着啊?!"

"你横什么?!"杜辉也下了车，把包往江航身上一扔，往肩膀上扒拉两只汗衫短袖，露出鼓鼓囊囊的肱二头肌，"你偷摸绕路还敢横啊！知道我大哥学什么的吗？还敢恐吓我，是不知道老子干什么的是吧？"

江航一看，赶紧抱着杜辉的包下车，平常厌得跟什么似的，这会儿也顾不上了，一看那司机要跟杜辉碰上，冲上去就拦道："别乱来啊，不然你一对二！"

司机可能只听到了"一对二"，手一下就"招呼"上来了。

"嘭"的一声，江航连人带包被推了一把，背一下撞到了车门上，吃痛号了句："大爷的！"

杜辉扭头看他一眼，顿时冒火，眼睛都瞪圆了，冲上去就拽住了那个司机。

下午四点多，应行大步走到派出所门口，身上穿着件宽松的黑T恤衫，肩上搭着双肩包，包外面还用网兜兜着个篮球，一只手往后伸，拽了一下身后跟着的许亦北。

许亦北就紧跟在他后面，一样穿着黑T恤衫，一头的汗。

两人刚跟几个同学打完一场球，就接到了江航和杜辉的消息，来不及冲个澡就赶过来了。

"人呢？"许亦北往里看。

应行带着他走进去，刚进去就听到杜辉的声音："别说了，是我先动的手，要找就找我！"

江航的声音紧跟其后："不是，警察同志，怪我怪我，跟他没关系！"

应行把包拿下来递给许亦北，一脸好笑地说："在这儿等我，我进去就行。"

许亦北服了里面的那两人了，他们还挺讲义气，他拎着应行的包，去派出所外面等。

过了好一会儿，里面的人总算出来了。

许亦北转头去看，江航还是那人高马大的憨样，看起来什么事都没有，杜辉顶着他那万年不变的小平头，除了人壮实了点，也没什么变化。好像没什么事，不然估计没那么容易出来。

"真够逗的,都不知道你们俩是怎么突然冒出来的,还要我俩来捞人。"应行边走出来边说。

杜辉懊恼地说:"我本来是想给你个惊喜……"

"别,惊吓还差不多。"应行说。

江航一看到门外面的许亦北就立即直奔过来:"北啊!"

"我也够惊吓的。"许亦北拧眉,"你怎么来这儿也不提前说一声?"

"唉,这都是意外,要不然咱们在北京的相会肯定是美好的。"江航搭上他的肩,上上下下打量他,"你又变帅了,这么帅不怕被人抢?"

应行过来掀掉他的胳膊,拉一下许亦北,往前走,说:"别废话,请你们俩吃饭,不然就自己安排去吧。"

杜辉跟上来,推一下发呆的江航,没好气地说:"走啊,正事干不好,就知道跟哥们儿勾肩搭背!"

其实还是他俩自己先去了吃饭的地方。

许亦北跟应行先各自回了趟学校,洗了澡换了衣服,再赶到吃饭的地方跟他们碰头,每个人还都带了个双肩包。

天刚擦黑,四个人围坐在店里,一起吃老北京铜锅涮肉。

杜辉瞅瞅他俩的包问:"你俩吃饭干吗带包?"

应行说:"你们选今天来,是不是没看群消息?"

"没啊,怎么了?"杜辉摸不着头脑。

"什么群?"江航也蒙了。

许亦北放下筷子,端着杯子说:"我们班的群,'三班猛男群'。"

杜辉马上掏出手机,毕业后这群好久没动静了,他就屏蔽了,没想到就错过消息了,一打开,立马一溜的"恭喜",看得他更奇怪了,翻到最上面才看到梁枫发的消息。

那小子居然要跟高霏办喜事了,难怪群里这么热闹。

离谱的是梁枫还拉了个小群,他也忽视了。除了梁枫,群里还有四个人:应行、许亦北、朱斌,还有杜辉。以前三班后两排的"四大豪杰"都聚齐了。

梁枫在里面的发言还明晃晃地飘着。

——别人就算了,你们必须得来啊,一定要来!

"啊？"杜辉一看日期，"什么意思，就明天啊？"

应行笑了一声，说道："才发现？我俩车票都买好了，准备夜里就坐车回去，你俩倒好，大白天的赶来北京了。"

"那我坐了那么远的长途来首都，就只能待几个小时啊？"杜辉傻眼。

江航补充道："关键还跟人打了一架……"

许亦北看看他俩，都不知道该不该同情，拿出手机说："给你俩抢票吧，赶紧吃，吃完还能去逛一两个小时，不然就真白来了。"

最后在赶往车站之前，四个人一起赶趟似的在北京的大街上转悠了一圈。

今天周末，许亦北跟应行在体育馆里几乎打了一天的球，早就累了。许亦北肩上搭着背包走在路上，没什么精神，一只手插在兜里，一路上都慢吞吞的。

应行本来走在前面，回头看了两眼，就放慢了脚步，干脆退回来，抓着他的胳膊往后一拉，低声说："累死了，让他俩在前面自己逛，我们逛我们的。"

许亦北看看前面那两人说："连陪都不陪，你也好意思？"

话刚说完，前面的江航就忽然搂着杜辉说："看那儿！看那儿！"

没什么特别的，正常的北京城夜景，老城建筑背后是高楼大厦，灯光扫过去，一阵古今错乱的迷幻感。

江航感慨万千，看看杜辉，小声说："辉啊，我觉得这趟来北京也不算白来，这不至少也一起看了下首都的模样吗？"

杜辉想叫他松开搂着自己的手，扭头看看他人高马大的身形，估计挣不开，无奈地晃了一下小平头，说："唉，哪儿都甩不开你，真烦……"

后面站在一起的两人默默无语。

快半分钟了，应行才压低声音说："你确定他俩需要我们陪？"这两人完全是瞎逛啊。

许亦北拨一下肩上的包说："算了，我都想先去车站了……"

稀里糊涂的北京之行，结束得也稀里糊涂的。

当天夜里四个人一起从北京回去，到了城里找了个宾馆就倒头补觉，补完又马不停蹄地赶去参加婚礼。

许亦北到的时候，梁枫正在酒店大门口美滋滋地迎客，穿着西装像模像样的，一看到他就说："我就知道你俩会一起来！"

应行就在后面跟着，掏出红包塞给他，口中道贺："嗯，恭喜啊！"

梁枫感动，双手来接，感慨道："谢谢应总，咱俩当初高考最后两个月一起守望的情分永远都在，你看我，这就修成正果了，苦尽甘来啊！"

许亦北立即问："守望什么？"

应行推着他进去，笑着说："没什么，胡扯的。"

梁枫给面子地闭嘴，扭头看到杜辉来了，还带着江航，诧异地看了看他俩，问："辉哥，你这是从哪儿来的啊，怎么还带一个？"

杜辉暴跳如雷地说："少扯淡啊，我俩刚去北京，跟应总他们一起回来的，他才跟来的。"

"你们还一起去北京？"

"唉，算了！"杜辉干脆不说了。

江航居然还笑着接茬："可不是吗？好不容易才赶回来的……"

许亦北刚被应行带到里面，迎面就撞见了朱斌。

"哎，你俩看到老樊没？"朱斌看到他俩就问。

两人瞬间收敛，各自摆出参加婚礼的正经模样。许亦北转头找了一圈："老樊也来了？"

"没看到啊？那可能是走了吧。"朱斌说，"他刚刚还在说要是看到你俩一起来，他会特别高兴的。"

许亦北跟应行对视一眼，莫名其妙，什么意思，老樊想说什么啊？

朱斌下一句就接着说："因为看到你俩，就是在提醒他，他是个极其极其极其优秀的人民教师。"

应行说："几年没见，老樊的自夸已经从一个'极其'提升到三个'极其'了？"

朱斌推一下眼镜，一板一眼地解释："老樊说，以前他只教出了一个省状元，所以就只能用一个，现在教出了许亦北，还教出了你，那不就是三个了吗？"

许亦北说："不愧是老樊，'极其优秀'的立方。"

应行似笑非笑地说："不错啊，在老樊嘴里我俩居然是接受表扬的，我真优秀。"

许亦北朝他使个眼色，低声说："闭嘴。"

应行抬手在他背上推一下，就把他推着走开了。

整个婚礼期间，杜辉和江航坐在圆桌一头，许亦北和应行坐在另一头，几乎是面对面，就不挨着。

255

杜辉忍不住问:"你俩坐那么远干吗?"

许亦北看头顶:"这儿灯够亮了,我俩想低调点。"

杜辉说:"你怎么又跟以前一样,拐弯抹角地骂我呢?"

江航说:"我们还是坐一起吧,我的北……"

应行打断他:"以后别这么叫了。"

江航一愣:"为什么?"

应行说:"因为你傻。"

江航无言以对,往嘴里塞菜,默默地朝应行竖一下大拇指,牛。

杜辉看看桌上的其他人,又不可思议地看看对面的两人,不说话了。

总算要结束了,新娘子高霏过来跟老同学们打招呼。

一群人起哄着要她丢捧花,高霏拗不过,接了束花,随手往后一抛。

许亦北已经准备走了,腿在桌子下撞一下应行,示意他先走。

冷不丁眼前飞过来什么,他扭头伸手一气呵成,一把接住了。

梁枫跟高霏在台上一起笑眯眯地看过来,现场的人全都看了过来,然后都傻眼了。

许亦北居然接到了花。

杜辉在对面直接喷了一口酒,江航吓掉了筷子。

许亦北眼皮直跳,一下放下那捧花,清一下嗓子,找了个理由,说:"昨天打篮球打多了,看到东西飞过来就接了。"

旁边一声低低的笑。

许亦北皱眉看他,咬牙切齿地说:"你还笑?"

应行站起来,干脆大大方方地笑了:"我替他说声谢谢……"

"你……"许亦北一脚踹在他的小腿上,站起来抓着他的胳膊就往外推,"快走!"

应行缩一下腿,一路被推出了宴会厅,到了没人的走廊上了,嘴边都还有笑。

"你就不能正经点?"许亦北喘口气,眼皮直跳。

应行手一伸,搭着他的肩:"不能,为什么要那么正经?"

许亦北忍了忍,嘴边还是有了弧度:"老板现在说话已经不顶用了?"

"老板说其他的都顶用,就这个……"应行挑挑眉,"再过十年二十年,我也收敛不了。"

许亦北没好气，又推他一下："走，回去了。"

应行笑着被他推出去，往外走。

番外 4

回去一趟参加完了梁、高二人的婚礼，一切都挺顺利。

然而再回到北京，还没一周，许亦北就进了医院。

天气闷热，医院的病房里空调温度开得很低。许亦北坐在病床上，左手臂抬着，整条小臂都打上了厚厚的石膏。

护士推车进来查房，看看他床头的病历，又看看他，有点蒙，问："小臂骨折，打球打的？打球能打到这个地步？"

许亦北拧着眉说："意外。"

"那也太不小心了吧，"护士看看又觉得奇怪，"骨折需要住院吗？"

许亦北憋闷道："没事，把我送来的人非要我住院观察一天。"

护士明白了："哦，那可能是担心有并发症，医生才同意住院观察一下的。"

许亦北撇撇嘴，那就得问应行到底是怎么跟医生说的了。

昨天他俩去打了个球赛，叫了应行的舍友打辅助，结果紧要关头他自己太拼了，连人带球被对面一个一米九的壮汉撞个正着，摔得太重，胳膊一下磕在了篮球架上，连带球赛也输了，到了医院后遭了一通罪不说，还硬是被关在这儿待了一天。

"好了，注意休养。"护士推着车离开了。

许亦北身上的病号服都换下来了，扯了一下身上的T恤衫，看看病房的门，不等了，爬起来，捧着打了石膏的左臂出了病房，打算自己去办出院手续。

刚走到拐角就觉得有人跟着自己，他往后猛地一扭头。

应行上身穿着黑T恤衫，下身穿着作训服长裤，两手插兜，不紧不慢地跟在他后面，正挑眉看着他："意外？"

敢情他早就来了，还偷听自己说话。许亦北盯着他说："本来就是，差点就能拿第一了，弄得奖金也没了，不是意外是什么？"

应行说："你没事拼奖金干什么，你是那种缺钱的人吗？"

许亦北眼神闪一下："我突然想赚钱了不行？"

应行笑了一声："你这是变成高中时候的我了，钻钱眼里去了？"

许亦北一时居然没接上话，皱着眉白他一眼。

应行跟他的视线一撞，又哼笑一声，越过他说："等着，今天能不能出院还得等我问过情况再说。"

这人什么态度啊?! 许亦北眼睁睁地看着他迈着长腿走远了，嘴一闭，捧着左臂又转过头。明明受伤的是自己，他那么不爽干什么？回头再跟他算账！

再回到病房时，手机刚好在裤兜里振了两下，许亦北掏出来，看到昨天一起打球赛的队友发来了微信消息，是应行的那个舍友。

可能是他们公安大学里的人都比较低调，许亦北至今都没记住应行的这位舍友叫什么名字，就记得他姓张，备注也只写了个张。

张同学一连发来了好几条消息。

——昨天你也太拼了吧？

——你没看到你摔下去的时候应行脸都黑了。

——现在没事了吧？我看对面那个撞到你的壮汉也吓坏了。

——实话跟你说，你要是真有点什么，应行可能要干点不符合我们公安大学优良学风的事……

许亦北看完也不知道该回点什么，瞅瞅自己的左臂，只好言简意赅地敷衍过去。

——没事了，我现在好得很。

"我好得很。"冷不丁有个声音在邻床响起，跟接过了他的话似的。

许亦北下意识地看过去，发现隔壁的病床上躺了个人。

那人背朝他，面朝里，没穿病号服，穿的是白衬衫、黑西裤，特别正式的打扮，一头短发漆黑，侧躺在那儿的身形瘦长，耳朵里塞着只蓝牙耳机，应该是在打电话。

昨天他住进来的时候邻床没人，刚才也没人，没想到这会儿准备走人了，倒是来邻居了。

"啧，怎么又问起那位来了？"那人果然是在打电话，"你们采访怎么就喜问这些呢？"

采访？许亦北有点意外，朝对方多看了两眼。

"行啊，我是无所谓，说就说呗。"那人说话的声音很好听，口气确实很无所谓，带着一股子痞劲似的，"我高中那会儿混得跟扶不起的阿斗一样，幸亏遇到了那位，后来我强行绑定上人家带我学习，好不容易才有今天的，懂了吧？"

许亦北的目光又不自觉地瞟过去了。

"对，我俩高中就认识了，嗯……还有什么？就这样，其他的别问了啊，问了我也不会说！"那人又说了几句，直接挂了电话，身体稍微翻过来一点，一只手拿着手机，又拨了个电话出去，紧接着就不客气地抱怨，"喂？左师兄，我跟你说过很多遍了，没事不要给我接这些莫名其妙的电话采访，跟八卦周刊似的，净打听我的私事，搞得我都怀疑自己是个娱乐明星，天天被狗仔盯着要扒绯闻似的，你是不是整我……"

许亦北没想到他刚才还真是在接受采访，难道是什么人物？刚好看到他仰躺过来的侧脸，英眉挺鼻，一眼就能看出来的帅气，许亦北总觉得有点熟悉，又想不起来为什么熟悉，是不是在哪儿见过？

那人又抱怨了两句才把电话挂断了，脸一偏，朝许亦北这边看了过来，上下打量了他两眼，问："邻床的病人吗？怎么了，我打扰到你了？"

许亦北说："没有。"

对方又上下看他两眼："那你盯着我看到现在？"

怎么发现的，眼神很犀利啊？许亦北心里吐槽，脸上淡定地说："也没有，就觉得你跟我的经历还蛮像的。"

"嗯？"对方像是一下来了兴趣，整个人侧躺过来对着他，一只手撑着脸，双眼黑亮，"怎么说？"

"没什么，就挺像的。"

对方问："难道你高中也强行绑定了一个学霸？"

许亦北看看他，调整一下坐姿，干脆也正对着他。"那他不算，我都比他像学霸。"

"什么意思，我绑定学霸，你绑定学渣？"

许亦北挑眉，反正互相不认识，跟他闲扯也无所谓。"也没有，他也不能说是纯学渣。"

对方嘴角一动，看着更痞了。"然后呢，你俩就绑定学习了？"

"嗯。"

"怎么绑定的？"

许亦北说："花钱。"

对方愣了一下，眉毛一挑，笑了："那你肯定有钱，我可比不上。"

话刚问完，许亦北发现对方脸上的笑容深了，他抬起右手整了整衬衫的领口，像是什么下意识的小动作似的。

许亦北越发觉得他眼熟了，但死活想不起在哪儿见过，看看他的表情，又想想他在电话采访里的回答，斟酌一下问："那……那个你说的带着你学习的学霸，现在是不是已经成为你太太了？"

对方突然古怪地看了看他，一副有点想笑，又忍着没笑出来的样子。

还没再说话，有人进了病房。

许亦北扭头，外面进来一个穿着白大褂的年轻男医生，他短发利落，肩宽腿长，脸上没什么表情，手里拿着张拍的片子，站在许亦北床前，看着片子，头也不抬地说："许亦北是吧？观察了一天，没什么事，可以出院了。"

他应该是这儿的主管医生。许亦北看他两眼，发现他右边的眉毛居然是断眉。

"哧……"邻床的那位忽然笑出了声，脸朝着许亦北，指了一下那位医生，"来，给你介绍一下，这就是你刚说的那位'太太'。"

许亦北一愣，看他一眼，又扭头疑惑地看向那位医生。

医生从进门起就没看过那边，听见这话，才垂下手扫了那边一眼，沉声说："你出来。"

对方一下从病床上弹起来，马上跟他出门。"我能走了是吧？早说了我没事，你非要押我在这儿休息。我最近台球训练贼小心，一点伤也没留啊，要不然你再检查一下……"

许亦北眼睁睁地看着他俩一前一后出了病房，一下想了起来，对，台球！这不就是那个风头正盛的台球明星林迁西吗?!

刚才那个医生叫什么？他探身在床尾找到贴着的牌子，看了一下，主管医生：宗城。

紧接着外面就传来林迁西压低的声音："别别别，城爷，我错了，我真错了……"

病房的门被敲了两下，许亦北回神抬头，应行回来了，一只手搭着门框看着他说："恭喜你，可以走了。"

许亦北还没动，应行忽然像是想起了什么似的，朝外面偏一下头说："听老樊说过，他以前总念叨的那个省状元就是这里的医生，叫宗城，说起来也算是咱们的同门师兄，去认识一下？"

许亦北撇一下嘴："已经认识了。"

应行问："你见到了？"

许亦北说："嗯，还挺帅。"

应行莫名其妙地笑一声："是吗？"说完手插着兜，扭头先走了。

许亦北没告诉他自己还见到了林迁西呢，爬起来跟出去，没好气地说："你到现在都是什么态度？"

应行往后瞥他一眼："我什么态度？你为了一点钱都要拼成重伤了，还问我什么态度？"

"我没重伤都要被你说成重伤了。"

应行停下回头说："别折腾了，舅妈的病治得差不多了，钱我也攒够了，用不着你再拼什么奖金。"

许亦北没想到他知道了，抿着唇没作声。

上回回去参加梁、高婚礼的时候，他听杜辉提了一嘴，说吴宝娟后续治疗持续了几年，现在总算到了最后阶段。但是一直没听应行提过缺钱，他以为应行是故意扛着没跟自己提，就想着赚点奖金，到时候自己再一分不要全给应行，神不知鬼不觉的，也算出了力。

没想到全被他看穿了，真是人精！

"你再这样试试？我找个理由，给你关病房里一个月。"应行似笑非笑地说，"你刚才不是说那位宗医生很帅吗？我回头找个时间去单独认识一下他，看看他到底有多帅，顺便再跟他讨论一下关你一个月的可行性。"

许亦北瞪他一眼："别太来劲了啊，我这个老板彻底没地位了是吧？"

"别犟了，老板，不然我可能又会'以下犯上'。"

许亦北听到这个词就眼皮一跳，一把抱住受伤的左臂，越过他就往前走。

应行看着他走了出去，牵了下嘴角，担心玩过火了，快步跟上，拨一下他的肩说："说多少遍了，跟我一起走。"

说是一起走，还不如说许亦北是被强行押送回去的。

还在暑假期间，研究生的宿舍管理相对松一点，应行一直把他送到宿舍里才算完，拎着一袋药放在他桌上，还在宿舍里转悠了一圈，问："其他人呢？"

"都没返校。"许亦北坐在床上问，"干吗？"

"本来以为他们都在，想交代他们一些注意事项。"应行说着又打量一遍他的胳膊。

许亦北用右手掏出手机，故意说："有必要吗？'警花'同志还有什么要吩咐的，需要我拿手机记下来吗？"

应行看他一眼，也跟着反呛："没必要，要不然我留下照顾你也行，你不是为了咱舅妈的病太拼了才弄成这样的吗？"

许亦北果然被噎到了，站起来把他往外一推，把门"嘭"的一声关上。"赶紧走！"

应行在外面笑了一声，走动了两步。没一会儿，脚步声远去，他真走了。

许亦北去桌边研究了一下药怎么用，打定主意自力更生，晾他几天，省得他老拿这事敲打自己。

结果这话只持续到了当天晚上。

舍友一个都不在，许亦北也找不到人帮他带饭，只能自己出去吃。

正坐在桌边刷着手机研究哪条路线吃饭耗时最短，虚掩的宿舍门就被推开了。

应行提着个保温壶走了进来，把门一关，顺手拖了把椅子往他面前一放，又把壶往他眼前一放。

许亦北刚想问"你怎么又来了"，猜应行肯定又要说是因为他太"高风亮节"了所以要来照顾什么的，干脆闭了嘴。

应行慢条斯理地拧开保温壶往外倒，居然是热腾腾的鸡汤。

许亦北忍不住往汤里扫了两眼，没办法，太香了，八成是他自己做的，这人做饭一直有一手的，自己又不是没吃过。

应行瞥见他的眼神，嘴角一扬，当作没看到，拿了勺子舀了一勺，递到他嘴边。

许亦北皱眉问："干吗，我没手？"

"有啊，可你不是行动不便吗？"应行理所当然地回。

许亦北觉得他就是故意的，没好气地说："我右手还没断呢。"

应行把勺子递给他："那你自己来。"

许亦北想了想，不能这么轻易屈服："我不饿。"

应行直接捏着勺子往他嘴里一塞。

许亦北下意识地把一口汤咽了下去，差点被呛到，捂着嘴瞪他。

应行放下勺子，掏出手机说："算了，我还是打个电话给宗师兄吧。"

许亦北一下没反应过来："什么宗师兄？"

"你说的那个宗城，宗医生啊。"应行说，"我后来返回医院去见过他了，他确实蛮帅，人也讲道理，我们俩挺投缘，对于个别人不顾自己健康和安全的行为都很不满，在这方面我们挺有共同语言的，说不定下回真能试试关你一个月。"

许亦北说："少胡扯，人家一个医生，能这么胡来？你编故事就非要捎上人家正经医生？"

应行看他不信，慢条斯理地说："真的，别不信。不得不说，刚见面那会儿这位宗医生可真冷漠，我合理怀疑他家里也非富即贵，毕竟你们有钱人对人都冷淡。"

许亦北刚想翻白眼，忽然想起个事。

很早的时候，他随他妈搬去外地期间，有次听他妈说起过，他妈在搬家前认识一位生意做得很大的朋友，就是姓宗的，对方跟他妈一样也是个女强人，可惜岁数不大就得病去世了，他们家的长子就是随母姓的。他妈当时还因为这个噩耗感慨了好几回，所以他记得挺清楚。

世界真小，那个长子应该就是这位宗医生了。

许亦北瞥一眼应行："你是来气我的吧？"

应行笑笑，伸手在裤兜里掏了两下，掏出两张票，说："怎么会呢？喏，宗医生送的，既然你都认识那位林迁西了，那正好，他下个月有台球赛，一起去？"

许亦北上上下下打量他，知道他现在肯定是在故意示好了，先弹一下脑壳再给一颗糖，当自己是小孩子吗，眼神动一下，故意淡淡地说："不去。"

应行看着他："那我自己去了？"

"随你。"

应行看看他的脸，站起来说："那行吧，杜辉以前还说过你跟那个林迁西有点像，难得有机会见到真人，我去仔细看看他有多帅，验证一下是不是真的。"

许亦北顿时皱眉："什么？"等会儿，他居然还要去比较一下，什么意思?！

"又不是我说的。"应行说着走到门口，一只手握住门把，回过头，"我真自己去了啊。"

许亦北跟他对峙了快有五六秒，抿着唇，手指在桌沿上点了两下。

应行见缝插针，立马走回来，放了一张票在桌上，重新坐了下来。"那说好了，还是一起去。"

许亦北低声说："回头再跟你算账。"

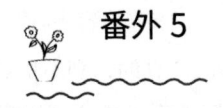

番外 5

时光如梭，总是不经意间就过去了。

天气入了秋，好像顷刻间就转凉了，在这四季分明的城市里感受特别明显。

一大早，应行手里拎着刚买回来的早饭，另一只手插着兜，慢条斯理地进了一栋新公寓楼。

还没上去，他在一层大厅里停了一下，掏出手机，拨了个视频电话。

视频跳出来，贺振国的脸正对着屏幕，他就在修表铺里，手里还拿着个鸡毛掸子，大清早的就在忙着打扫，真是一如既往地闲不住。

应行看了一眼就压低声音问："舅舅，我要的东西给我寄来了？"

"寄了寄了，你都催了多久了。"贺振国把手机推远点，眯着两眼看他，"你是不是瘦了？现在毕业开始工作了，很忙啊？"

"干警察的能不忙吗？"应行对着视频转了转脸，观察了一下，"哪儿瘦了？还在实习，也还好吧。"

今年他已经入职，开始实习。其实做实习警察也很忙，什么事都要干，不过带他的师父挺不错，跟他以前警校里的那个白老师还是同窗，一切都很顺利。

反正没有贺振国说的那么夸张，应行觉得他那完全属于老父亲的溺爱心理，什么时候打视频电话都要说他瘦了。

话还没说完，视频里出现了吴宝娟的脸，她手里还端着个碗。"你看，这是我今天刚做的。"

应行也没看清她做的是什么，就笑着回："这么厉害啊？"

"等下次你们回来，我就可以给北北做菜了。"吴宝娟笑着说。

贺振国插话："就不能先给我做吗？"

应行说："我做的也不赖。"

贺振国隔着手机屏幕瞪他："你是越来越了不起了，在我们俩跟前还炫耀起来了，赶紧挂了！"

应行扭头看看周围没人，笑着说："那挂吧，我得去拿你寄的东西了。"

电话挂了，他脚下一拐，到了大厅的快递柜那儿，果然有他的待取快递。他很快取出一个盒子，拿在眼前看了看，进了电梯。

其实刚毕业要实习的时候，他就跟贺振国提过，让他找个时间把修表铺盘出去，到时候就带他舅妈搬过来跟他们一起住。但是贺振国和吴宝娟舍不得那个城市，想在贺原生活过的地方多留几年。

应行只好随他们去，等以后他自己安稳了再说也行，反正有大华和杜辉帮忙照应着，现在还多了个江航，据说有时候就连卷毛余涛都要跑过去转悠一下，他也不用太担心。

从电梯里出来，应行走到屋门口，掏出钥匙开门，走进去，转头找了一圈，就看见了站在厨房里的瘦高身影。

许亦北穿着件宽松的长袖衫，背对着他，拿着杯子在喝水，一边喝，一边嘴里轻轻念叨着什么。

应行把刚收到的盒子拆了，把里面的东西拿出来揣在裤兜里，拎着早饭走到厨房门口，站着听了听，就明白了。

许亦北在读研期间就收到了不少工作邀约，毕竟他表现突出。最后快毕业时，他选择了一个在大学任教的工作。对他来说以后的日子还长，想用这份工作先锻炼一下自己。

当天得到消息的江航很激动，叫上杜辉就给他发微信，恨不得跑过来庆祝一下跟他成了同行。

许亦北当时回了句："希望你俩的学生以后都能送到我手里。"

那两人突然就感觉肩上被他莫名其妙地加了一层压力，也不庆祝了，消停得很，虽然后面又反应了过来：他俩不是体育老师吗……

今天下午要第一次讲课，许亦北这会儿就是在准备，听到动静，不念叨英文了，转过头，看到倚在门口的人正盯着自己。"回来了？"

"嗯。"应行走去他旁边，把买回来的早饭倒进碗里，忽然说，"老板就要工作了，我得送个东西吧？"

许亦北看着他问："送什么？"

应行从裤兜里掏出收到的东西，摊开手，是块表。

黑色表带，银色表盘，精致，看着还很贵，任谁见了都会多看两眼。

这是应行在毕业前就悄悄叫贺振国帮忙组装的，外面绝无仅有，全世界也就只有这一块。

许亦北看了好几眼，怀疑他花了不少钱，心里一动，被一下戳中了似的，偏偏脸上没表现出来，还拉了一下袖口，露出手腕上戴了几年的表，说："干吗还要送我表，我手上不还戴着你送的表吗？"说完端起早饭就要出去吃。

应行笑起来："这能一样？郑重的大事不都分预订和正式两个步骤，不就该有两个吗？"

许亦北刚走到门口，脚步一停，回过头，看看手里的碗，又看看自己身上，说："等等，挑在我穿得这么随便吃早饭的时候，你哪里郑重了？"

应行看着他，挑一下眉。

许亦北一脸愤懑，扭头就出去了，快步进了房间。

应行立马抬脚跟过去，刚到门口，门就在眼前"嘭"的一声关上了。

许亦北的声音传出来："吃完就去工作！我也要准备工作了！"

差不多过了快一个小时，应行已经准备好要出门了，房门还没开。

他在客厅里站了一会儿，摸了摸鼻尖，想了想，走过去敲了敲房门，叮嘱道："今天第一天去上课，记得穿正式点啊。"

许亦北在里面哼了一声，都不知道算不算回应。

应行提起嘴角，没再说什么，先出门走了。

他走了没多久，许亦北就从房里出来了，换上了一件白衬衫，外面套了件西装，一只手绕着领带，开门出去。

公寓楼下停着辆车，许亦北掏出车钥匙启动了，坐进去。

车还是新的，是方女士非要塞给他的毕业礼物。

研三第一学期那年，他叫上应行回了一趟家。本来还以为现场会怎么样，结果反而是他妈全程都很局促。

那天大概也是应行人生里最乖巧的一天，可能是有意想扭转方女士对他的不良印象，全程都很稳重，方女士多看了他几眼，也没什么可说的。

从那之后方女士就不藏着掖着了，可能是觉得从他决定远走高飞的时候起就亏待了他，总是热衷于给他这些那些的。

许亦北觉得跟她保持着固定联系就够了，结果却是越推拒给的越多，没办法，他只好退一步收了一辆车，还只要了辆一般的，反正也就做代步用，反而是李辰悦老是劝他去换辆好的，还说都是他该有的。

他也不在乎，每个人都是独立的个体，他妈应该有她认定的幸福，他也有自己认定的路，母子亲情还在，就比什么都强，其他的他什么都不想要，反正他也能靠自己得到。

路上不堵，开车到任教的大学也就一个小时。

许亦北一路上都在想早上那块表。越想越气闷，后来他干脆拿着洒水壶，把窗台上摆了一排的绿萝给浇了个遍。

大学舍友韩明明也在这个学校，比他先入职半个月，刚哼着歌乐颠颠地进办公室，想欢迎一下老同学，就看到他西装革履地站着，一手插兜，一手拎壶，站在窗口那儿浇着水。

韩明明一句"帅啊"还没说出口，就发现他冷着脸，一副浇死算完的姿态，赶紧扑过来抢救可怜的植物。"冷静！北哥！它虽然喜欢水，你也不能这么浇啊！怎么，刚来就要演一出水漫大学啊？"

许亦北回神了，放下洒水壶，提袖看了看手腕上的表，撇一下嘴说："算了，时间差不多了，我过去了。"

韩明明注视着他拿了教具出了门，直嘀咕："'警花'惹他了？"

大学的教室也没多清静，老远都能听见叽叽喳喳的声音。

许亦北一进去，声音立马停了，紧接着就是嘀嘀咕咕的讨论声。他抬眼一扫，在座的青春男女们都在看他，不少人还在冲他笑，大部分是活泼的女孩子，夹杂着一两句低低的"帅哥"称赞。

也无所谓，他放下东西，先挨个点名，然后开始讲课。

第一次正式上课，比他想的要顺利。

以前他只教过应行一个人英语，现在换了一群对象，没了高考的压力，似乎还要更容易点。

新老师很帅，就是冷淡。教室里的学生们很快没了玩笑心，都跟着严肃了起来。

就快下课时，许亦北抬头扫了一眼，忽然目光一顿，看到阶梯教室的最后一排坐着一个身影，穿着便服，收着长腿，脸上似笑非笑地看着他这儿。

他扫了一眼，脸上风平浪静，心里已经留意了，一边转头若无其事地调整PPT，一边又忍不住往那儿扫了两眼。

过了两三分钟，收了尾，许亦北讲完最后几句，眼睛再扫过去，那儿已经没人了。

他低着头，不动声色地合上笔记本，拧眉想，难道是自己出现幻觉了？

课上完了，很成功，学生们也给面子，可能是年纪相差也不大的原因，居然还起立给他鼓了掌。

许亦北收了东西出去，今天是第一天上课，学校给他优待，允许他提早回去。

韩明明在半道上又碰上他，问："怎么样，还顺利吧？"

"嗯。"

"我就知道，你可是能进外交部的人，这还不是小场子？"韩明明说完不忘叮嘱一句，"就是别再拿花花草草撒气了啊。"

许亦北扭头走人，回去了。

开车离开学校的时候，确实还早。

许亦北开得不快不慢，出了校门就开始往路边看，最多看了几百米，靠边踩下刹车，降下车窗，胳膊搭着窗框看出去，盯着站在那儿的人说："怎么，你是交警啊？等在这儿要拦我的车？"

应行几步过来，拉开车门，长腿一迈，坐了进来："不是，我是下属。"

许亦北心想你是谁的下属？他把车开出去，居然忍不住又想起那块表了，嘴里没事似的问："下午你是不是跑去我上课的教室了？"

"我下午有假，本来就打算来看你开课的，那不是自己搞砸了吗？"

还好意思说！许亦北瞥他一眼，抿着唇不接话。

应行看看他的侧脸，忍了笑，这也太有脾气了，估计老板是永远改不了嘴硬的毛病了。

一边想又一边打量他，他这人实在太适合穿正装了，肤白颜正，身材修长，穿了西装打了领带，浑身都是一股精英味。应行几乎看了他一路，手臂抵着车窗，摸了摸嘴角说："要不然我来开？"

许亦北看他一眼，想了想，在前面找地方停了车。

应行下车，跟他换了位置，握住方向盘的时候才说："不然对着你这么一个精英，我都要不好意思了。"

许亦北扫他一眼，转头去看窗外，嘴角不自觉地动了一下。

回住处的一路上，许亦北都走在前面，开门进屋，先扯一下领带，松了松领口。他想着今天第一天执教，很重视，确实穿得太正式了，可能结婚那天都不会穿得这么正式。

想到这儿，他脚步一停，往后看了一眼。

应行关上门，看着他说："衣服先别换，难得这么正式。"

许亦北松了扯领带的手，转头进了房间隔壁的小书房。

书房的桌上摆着几个相框，里面是他跟应行以前高中打球的时候拍的照片，应行特地选了几张洗了出来，都放在了这儿，几乎都是他们的合影，还有那张最早他舅妈拍的他们的合照，就摆在最中间。

电脑旁边还有个小花瓶，里面插了一枝被做成了标本的干花，是那枝以前高考时应行送他的玫瑰。

靠墙的柜子上放着个盒子，是大学的时候他从潘家园淘来的，送给了应行，里面小心翼翼地收着那块贺原留下的老怀表。

墙角还靠着他的那把琵琶……

这屋子是他们毕业后合租的，但是到处都是两个人共同走过的痕迹。

许亦北在椅子上坐下来，开了电脑，顺手往鼻梁上架了副眼镜，没有度数，就是防蓝光的，开始对着电脑备后面的课。

应行忽然走了进来，一直走到他旁边。

许亦北瞥他一眼，目光已经收回来，又转了回去，抬头看着他问："你干什么，这么正式？"

应行身上换上了警服，肩宽腿长地站在他面前，忽然伸手抓着他的胳膊一拽，拉着他站起来，让他正对着自己，手里打开个盒子，里面装着那块表，说："现在可以接受我的手表了吗？"

许亦北目光动了动："你算好的是吧？"

"等一天了，再不答应，我也没辙了。"应行说。

许亦北忍了忍，没忍住，嘴边还是有了弧度，没说话。

应行已经看到他的表情了，抓起他的手腕就把表套了上去，不由分说就给扣好了。

许亦北故意拧眉道："我还没说……"

应行笑着低头："老板现在接受礼物了吗？"

许亦北看着他的脸，什么都没说，抬手摘掉了鼻梁上的眼镜。

那天晚上，应行做了一个梦。

他已经很久没有做过梦了，今晚却梦到了以前——

在那个燥热的夏天，那条城里的老街上，附近的店里放着震耳欲聋的音乐，夹杂着蝉鸣，喧嚣又混乱。

他倚着胡同里的墙，手里翻着手机算着账。

杜辉在旁边絮絮叨叨："应总，这都要高三了，咱们真不去暑假补课？缺课这么久，老樊又得找咱俩了。"

"你什么时候在意起上课了？"应行头也不抬地说。

"我不在意，我替你可惜啊，你真不想想将来了？那事……都过去那么久了。"杜辉的声音越来越小。

应行没回，想什么将来，他也不觉得自己还值得有什么将来。

"哎！那是江航！"杜辉忽然嚷嚷，"我要去把那小子叫过来要账！"

应行没管他，照样低着头在算账，像是怎么也算不清，就像他身上一直背负的这些，也算不清。

"轰"的一声响，离得老远都听见了杜辉在那头恐吓人的声音，肯定是又把自己的电动车给踹了，应行自顾自地挑了下眉，都懒得看。

但是还没多久，就听到了他一声号："谁啊?!"

一道很冷的声音低低地飘过来："怎么着，兄弟，敲诈啊？"

前后不出两分钟，杜辉开始大喊："应总！应总！救命啊，应总！"

应行抬头看过去，没看见人，转头看了看两边，收起手机，手一撑，上了

270

墙,终于看到了制着杜辉的那个身影,瘦瘦高高的。

他只看了一眼就跳了下去,在对方转头看过来的瞬间一把箍住了他的脖子,说:"怎么着,兄弟,讹人啊?"

梦里的许亦北还是朝他转过了头,刹那间周围的景物变了。

路灯下,应行被要求去教他数学,听见他很得意又很正经地说:"恭喜你,有了个金主,记得以后要对我尊重点。"

公寓里、修表铺里,他们坐在一起学习。

他们一起打了篮球,一起找了舅妈,一起揍了地痞,他听许亦北弹了琵琶……

后来他们一起上了城楼许愿,看见那句"远走高飞,跟应行一起";他们在城楼底下做了决定;在除夕夜一起给他舅妈放烟花;一起进了网络安全比赛的赛场,他当着所有人的面说许亦北是自己老板。

梦的最后,有高铁在往前开,他转头,看见许亦北就坐在自己旁边,肩膀挨着他,在跟他一起去北京读研的路上……

从认识许亦北的那刻起,路就改变了。

他有了自己的未来,有了个方向,在过去迷失放弃的岁月里,有个人闯了进来,叫他别停,站起来,把过去收拾一下,然后跟他一起走。

因为工作的关系,两人出门之前,已经穿得有模有样。

许亦北今天不穿西装了,穿了带领的长袖衫,拉高领口,外面加了件牛仔外套,一下年轻了好几岁。

应行身上穿了件飞行夹克,提着腰线,衬着短短的头发,人高腿长地走到门口,手插着兜等他。

许亦北走过来,往手腕上戴上那块新表,到了门口停一下,也看着他。

应行拉一下他身上的外套,凑近说:"工作顺利,许老师。"

许亦北抬手扯一下衣服领口:"你也一样,应'警花'。"

应行提起嘴角,立正朝他敬了个礼,开门出去,又回头说:"下班早就去接你。"

"说不定是我去接你呢。"许亦北跟出门,一边说话,一边和他一起下楼。

每一天都是新的一天,每一天都还在继续。

彼此的方向都在,他们永远都会一起前行。

图书在版编目（CIP）数据

不羁.完结篇 / 幸闻著. -- 上海：上海文化出版社, 2024.7. -- ISBN 978-7-5535-3020-8

I. I247.5

中国国家版本馆 CIP 数据核字第 2024GR5627 号

© 中南博集天卷文化传媒有限公司。本书版权受法律保护。未经权利人许可，任何人不得以任何方式使用本书包括正文、插图、封面、版式等任何部分内容，违者将受到法律制裁。

出 版 人：	姜逸青
责任编辑：	郑 梅
监　　制：	邢越超
策划编辑：	郭妙霞
特约编辑：	彭诗雨
营销支持：	李美怡
封面设计：	梁秋晨
版式设计：	李 洁
字体授权：	仓 鼠
插图绘制：	哆 多 昭 昭
内文排版：	百朗文化

书　　名：	不羁.完结篇
作　　者：	幸 闻
出　　版：	上海世纪出版集团　上海文化出版社
地　　址：	上海市闵行区号景路 159 弄 A 座 3 楼　201101
发　　行：	中南博集天卷文化传媒有限公司
印　　刷：	三河市兴博印务有限公司
开　　本：	680 mm × 955 mm　1/16
印　　张：	17
插　　页：	4
字　　数：	294 千字
版　　次：	2024 年 7 月第 1 版　2024 年 7 月第 1 次印刷
书　　号：	ISBN 978-7-5535-3020-8/I · 1171
定　　价：	52.80 元

如发现印装质量问题，影响阅读，请联系 010-59096394 调换。